203室的谭先生

不执灯 —— 著

中国言实出版社

图书在版编目(CIP)数据

203室的谭先生 / 不执灯著. -- 北京：中国言实出版社，2023.3
ISBN 978-7-5171-4382-6

Ⅰ. ①2… Ⅱ. ①不… Ⅲ. ①长篇小说－中国－当代 Ⅳ. ① I247.5

中国版本图书馆 CIP 数据核字（2023）第 028508 号

203室的谭先生

责任编辑：宫媛媛
责任校对：张国旗

出版发行：中国言实出版社
地　　址：北京市朝阳区北苑路180号加利大厦5号楼105室
邮　　编：100101
编辑部：北京市海淀区花园路6号院B座6层
邮　　编：100088
电　　话：010-64924853（总编室）　010-64924716（发行部）
网　　址：www.zgyscbs.cn　电子邮箱：zgyscbs@263.net

经　　销：新华书店
印　　刷：三河市春园印刷有限公司
版　　次：2023年3月第1版　2023年3月第1次印刷
规　　格：880毫米×1230毫米　1/32　9.5印张
字　　数：256千字

定　　价：49.80元
书　　号：ISBN 978-7-5171-4382-6

如果我坐着飞机永远追着太阳跑，我的世界里就永远没有明天

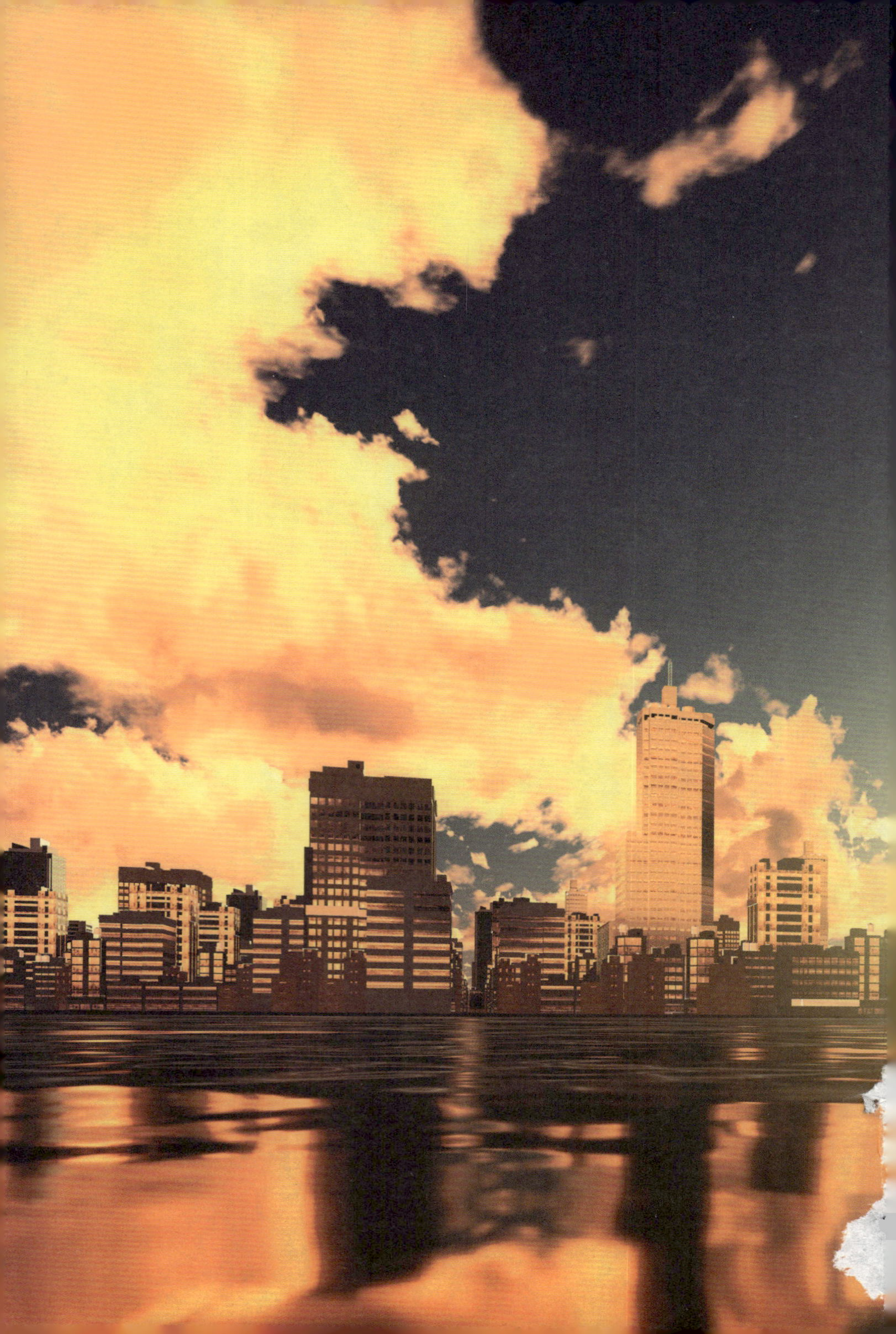

余宴川自认在这些事上比他看得清楚,
在谭栩邀请他打开第一瓶
酒叙旧的那一刻,
他已经在重蹈覆辙了。
这一次他不想主动叫醒谭栩。

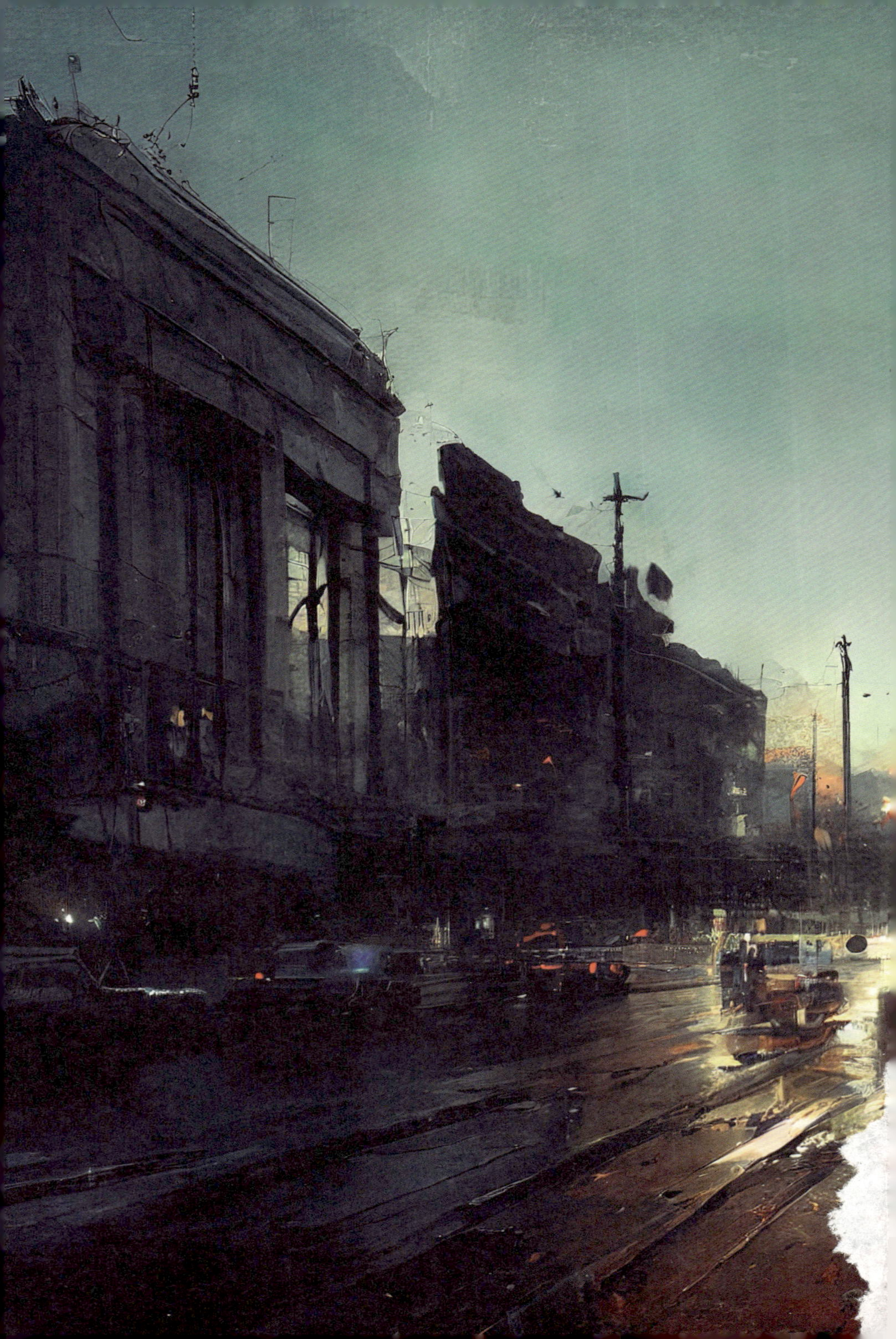

目 录 / contents

第一章　203 的谭先生　001
第二章　塑料枝　043
第三章　枪火　083
第四章　北纬 53°　127
第五章　侦探游戏　165
第六章　落日飞车　211
第七章　捕梦网和豆浆机　253
番　外　285

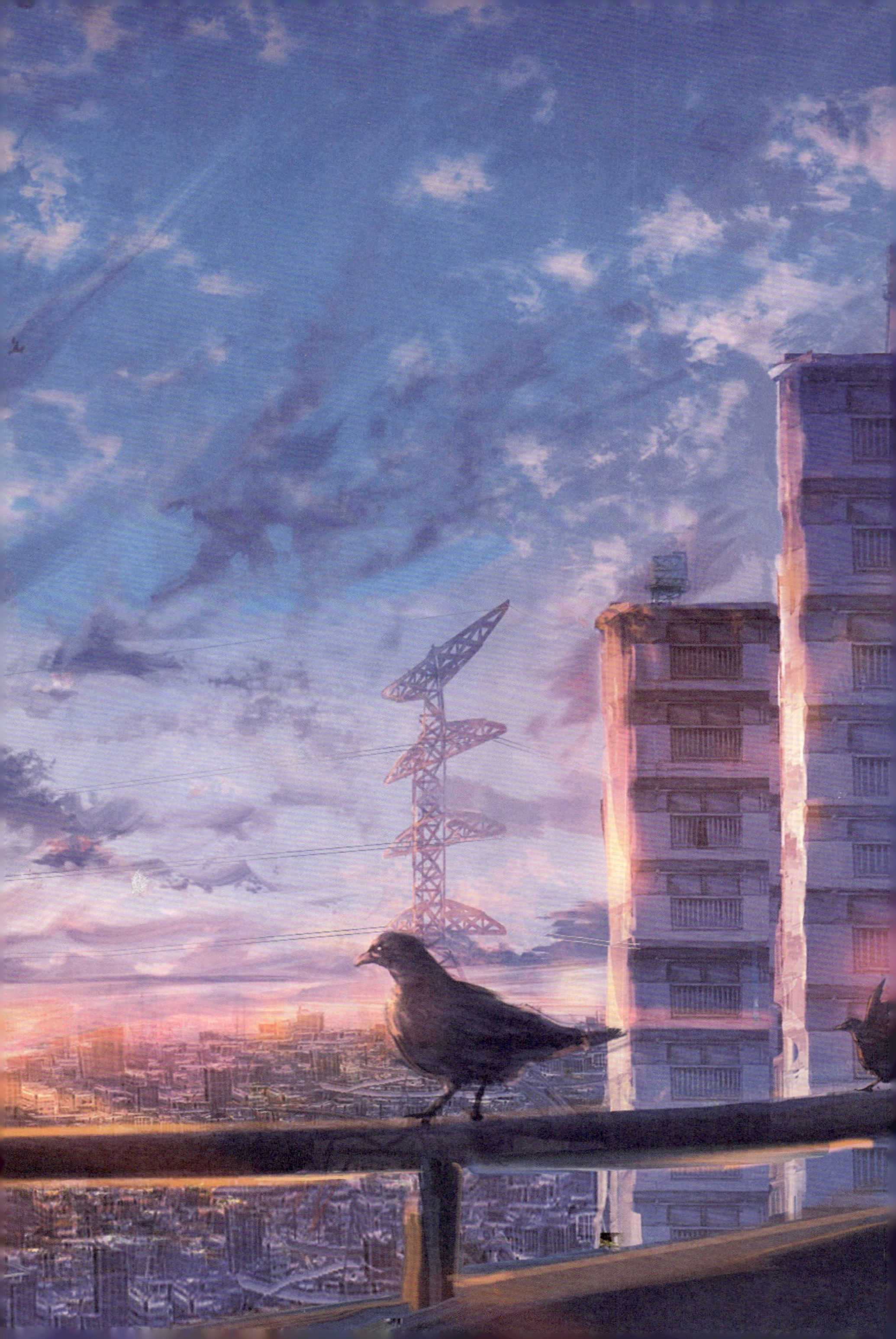

第一章 203室的谭先生

闹钟闷声响起来，余宴川闭着眼在床上捞了半天，最后才在角落里找到了振动的手机。

他按掉闹钟，踹了一脚被子。宿醉醒来后脑袋果然昏昏沉沉的，他仰面躺了许久才隐约记起昨晚发生的事。

在地毯上躺着的是昨天与他边吵边喝，吵到最后迷迷糊糊栽倒在一边的谭栩。他被闹钟吵醒后皱着眉叹了口气，看来也是头疼不已。

余宴川看着谭栩，头脑终于渐渐清醒。

在半年前的那次不欢而散后，他们的友谊彻底决裂。余宴川本以为他们再也不会有这样坐在一起喝酒的机会，哪怕这次吵得与那一次相比有过之而无不及。

谭栩慢慢蜷起腿，过了起码三分钟才哑着嗓子说："让你定时凌晨关空调你不定，我嗓子要裂了。"

余宴川没有理他，伸手从地毯上捞起了空调遥控器。

塔罗牌散落了一地，谭栩从一片狼藉中翻出皱皱巴巴的领带，捋了好几次都没能让它恢复原状，干脆把领带随意挂在脖子上，又从仿佛被小偷翻过一遍的地毯上捡起余宴川的外套，反手丢回床上。

"我去学校了。"他关掉空调。

余宴川歪着身子用丢在桌子上的发圈把头发扎好，有几缕稍短的散落下来，又被他潦草地抓到耳后。

"你不吃早饭了啊？"他看了一眼手机屏幕，已经七点半，从这间出租屋到安城大学虽然只隔着一个十字路口，但就算是骑共享单车，到学校也得十分钟。

"不吃。"谭栩推开门，脸上的不耐烦已经快膨胀到小区外面了。

余宴川忽视了他的起床气，重新躺倒在床上，懒洋洋地说："我在客厅柜子里放了华夫饼，你拿几包走。"

拖鞋的声音从洗手间挪到客厅，又传来一阵打开塑料袋的声音，谭栩说："我都拿了啊。"

"一包两块五。"余宴川刚刚扎好的头发又在枕头上散开，额前的一绺扫到眼睛，他皱着眉翻了个身。

谭栩一字一顿道："我在超市里散装称一兜子才两块。"

余宴川抱着枕头，漫不经心地说："我这是以色列黄油华夫饼，你到底吃不吃？"

客厅里又传来一阵噼里啪啦的塑料袋响夹杂着拉链响，接着就听谭栩咣当一声关上了门。

在刚刚那一曲"交响乐"的衬托下，此时的屋子格外安静。

余宴川又闭眼躺了一会儿才起床，赤着脚在地毯上绕了一圈才找到拖鞋。

地上那副塔罗牌是他昨天不小心打翻的，但他现在实在没有精力弯下腰一张张捡。

其中一张甚至飘到了门外玄关，他垂眼看了看，是逆位的命运之轮。

余宴川走到厨房去接了杯水，发现谭栩临走时居然还记得把垃圾捎出去了，这比起半年前的那个"生活废物"，简直是飞跃性的进步。

余宴川两手撑在料理台上，脑袋还有些隐隐作痛。

昨天他被朋友拉去参加生日宴，喝了点儿酒，回家路上又被风吹了一路，到家后除了闷头倒在床上大睡一觉之外，几乎没有其他想法。

可他那位好合租室友偏偏在这个节骨眼上买了一箱啤酒囤在家

里，还一个人在客厅小酌。

余宴川已经记不清他们两个是如何凑到一起喝酒，又是怎么把话题引到半年前的不欢而散，再针对那场不欢而散吵起来的。

他只记得自己昨天说"道不同就各走各的"，谭栩回他"这话说给你自己"。

余宴川从洗手间的架子上拿了牙刷，看到摆在漱口杯旁边的另一个杯子，恍惚间又觉得头疼起来。

他不可避免地回忆起了前天的画面。

那是他与谭栩时隔半年的再次相遇，场面有些过于戏剧化。

前天，在他花店里订了花的客户就等在小区东门，他刚在家里打包好了花，正步履匆匆地往楼下赶，忽然接到了房东电话。

余宴川脚下没踩稳，怀里一大捧举过头顶的花脱手，顺着楼梯直直飞了下去。

那一瞬间他脑海中电光石火般闪过无数念头，最后缓缓浮现出一行字：还好飞下去的不是手机。

手机还牢牢攥在右手中，听筒里传来房东中气十足的声音："小余，我们马上到了啊！"

声音的源头就在一楼，夹杂着不急不缓的脚步声，回声飘荡在楼梯间里。

转角处赫然出现了一个人影，见一捧花劈头盖脸地砸下来，那人下意识抬手抱住了跌落的花束，被砸得连着倒退好几步。

余宴川暗骂一声正要下去道歉，就见一片向日葵里露出了一张无比熟悉的脸。

房东紧随其后，看着隔着一层楼梯遥相对视的两个人："这是……"

余宴川有片刻的失语，紧紧攥着手机的指节泛白。

"你要出门啊？"房东从那一大捧向日葵旁边挤过去，对着他笑呵呵地打招呼，"这是准备合租来看房的，谭先生，我前两天跟你提过。"

余宴川眼皮直跳，没好意思说他把这事忘得一干二净。

他想起来那个刚被他折腾得一片狼藉的客厅。

房东自顾自往楼上走："来，在二楼，咱们这栋楼位置很好，不挨着外面大道，晚上过车听不见。"

谭栩抱着那一大捧花，一步步向他走来。

这幅画面实在是有些荒诞而好笑，余宴川脑海里甚至自动浮现了一行"非主流语录"：再次与你相见的我是如此狼狈，你怀里的花终点不是我。

房东拿钥匙开门，嘴里絮叨着："小区治安很不错，谭先生你别看刚路过的那几栋楼那么破，东边有一片是无主管楼院，不归咱们这边的。"

话音落后，楼梯间里一片安静，地上还零星躺着几片从花束里抖落的花瓣。

余宴川借机打量了谭栩一会儿。

谭栩穿着那件他熟悉的白色衬衫，打着一个他闭着眼也能打出来的松松垮垮的装饰领带，依旧是那副优秀大学生的样子。

但他能感受到谭栩的无语程度与他相比有过之而无不及。

谭栩面无表情地把那束花递到他面前。

余宴川后背有些冒汗，接过花，客客气气地回了一句："抱歉。"

谭栩看了他一眼，张了张嘴最后也没说什么。

这种情况下确实说什么都不太合适，毕竟合租遇上发了誓要绝交的朋友这种事简直巧得令人费解。

谭栩侧过头看了看这位许久没见的"朋友"，不知多久没有剪的头发被他随手系在脑后，发型延续了一贯张狂的作风。

房东拉开门看到屋内情形的一瞬，凝重的氛围雪上加霜。

"不好意思。"余宴川率先走进去，在凌乱的客厅里找到落脚点，蹲下一件件收拾,"有个客户很急,我准备回来了再收拾。"

"你……很急啊,那你先去吧?"房东站在门口,假装无意地转头瞥了眼谭栩,大概是怕他嫌乱不满意。

余宴川把地上剪断的花枝扫到一旁去:"没事了,花束得重新做,我让他们直接在店里弄吧。"

他扫出一片空地,目光越过房东直直地落在谭栩脸上:"进?"

"进进进!"房东赶紧走进来,"这边面朝阳,白天阳光挺好的,先看一看卧室吧?"

谭栩跟在他后面,垂眼看着地上那把修枝剪。

他的肩上落了一片嫩黄色的花瓣,余宴川在他从身边经过时没有忍住,抬手摘了下来。

余宴川拄着扫帚,波澜不惊地在他眼前展示了两秒向日葵花瓣,下一刻就随手丢进了簸箕里,转身去打扫地面。

谭栩看到那束支离破碎的向日葵花束还摆在茶几上。

他随手拨弄了两下衬在花旁边的叶片,对余宴川说:"花怎么办?"

"自己养着吧。"余宴川还站在厨房里,捧着手机发消息。

他按开语音:"十分钟内,包好了送到海景公寓东门,放副驾驶座位上别搁后备厢里,一会儿发你红包补贴。"

他的花店开在了学校里面,是校内商业街上唯一一家花艺店,直接垄断了全校的"表白产业"。

谭栩好歹也是个理智的优秀大学生,没有因为合租室友是他就扭头走。他在房东的带领下参观了一圈屋子,直接签了合同。

房东临走时说:"我把谭先生的联系方式发给你,你们加个好友吧。"

余宴川刚想说不用,但下一秒就收到了房东的微信消息,他点开名片,发现他给谭栩的备注还是"大三学弟——不联系"。

租房风波已经过去了两天，余宴川一直都没来得及修改备注，直到现在还是不近人情的绝交誓言。

他从回忆中抽身，吐了口牙膏沫，掏出手机把谭栩的备注改成了他的大名。

刚改完就弹出来一段语音通话，余宴川愣了一下，确认不是自己手滑拨出去的。

他按下接听键，传来谭栩一股"咱俩就不必装了"的声音："你今天记得来学校啊，院里一次性订了好多花，你得来监工。"

余宴川叼着牙刷，捋了把垂到额前的头发，语气十分不爽："我一会儿要去买菜。"

对面沉默了一会儿，才说："没事儿，不急，下午三点前就行。"

余宴川漱了漱口，兴味索然地说："昨天怎么不跟我说啊，院里现在这么不靠谱吗？"

对面再次沉默。

接着就传来谭栩咬牙切齿但故作平静的声音："哥，我开免提呢。"

十分钟后谭栩转了两块钱给他。

余宴川拿着这两块钱去了食堂，买了盘炒饼。

3号窗的炒饼，他从本科吃到毕业，现在上班了居然还吃不腻。

把盘子送到回收窗后，他又熟练地打包了一份牛奶，一边喝一边溜达到了学校商业街。

这个时间段，教学楼附近的路上学生很少，但礼堂后面的商业街却很热闹。

六月里，安城的温度稳定在三十度以上，哪怕刚刚早上九点，余宴川还是热得出了汗。

他咬着吸管推开花店的门，迎面卷来一股空调冷风，他舒爽地叹了口气："加湿器开了没啊？"

"开了。"坐在柜台后的女生正拿着一个本子写写画画,"你今天有个大单,还是没有提前预订的,第一次见这么想一出是一出的客户。"

余宴川四下环顾一圈,店里没有顾客。

他两手撑着柜台,把小风手里的本子按住转了一圈,看着上面的记录:"八份全套,他怎么不干脆把这店包了?"

小风两眼认真地盯着他,试探性地问了一句:"学弟是不是故意的啊?"

余宴川把牛奶盒捏扁,抛进垃圾桶里:"不是。"

"哦。"小风遗憾地站起身,"我还以为你俩和好了。"

这句话说得格外自然,余宴川在脑海里重播了一遍这几天的行事轨迹,没发现什么与众不同的,便问:"为什么这么说?"

"我听见了啊,"小风说得理直气壮,"我跟他说了八份今天做不完,他说给你打电话,开的免提。"

余宴川弯腰扶起一束快要躺倒的花,沉默着不知道说些什么来表达他的钦佩之情。

一个住校外的、七点半起床上早课的人,居然还有时间来一趟商业街订花。

可以,非常公私分明,就算一分钟前跟他在合租房抽空聊了几句高价华夫饼,都不提半句订花的事情,非得亲自去花店找店员。

他推着小推车去店里的保鲜柜挑花,身后的小风忽然一拍腿:"哦还有,他吃的是我前两天推荐给你的那个批发华夫饼,真不是你的啊?"

余宴川拉开保鲜柜,把一桶桶花挪到小推车上:"也许吧。"

也有可能谭栩没跟他说是因为早上被气忘了。

小风知道他和谭栩曾大吵一架的事。余宴川平时懒散惯了,甚少和人吵得那样兴师动众,遇上个能把他吵到宣布绝交的朋友,小风自然对这学弟印象很深。

谭栩是他的直系学弟,他们两年前在院学生会里认识了,那时候余宴川是宣传部的副部长,谭栩是来隔壁学创部面试的新生。

余宴川把小推车装得满满当当,运到了花店一角的一片空地上。

他有些记不清当初是怎么和谭栩聊上的,似乎是来宣传部面试的男生寥寥无几,他奉部长之命去拉拢其他部门的新生。

谭栩因为看上去阳光开朗,成了当时各部门的重点拉拢对象。

"余哥,今天还有几单预订,我先把那些包了。"小风系好围裙,拿着清单走过来。

她揣了一把修枝剪,把玻璃纸铺在桌子上,抬头看了一眼余宴川。

他背对着她站在落地窗边,把小推车上的桶搬到地上。

他发力时肩颈与手臂绷出流畅的曲线,系得七扭八歪的头发垂下来好几绺,凌乱地搭在肩膀上。

她昨天目睹了余宴川是怎么梳他那一头不长不短的头发,手法比她给她家狗梳毛还狂野。

她说:"我求你去剪了吧,你不热吗?"

余宴川说:"懒得去,什么时候路过理发店再说。"

有余宴川在店里,上午的工作进行得还算顺利,进店逛的同学大部分都买现货,基本没有需要拆开重包的。

花店老板对员工还算友好,为了避开中午下课后大批学生涌入食堂的高峰期,余宴川准许小风提前十五分钟下班。

小风在走的时候很想问一问他现在住哪里,据她所知,她这位倒霉老板上礼拜刚被家里扫地出门。

余宴川正瘫在柜台后的躺椅上洗牌,这种话她实在问不出口。

尽管塔罗牌比一般卡牌要厚一些,但他洗牌的动作依旧很漂亮,看着仿佛一出魔术表演。

余宴川跷着二郎腿,手一抹,把牌一字展开在柜台上。

他从中抽出两张叠在一起,还没翻开,丢在一旁的手机就振动起来,来电显示是"老爸"。

那两张牌是圣杯侍从和宝剑十。

有煞气啊,有煞气啊。

手机从桌面中间一路振到桌角,对面终于挂了电话。

余宴川把牌收起来,心安理得地闭上了眼睛。

他今天困得好像半辈子没睡过觉一样,也不知道为什么谭栩能那么精力充沛。

这一觉睡到了下午两点多,小风非常贴心地小声叫醒了他,并且给他带来了一个好消息,谭栩提前来了。

余宴川连续两次睡醒第一眼看到的都是谭栩,简直两眼一黑:"花备好了?"

"好了。"小风给他指了指摆得满满当当的花丛,"就差卡片还没有放。"

余宴川扫了一眼,转头看向谭栩:"带得走吗?"

精力充沛的优秀学弟靠着墙,歪了歪脑袋指着商业街外:"有车。"

余宴川透过玻璃窗,越过几辆自行车看到了停在商业街路边的小轿车。

下午的阳光照在后视镜上,反射的光直直照了过来。

看上去车顶应该烫得可以煎鸡蛋。

余宴川走过去帮小风往花束上系卡片,被她赶走:"我自己弄可以快很多。"

他直起身,感受到来自背后的那道目光,没忍住又蹲了回去。

小风手里忙活着没停,在他耳边低声问道:"真没和好啊?"

余宴川立刻重新站起来,为了不显得刻意,拾了几朵被挑出来掉在地上的花。

"这些要丢掉？"谭栩问。

"丢了干什么。"余宴川把小花摆好，拿了几枝尤加利叶捆在一起，然后拎着修枝剪把花枝剪短。

玻璃纸裁得很小，他撕了几团棉花放在正中间，拎起水壶往棉花上面倒水。

谭栩站在他身边，眼看着水打湿了棉花："倒这么多？"

余宴川利落地将玻璃纸拢起来，把花束包裹住，将水壶嘴伸入留出的一个小口，又往根部倒了点水。

"这不就把花根泡烂了吗？"谭栩说得还挺真心实意。

余宴川从一旁的切割器里扯出来一段胶带，把花束固定好："你猜为什么要放棉花？"

他在工作时总会散发出一种游刃有余的魅力，哪怕是打包花束这样的简单动作也能做得赏心悦目。

牛皮纸被他切成两份，看似随意的包裹，最后成品的效果居然超出了谭栩的预期。

"不土。"谭栩接过小小的一捧花，扯了扯最里面的那层雾面纸。

余宴川看着自己的手，怀疑是他还没有睡醒："你是在骂人吗？"

"好了，可以往外搬了。"小风抱起两束花往外走，"是那辆车吧，黑的那辆？后备厢开一下吧。"

"对。"谭栩应了一声，又低头看向手里的这束小花，"这个怎么办？"

余宴川拎着扫帚扫地："送给你了，不想要就带回去摆客厅里。"

刚走到门口的小风立刻扭头看他。

他满不在乎地继续扫地。

在外面对付谭栩易如反掌，这个"面具人"每天披着完美学生的皮，衬衫都要系得一板一眼，仿佛和那个昨晚开了一排啤酒与余宴川过招的人不是一个人似的。

宿醉害得他一整个早上都眼皮发沉,现在罪魁祸首"阳光乖乖学生"居然在他面前装路人。

谭栩被噎得说不出话,转身走了,不过背影依旧挺拔,是可以登上阳光清爽"大学男神"排行榜的标准模板。

余宴川很快收回目光。

在最初认识时,他俩一个装纯一个装野,相熟之后双双在各自的路上一去不复返。

他们相识了不超过一个学期,彼此的评价就变成了"不是什么好玩意儿"。

他们相处还算愉快,如果不是余宴川毕业那年两人的一场争吵,他俩的交情说不定能维持得更久。

他又转头去看落地窗外,只见谭栩严严实实地挡住了后视镜的反光,把余宴川做的那束小花放进了后备厢里。

挺好,至少没扔。

谭栩的学院今晚有活动,看他们订花的架势,活动时间应该不会很短。如果结束得晚,谭栩应该会直接回宿舍。

余宴川没问他为什么租房住,听房东说他是短租,从六月份租到九月份,大概是为了暑假准备的。

他边想边推着购物车在超市闲逛,停在了肉铺前。

他夹起一块腰花,对着在旁边切肉的大哥大声问:"腰花给去吗?"

"惊天动地"的切肉声停顿了一下,大哥说:"不给去,直接卖。"

"哦。"余宴川把夹子和肉一起放回去,推着车走了,浑身上下写着"随遇而安"四个大字。

逛超市对他来说是件很解压的事情,他可以漫无目的地来回走,眼睛扫过一排排任人挑选的商品,想买的没有人逼他放下,不喜欢的也没人逼他买走。

他在冷冻区"掠夺"了能堆满冰箱的酸奶,甚至挤进小朋友中间抢了一排降价的养乐多。

老爸的电话第二次打来时,他刚扔了一袋蛋挞皮在购物车里。

他走到人最多的地方,接起了电话。

"喂,爸。"他开了个头。

对面被他嘈杂的背景音震了一下:"你在哪里?"

"超市。"余宴川的语气不卑不亢。

余兴海不得不抬高一些音量,这使得他刻意装出来的威严形象荡然无存:"你要跟家里倔到什么时候?"

这是余兴海把他扫地出门后两人第一次交流。听到老爸语气这么急躁,看来是他前几天盗用他助理权限的事情败露了。

"我说了,如果年底查不出来我再出国。你问了三遍我要倔到什么时候,我回答了三遍,你能不能换个问法?"余宴川说。

余兴海被气得够呛:"家里不是没有给过你时间吧?余宴川,半年了,你看看这半年你查到了什么?"

查到了那辆当初准备撞我的车在来之前去过谭栩家的酒店。

余宴川闭上嘴。

"月底回家,按之前的安排去国外学两年。"余兴海听他没说话,还以为他服了软,"小王的权限我已经转移完了,别再想着动用我这边的人,那些东西你一个人能查出什么来?"

能查出来那辆当初准备撞我的车在来之前去过谭栩家的酒店。

他在心里又重复了一遍这句话。

"我不回去。"余宴川说完,干脆地挂了电话。

虽然幼稚,但是爽。

不过这通电话还是影响到了他的心情,他冷着脸翻着一包马苏里拉芝士,找了快一分钟才找到生产日期。

余宴川推着车去收银台结账，看着货品在红外线扫描下发出"叮"的一声，正式宣告它们成功逃离货架，接着大名光荣登上了收银屏幕。

余兴海说他倔，其实他还真不是倔，就是纯粹好奇。

他半年前在海景公寓西门的大道上出过一次事故，也许都谈不上是事故，顶多是车子间出现了剐蹭。

但余宴川知道那辆车跟着他从安城四环一路绕到了这里，并且是故意蹭上来的。

这种小交通事故连交警都不用喊，那辆车牌尾号是759的白色小轿车从他车旁擦过去，头都没回地顺着公路飚走了。

余宴川很纳闷，他在脑子里筛选了所有能做出这种缺德事的人，到最后都没有挑出来个目标。

他承认自己平时跟着狐朋狗友没少四处浪荡，但也不至于招惹到这种神经病。

这事情怪是怪，却也没有怪到需要仔细去查的程度，如果不是半年前误打误撞发现了这个"759"神经病似乎跟谭栩家有点牵扯，他估计早就把这事儿抛之脑后了。

"一百五十三块七。"收银员拿着扫描枪说。

余宴川亮出二维码。

他不想出国也不全是为了查什么虚无缥缈的案子，这个花店是他毕业后在学校的商业街招标会上拿下来的，费了他不少精力，比起去余兴海的国外分公司当个大少爷，他更想窝在花店的躺椅里做个"废物"。

花店回本很慢，差不多要到年底才能有盈利。他现在的心态格外矛盾，既想当个废物，又想向家里证明他是个靠谱的废物。

余宴川把购物袋扔到副驾驶座位上，打着方向盘从停车位里退了出去。

如果可以，他真想知道谭栩对那辆"759"到底知不知情。

往事随着余兴海的电话重回脑海，当初被剐的那一下，车身像被灭霸莫名其妙地砸了一拳似的,他补漆补了三天,花了九百多块钱。

造孽啊。

拧开门时,屋里果真没有人,小花也没摆在客厅里。

冰箱里依旧很宽敞,谭栩必然不是会往里面进货的人,这个冰箱还可以任他使用。

余宴川拿了几个蛋挞皮出来。

他曾经烤过一次蛋挞,当时还被谭栩从花店顺手拿了几个。

那时候他已经毕业了,但有时候还会跟着谭栩去他宿舍区转悠。

当他看到谭栩拿宿舍公共厨房的微波炉热蛋挞的时候,天灵盖都在隐隐作痛。

"模具是铝的。"他眼疾手快地拉开微波炉的门,眼皮直跳,"你是想把宿舍炸了吗?"

谭栩皱着眉头:"啊,我以为是锡箔纸的。"

"你再说一遍?"

小厨房里安静了一秒,谭栩难得没有跟他抬杠:"哦,锡箔纸也不行。我知道。"

真的知道?余宴川扶着额头,把切好的芝士放进蛋挞皮里。

回忆告一段落。一人的晚饭做得不算丰盛,但他一口气炸了一大盆丸子,冻进了冷藏柜里。

这几天的气温高得离谱,后天开始就稳定在三十五度以上了,估计他也不会有心情顶着热气炸丸子了。

谭栩回来的时候,余宴川已经躺在了床上,正懒洋洋地抱着手机荒废时光。

门锁落下后,他看了眼表,凌晨十二点半。

楼道里伏满了蓄势待发的蚊子,谭栩这一进一出,能带进来一大片。

余宴川气得睡意全无,趿拉着拖鞋打开门走出去。

谭栩穿着一件黑色短袖,要不是脸上换上了那张蔑视一切的冷冰冰的面具，余宴川真要以为他还是学校里的那个阳光青年。

他想问这么晚还回来干什么，刚要张嘴，忽然传来一阵声响。

"嗡——"

动静很大，不知道是隔壁谁家传来的声音。

响声持续了十几秒才停下，余宴川愣了愣，又张嘴："你——"

"嗡——"

他额角突突直跳。

谭栩还站在门口，似乎也没料到这突如其来的噪音，两人相视沉默着熬过这十几秒，在间隙一起快速开口。

"你怎么回来了？"

"你还没睡觉？"

"嗡——"

谭栩骂了一声什么，余宴川没听清，眼见他转身要拉开门出去一探究竟。

他三步并作两步跑过去，一把按住了谭栩，在噪音里嚷道："明天吧，要不整个楼道的蚊子都搬家住进来了。"

"嗡——"

谭栩叹了口气，转过身来。

"谁家在用破壁机？"

"不知道。"余宴川咬牙切齿地拿起手机翻出业主群，"这个时间打豆浆给谁喝啊，倒时差呢？"

业主群里很热闹，基本都是一单元的住户。

"501 王"先发制人："这是谁啊？我家都能听见。"

"103 苏"接着说："明天不上班啊？"

"102 李"也来了一句："这声音也太大了，豆浆机没有降噪吗？"

余宴川顶着"203 谭"的网名跟了一句："哪家大半夜用破壁机啊，演闹鬼呢？"

谭栩刚才在外面骑车骑了一身汗，他一扬手把上衣脱掉，准备去洗个澡，拿起手机就看到余宴川顶着他的名字在群里撒泼。

　　他有气无力地说："换你自己的名字。"

　　"不行，在业主群里，合租屋的身份不能轻易暴露，否则会失去话语权的。"余宴川坐在沙发上捧着手机。

　　谭栩懒得理他，转身去了洗手间。

　　他顺便朝镜子里扫了一眼，这段时间的健身成效日渐明显，终于把肩宽练到了满意的程度。

　　他原本就有锻炼的习惯，只是最近把项目重点放在了锻炼上肢上。原因无他，仅仅因为他发现余宴川的身板一天比一天结实。

　　他研究过花店的工作，基本上都是体力活，进货搬货、去叶修枝，他甚至目睹过余宴川单手举着九十九朵玫瑰花，另一只手格外轻松地往上面缠胶带的场景。

　　这就是男人的好胜心吧，谭栩打开了花洒。

　　"嗡——"

　　仿佛水流都在抖动。

　　他仰起头，温热的水流滑过胸前。

　　他忽然想起来一件重要的事情，破壁机就算很吵也不至于吵到这个程度，能闹成这样子，只能说明这栋楼的隔音不太行。

　　谭栩烦躁地闭上眼睛，开始思考下次怎么才能在吵架的时候让余宴川小点声，如果街坊邻居都能听见，他可丢不起那人。

　　噪音持续了整整十五分钟。

　　谭栩换了衣服，从抽屉里拿了驱蚊片，再看表时已经快凌晨一点了。

　　学院的活动持续到将近十一点才结束，他原本打算直接回宿舍，但想想明天是周末，他还不如直接回出租屋。

　　忽然安静下来的屋子里仿佛落针可闻，业主群内的战火终于平息，他翻了翻聊天记录，前半段是203谭先生的激烈言辞，后半段是居委会王姐劝 203 谭先生消消气。

他定了个闹钟,然后把手机扔回床头柜,头疼地闭上眼睛。

下周学生会就要换届,他这个部长总算要退休了,宣传部把最后一次团建安排在了明晚。

部里的人每逢聚会必要喝酒,这个团建他是真的不想去。

但这次团建说是给他开欢送会也不为过,如果不去未免太不给大家面子。

身不由己啊。

"从踏入大学校门的那一天起,所有人都在不断接受并适应接踵而至的身不由己,又在一次次的身不由己中慢慢习惯,变成圆滑且懂得合理运用棱角的人。"

"大学是从乌托邦到现实的过渡,这只是他们要学会的无数个技能里最微不足道的一个。"

这些话有点耳熟,好像是当初余宴川拉拢他去宣传部面试时说过的话。

同部门的林予约他上午去超市给团建采购些零食,这害得他大周末九点多就爬了起来,不知道他的好室友起床了没有,谭栩轻手轻脚地打开房门,结果见到厨房里端正地摆着一个破壁机。

他扭头看了看房间布局,确定没有一觉醒来现身在别人家里。

"余宴川!"他喊了一声。

紧闭的房门里传来重物落地的闷响,余宴川扯着刚套上去的卫衣,探了个头出来。

谭栩感觉脑门上的青筋一跳一跳的,他指着破壁机问:"房东的?"

"对啊。"余宴川终于把衣服穿好,"我去超市买点黄豆。"

谭栩先是好言相劝,"不能以彼之道还施彼身"和"没必要跟着缺德",最后还是忍不住说:"你有病吧?你不睡觉我睡。"

"我白天打!昨天听馋了行了吧。"余宴川低头穿鞋,头都不回地推门出去。

不能生气,早上生气一天不顺。

谭栩咬着牙去了洗手间。

天气预报说今天夜间有雷阵雨,天空阴沉沉的,天气也一大早就闷热起来。谭栩走到超市门口,看到林予站在阴影处等着他。

男生穿了一身几乎和他昨天同款的衬衫,刘海遮住了眉骨,露出高挺的鼻梁和棱角分明的下颌。

林予的脸部轮廓有点像余宴川。

谭栩第一次见林予的时候就发现了这件事,他特意认真看过,五官拆开来看似乎都不像,但合在一起怎么看怎么神似。

大概是骨相像。

林予看到他,露出一个灿烂的笑:"来啦!"

谭栩微不可见地皱了皱眉,尽量维持着温柔阳光的部长形象,侧过头朝超市走去:"进去吧。"

说不出为什么,他和林予相处时总有些别扭,仿佛林予脸上挂着的笑没有任何一个弧度发自真心,但他的关心和热情又不像假的。无数矛盾点融合在那双深邃的眼睛中,谭栩看到就想避而远之。

超市里的冷气开得很足,周末的早上来购物的人很多,谭栩推了个购物车,突然有种会在这里偶遇余宴川的预感。

"这个好吃吗?"林予拿起一包薯片,包装很新颖,看上去是新推出的口味。

谭栩看着满载着膨化食品的购物车,漫不经心地说:"拿一包尝尝。"

"好的。"

他的心思飘忽得过于明显,林予没再开口和他搭话,两个人推着车挤在人群里,来到了人墙密不透风的果蔬区。

谭栩终于开了金口:"水果晚上回学校买拼盘就行。"

"嗯?但是我看这个橙子很好吃的样子,你要不要?"林予捧起了一个黄澄澄的果子。

"不用了"三个字刚到嘴边,谭栩就看到了蔬菜架对面正低头拣西红柿的余宴川。

身边是匆匆人流,余宴川八风不动地站在那里,西红柿被他挨个儿捏过去,半天才能挑出来一个放到塑料袋里。

谭栩咳嗽了一声,但声音淹没在人海中。

余宴川连着挑了六个西红柿才抬起头,冷不丁和对面的人对上眼神,他下意识吸了口冷气。

买个菜都能碰到谭栩,真是冤家路窄。

站在一旁的林予循着目光望去,眼睛看着余宴川,话却是对谭栩说的,他笑道:"朋友吗?"

余宴川这才发现谭栩身边站了个人,他挑起眉淡淡扫了一眼,觉得这人和他气场不和。

看样子应该也不是谭栩的什么新朋友,因为谭栩没有对这人的话做出任何反应,一直阴着脸盯着自己。

余宴川奇妙地读懂了这种眼神,谭栩在说"赶紧把我带走"。

"挺巧的。"余宴川熟视无睹,对男生笑了笑,"我有事先走了。"

"什么事啊?"谭栩叫住了他。

语气一如既往地温和,非常符合谭栩在人前的形象。

余宴川把西红柿放到购物车里:"回家打豆浆。"

他推着车要挤去旁边的电子秤称菜,途经林予身边时还是没忍住说了一句:"这种沃柑拿水泡的,转天就烂。"

即便身边嘈杂一片,他还是听到男生小声"啧"了一声,但抬眼时仍旧是满眼笑意:"不太会挑。"

谭栩见他要走，往后退了半步，不动声色地伸腿拦住他的路，问道："那应该要买哪种呢？"

开始威胁了。余宴川装作没注意到，收回左腿，被谭栩反应迅速地绊了一下，把他别在原地。

脚底下兵荒马乱，但表面还是静如止水，余宴川从灯光下的一片金黄色沃柑里随意拿出一颗，在手中抛了抛："挑这种底下凹进去的，凸出来的不甜。"

他轻轻扬手抛给林予，开始一门心思和谭栩作斗争。

紧接着就听到一段优美的手机铃声。

两个人同时愣了愣，谭栩拿出手机，目光在来电显示上停留了不到一秒就直接挂断。

三个人再次陷入相对静止，但因为这个电话的打岔，气氛不像刚刚那样波谲云诡。

"有人找你吗？"林予问道，"那你先去忙吧，我一会儿结了账直接回学校了。"

余宴川闻言立刻抽出腿，转身就走。

这一次没有拦路虎再缠过来，他听见谭栩礼貌得体地向林予道了谢，还嘱咐了一句"记得开发票"，之后匆匆朝着出口处去了。

背后投来一道似有若无的视线，余宴川自顾自地溜达着，没有回头。

这个学弟他有印象，应该也是宣传部的，似乎是大二转专业之后学生会补录进来的，那时候他已经毕业，两个人没有直接打过照面。

刚刚那电话……他瞥到了来电人，是谭栩恨得牙根痒痒的亲哥谭鸣。

合租以来他一直没有问谭栩为什么暑假不回家，不过也能猜个八九不离十，多半跟这位好哥哥有关。

余宴川不想掺和进谭栩家的那些破事——虽然他几乎可以肯定，半年前的那辆"759"白车应该和谭鸣有关。

不然不会这么巧，那辆车前脚停在谭家的酒店前，后脚就来剐他的车。

他今天来超市主要是为了买点生活用品，比如杀虫剂。

谭栩以后晚归大概率会成常态，他实在受不了蚊子一批一批地进家门，干脆在门口放了瓶杀虫剂，不论是谁，晚上进屋前先站在外面喷一圈。

他拎着一袋菜和一瓶杀虫剂回家，打开门就看到谭栩正坐在沙发上抱着笔记本电脑。

余宴川第一次见他坐在客厅里，刚要说话，就听到身后的门被人敲响。

杀虫剂还拿在手里，余宴川和谭栩对上眼，说："不是我敲的。"

"我知道。"谭栩无奈地说，"看看外面是谁。"

余宴川从猫眼往外看了看："是……谭鸣？"

他直接把门打开，门外站着一个和他差不多高的男人，穿了一身仿佛不沾一丝灰尘的笔挺西装，就连头发丝都散发着优等生的气息。

谭鸣和谭栩除了都长得不错外，没什么相似的地方。

谭鸣站在楼道里，和他隔着一道门，目光犀利又不带多余情绪。

门都开了，人都面对面了，谭栩还盘腿坐在沙发上，非常平静地对余宴川说："你装不在家，不就行了？"

余宴川换了一只手拿杀虫剂："你刚才说话那么大声，聋子都能听见屋里有人。"

谭鸣垂下眼皮，看向他手里的杀虫剂。

余宴川往旁边让了让："你要么进来，要么关门，行不行？就那么几只蚊子全进屋了。"

他说完，把杀虫剂随便放到角落里，拎着地上的购物袋去了厨房。

谭鸣走进屋里，皮鞋在大理石地面上轻踏出响声。

"谁告诉你我住这里？"谭栩没有抬头，专心敲着键盘。

"爸妈都很担心你。"谭鸣慢慢理着袖口,他做所有动作都是一副慢条斯理的模样,就连转头也是。

余宴川把塑料袋叠好丢进收纳篮里,侧过头,从垂下来的发丝间隙里和谭鸣目光相接。

"见也见了,可以滚了。"谭栩说。

恶劣的态度没有让谭鸣露出一丝失态,他依旧端着那副假模假样的姿态:"爸妈都以为你还住在学校宿舍。"

"那你告诉他们吧。"谭栩说。

余宴川把豆浆机的插头插好,按了启动键。

"小栩,我相信你对自己有判——"

"嗡——"

谭栩许久没见过有人敢这么直接地打断谭鸣说话了。他看着谭鸣脸上浮现又很快被强压下去的不快,没忍住冷笑了一下。

"嗡——"

谭鸣来这一趟也不是闲得找乐子,他在临走前通知了谭栩一声,爸妈叮嘱他研究生要申请国外哪个学校,并强调本校的"预推免"只是个保底选项。

谭栩轻飘飘地说:"可以滚了。"

他点下"文档保存",窗外传来轰隆一声闷雷,看来天气预报也不完全准确,夜间雷阵雨提前到了中午。

安城大学是国内的顶尖院校之一了,也就他们家看不上。

余宴川在厨房埋头择菜,见谭栩连外面打着雷都不留他哥吃顿饭,看来他和谭鸣的关系比半年前还要紧张。

豆浆机的噪音让谭鸣无法体面地做个总结,眼看着外面黑云滚滚,他在屋里勉强坐了十分钟,起身要走。

余宴川连忙站起来:"你等会儿!"

谭鸣开门的动作顿了顿,轻皱着眉,看着他走过来,拿起了地上那瓶杀虫剂。

"走吧。"余宴川替他拉开门,在他迈出去的一刻朝着楼道里狂按了一圈杀虫剂,没等药雾从半空落下来就"嘭"地把门关上。

外面适时响起一声雷鸣,响亮得好像老天爷在拿着棒槌四处敲。

他转头就看见谭栩臭着张脸站在身后。

"干吗?"余宴川看到他手里握着一个啤酒罐,立刻叫道,"不喝,你最近怎么瘾这么大?我要做饭了。"

他去厨房把手洗干净,谭栩一直阴魂不散地跟在他身后。

"你自己心情不好别来烦我。"余宴川冷下脸来,幽邃的眼眸里透着烦躁,把身后的谭栩赶开。

倾盆大雨来得毫无预兆,响雷震破了天幕,雨水顺着天窟窿一股脑倾泻下来。

窗户如同被开到最大的水龙头对着冲,屋外很快白茫茫一片,雨水密得连看对面楼都只剩一副模糊残影,像滤镜开到最大的复古定格照。

就这么几秒钟,估计纱窗旁边摆的那盆吊兰这礼拜都不用浇水了。

余宴川推开谭栩,往屋子里走。

这场雨来势汹汹,天都黑漆漆的,几乎叫人分不清是中午十二点还是夜里十二点,他不得不开了灯,去关窗户的时候还被浇了一胳膊雨。

余宴川听到拉环"啪嗒"一声被拽开,气泡翻涌着冒出来,发出轻微的爆破响声。

谭栩说:"你就不烦吗?一礼拜没出去鬼混,憋死你了吧。"

"跟你没关系。"余宴川看着他手中轻晃的酒罐,"要喝出去喝,别把屋里弄得酒气熏天。"

话音落下,客厅那盏吊顶灯倏地熄灭,厨房的噪音也随之消失——停电了。

好在没有打闪,不至于让黑咕隆咚的屋子因为阵阵惨白而变得诡异。

窗户紧闭的环境下温度不断攀升，闷热低气压与正午的室外不相上下，余宴川推开卧室门，挂在墙边的捕梦网被风吹到了地上，他低声说："晦气。"

话音刚落，天不遂人愿，一道闪电伴着惊雷直劈下来，刺眼的亮光让人条件反射地紧闭双眼。

余宴川一抬腿踩到了卧室里洒落一地、还没有收拾干净的塔罗牌，重心一歪，正要抬手去扶墙，却被人从背后猛撞了一下。

他心道不妙，可混乱漆黑的屋里压根找不到落脚点，脚下攒起褶皱的地毯与杂物混杂在一起，他不得已向前倒去，只来得及用双手撑了一下地面。

可他没想到谭栩也跟着摔倒下来，随之而来的还有谭栩手里那罐啤酒。

被捕梦网缠住鞋的谭栩倒在余宴川旁边，想极力稳住手里的酒罐却没能成功，飞溅出的啤酒，直直落在余宴川的身上。

昏暗的房间里只能听到隔着一层窗玻璃的淅沥雨声，余宴川头晕目眩地爬起来，抖了抖衣襟上的酒渍："当合租室友得有个规矩，以后不准拿着酒在我房间晃荡。"

谭栩单手撑着身子，手掌下按着乱七八糟一堆杂物："你也得有个规矩，别把屋子弄得这么乱。"

被打湿的衣服冰凉地贴在皮肤上，余宴川烦躁地扯了扯，推开了谭栩自顾自站起来。

这一推手劲并不大，谭栩的口袋里却随之掉了几块小方糖出来，刚好落在余宴川脚边。

余宴川俯身捡起来，不爽道："能不能收拾好你的东西？"

"没地方放，给你了。"谭栩也很不痛快，酒罐里一大半液体都洒了出来，只剩一个底，让他也兴致不高。

这方糖是谭鸣那个大酒店最喜欢用的薄荷糖，前台的琉璃碗里总是装得满满当当。

咬开了有草莓流心，冰凉的薄荷味在舌尖绽开，凉意顺着口腔直流入心头。

余宴川随手剥开糖果塞进嘴里，刚巧供电恢复了正常，客厅内灯光大亮，堪堪照进大敞开的卧室门，微微低下头就能看清谭栩的脸——一半仍旧隐藏在暴雨下的黑暗中，另一半被微弱的光勾勒出轮廓棱角，眼里是情绪积压的不爽与憋闷。

余宴川默念了几遍不能吵架，特别是在谭栩见到谭鸣之后。

"想喝就去你自己房里喝。"他冷冷丢下一句话，转身去了洗手间，去洗这件遭遇飞来横祸的衣服。

谭栩今天确实气不顺。或许不止今天，长这么大不管什么时候看到谭鸣，他都会气不顺。

这个比他早出生四年的哥哥就像挂在毛驴头上的假苹果，毛驴懒得追着苹果走，赶驴人还在旁边拿鞭子抽。

他记不清一天之内要听到多少次"学学你哥"，从初中听到高中，从高中听到考研。

在这位哥哥的阴影下，谭栩被包装成了一个优秀、有才华、待人接物细致体贴的完美作品。

他必须要一步一个脚印顺着谭鸣的老路走，不能走偏半步。

在外多光鲜亮丽，内里就塞了多少败絮，他把那副不成器的样子藏得很好，很少有人见识过。

也许这就是他可以接受和余宴川合租的根本原因——比起在宿舍装成彬彬有礼的好大哥，他还是更愿意在合租屋里活得更轻松一些。

谭栩很快就冲完澡，把衣服慢慢穿好。

他知道余宴川也有个哥哥，同样优秀得惊为天人，同样常常被他爸妈当作楷模来鞭策他。

但他哥人很不错，起码对弟弟真心实意，比他妈还操心，在这一点上就把谭鸣甩开了八条街。

家庭啊，家庭多重要。

不一样的哥，造就了不一样的性格与人生。

"晕里面了？"有人敲了敲浴室门。

谭栩拉开门正要说话，重新运作起来的豆浆机再次配合地响起："嗡——"

他牙根痒痒，走近一些，对着余宴川的耳朵大喊："豆浆机换个减震的，三天之内它不换，我就再买一个更震的来陪它。"

"你还有这好心呢？"余宴川看他一眼，波澜不惊地进了浴室，"买呗。"

门被无情地关上。

雨势渐小，谭栩把背风面的窗户打开，看到客厅的茶几上躺着两枚硬币。

看来玄学杂家又给自己算了一命，也不知算出了什么稀奇东西。

谭栩打开手机，宣传部的聊天群的消息不知道刷了多少页，看样子在商量今晚的团建要不要搬到室内举行。

讨论的结果已经出来了，意思是先等等，看下午雨停不停再定。

还再定个什么？就算雨停了，操场也是潮的，一群女孩子在潮湿的草坪上坐一晚，也太受罪了。

他直接回了消息："去室内吧，预约一间教室。"

消息一经发出，立刻有不少人响应，林予主动请缨去预约。

谭栩看到他发言才想起来，方才那场雨是一道雷突然间劈出来的，算算时间，林予要是走得慢，当时可能还没到宿舍。

毕竟是为了迁就他才把采购地点定在了校外这家超市，怎么说也得问一问。

他点开了私聊："刚刚有事，没顾得上问，没有淋到雨吧？"

林予回复很快："没有的，到了寝室才下雨。哈哈哈哈哈。"

紧接着又是一条:"对了,超市里碰见的是咱们上一任部长吧?晚上团建要不要叫他?"

谭栩有些意外,他印象中林予似乎没见过余宴川。

他没有纠正余宴川是上上任,直接回复道:"不了,学长挺忙的。"

学长现在已经在商业街卖花了。

豆浆机终于完成使命,嘀嘀地叫了几声。谭栩放下手机,走过去把盖子打开,被扑面的热气烫了一下。

"余宴川!"他又喊了一声,"豆浆打好了!"

浴室里传出噼里啪啦的声音,没一会儿余宴川莫名其妙地走出来:"打好了就盛出来啊。"

谭栩"哦"了一声,拿了两个碗放在旁边,皱着眉看向香气四溢的豆浆机。

"算了,我来吧,你倒自己手上了,还得送你去医院。"余宴川不留情面地把他挤开。

他轻轻一转把装着豆浆的杯体取下来,将豆浆倒入碗里。

余宴川倒完一碗,才犹豫地开口:"谭鸣的车牌号,是'531'吗?"

谭栩正盯着他的小臂青筋看,闻言愣了愣:"不是,他的车牌是'886'。"

"嗯。"他点了点头。

"怎么了?"

余宴川避而不谈,偏着头指了指两碗豆浆,说道:"端过去。"

谭栩本想一手端一碗,没想到被烫得瑟缩了一下,最后还是跑了两趟挨个儿端。

余宴川本来想提示他可以单手钳着上半边,但看他都跑完一个来回了,只好把话咽了下去。

他瞥了眼窗外,刚刚洗澡时看到楼下停了辆黑色的"531"。

他昨天去花卉市场进货的时候看到过这辆车,就停在他旁边。

不知道为什么,他总感觉开这辆"531"的不是谭鸣。

怎么一天到晚有人跟踪他?

余宴川想破头皮也没想明白自己有什么值得被跟踪的地方,要说是图他家产,那也得去跟踪他哥,余长羽才是他爹培养的继承人。

要说是谭鸣爱弟心切,想看看和他弟合租的到底是什么人,也没道理跟踪这么长时间啊。谭鸣看样子平时挺忙的,应该没空在他身上浪费时间。

余宴川难得遇到这种新奇事,他把米饭焖好,打开了设置为"消息免打扰"很久的群。

群聊名称被改成了"安城闲人大队",不知道是谁改的。

余宴川懒得翻那一堆聊天记录,直接在群里通知全体成员:"明天,体彩,谁来?"

全体成员一共也就五六个人,都是平时和他玩得来的朋友,成分极其复杂,有运营花店遇到的同道中人,有余兴海合作对象家的纨绔子弟,还有他八百年前"非主流时期"玩漂移板时认识的朋友。

玩漂移板兄弟最先回应:"前两天喊你,你也不出来,明天我没空啊,其他人上。"

纨绔子弟第二个回复:"回回都去体彩?"

体彩指的是学校后面那条街上的一家酒吧,酒吧名字是一串字母复杂、看上去很生僻的英文,总有人记不住,干脆就拿酒吧隔壁卖体彩的店代称。

这位纨绔子弟也不算太纨绔,叫何明天,不是什么家财万贯、坐拥中央商务区写字楼的大少爷,家里的企业跟谭栩家的大酒店比起来也小巫见大巫,是个会为了奶茶店的情人节第二份半价跟女生扮情侣的普通小少爷。

据说这个名字的寓意是鹤鸣九天,不过听上去很像他在强行解释。

安城的商圈水很深,元老大部分都有些背景,新钻进核心层的富豪们开始稳固势力，余兴海属于正在埋头努力向里钻的那拨人。

在这样的环境里，其实有时候不需要太多资源和成就来证明"我是哪个圈的人"，转头看看身边的人脉就能对自己的社会地位有个判断。

余宴川接触不到什么真正的富家公子，何明天就是他最铁的商业朋友。当然他哥余长羽应该能接触到一些牛人，毕竟他亲自跟着老爸干了那么长时间。

余宴川看了一会儿他们在群里扯闲篇，私聊了何明天，说道："明天你来，有事跟你说。"

何明天兴致勃勃地回："又要查什么？我上次偷你爸助理权限的事没被发现吧？"

余宴川懒得骂他当初那漏洞百出的方案。

何明天继续说："我想给你介绍个朋友认识，在群里叫了你好几次也不说话。"

这已经是何明天要介绍给他的第三个朋友了。

余宴川就连吃鱼都没这么挑剔，回复他："之前那俩哥们也不靠谱啊，别再给我介绍朋友了。"他自认不是什么好人，但何明天的狐朋狗友总能给他更大的"惊喜"。

吃完这顿一波三折的午饭，时间也不早了，谭栩去学校团建，回到家就只剩下他一个人。

他给小风打了个电话，确认店里的花没有淋到雨，接着就安心缩在被子里闭上眼睛。

在他看来，下着小雨开着空调的悠闲下午，不睡大觉就是对美好时光的浪费。

也许是饭前消耗了太多体力，他沾上枕头就陷入了梦中，下一秒手机里弹出谭栩的消息无人应答。

谭栩等了半天没见回复，就知道余宴川又缩回到被窝里。

他坐在桌椅摆成U形的教室里，敛起眼中的无可奈何，继续发着消息。

"什么时候醒了回我。"

"九点半，打我电话假装催我回去，我开免提。"

"我要是挂了就再打，帮我演出戏。"

消息落入余宴川的对话框如同石沉大海。

"咱们买的新口味薯片挺好吃的。"

他抬起头，坐在身边的林予递过来一包开口的薯片。

教室乱哄哄的，一个擅长活跃气氛的学弟站在中间，随便挑起什么话头，一群人就能聊半天。

大多数人在教室里有些放不开了，没像上次去KTV的时候一样喝得昏天黑地。

谭栩接过薯片，没尝出什么味道。

"谭哥，你是不是要保研本校了？"林予小声问道。

谭栩不动声色地往旁边挪了挪："没定，等考完期末。"

"那肯定也八九不离十。"林予笑了笑。

离得远的几个男生不知道聊起了什么，哈哈大笑起来，主持人学弟跟着笑了一会儿，拍拍手要带大家一起玩儿什么游戏。

"你要一直待在安城吗？"林予忽然问。

谭栩拿出手机看了看，余宴川应该还蒙在被子里呼呼大睡。

"有可能出国，我申请了几所学校。"他说。

"哦。"林予若有所思地点点头。

谭栩不喜欢被人打探，他拉开雪碧拉环，气泡争先恐后地涌出来，流下几滴落在手指上。

"我不信谭哥不想知道，谭哥！"聊得最火热的一群里忽然有人喊他。

谭栩抬眼看过去，是个剪了短发的学妹。

"谭哥，小宇有情况了啊，还不跟我们说！"他们七嘴八舌地闹着,"上回团建还没有,这才俩月!"

叫小宇的男生整张脸都涨得通红,喝了一大口可乐,支支吾吾地摆着手:"没有没有……"

"还没有呢,手机屏保都换上了!"不知谁起哄道。

谭栩打心眼儿里烦,人家现在不愿意说就别问了呗,要是小宇自己想说,过一会儿不用问也就说了。

但他还偏偏要在众人面前保持一副阳光学长的人设,只好淡淡笑着:"不是说要玩儿真心话大冒险吗?等小宇输了再问他。"

"对对,赶紧拆卡,现在就玩儿!"

谭栩没想到这帮人能这么吵,分贝远超豆浆机。

这一次是因为第二天有不少人都有事情要忙,权衡之下才把聚会地点选在了教室里。

以往每次聚会都出去租场馆,就算吵也都挤在唱吧里,和音乐声不分彼此,今天他第一次直观地感受到一群大学生可以闹到什么地步。

他无法想象余宴川那种浑身上下写着"不高兴"的人怎么当部长。

真心话大冒险是所有聚会最好用的暖场工具,因为人多,他们用了最传统的击鼓传花,一袋没开封的薯片转了两圈才停在谭栩手里——是在音乐戛然而止的瞬间被林予抛进怀里的。

谭栩拿着薯片愣了一下,一屋子人顿时吵嚷起来,还拍着桌子,主持人学弟闹得最凶:"谭哥,开门红,是真心话还是大冒险!"

话音一落,所有人都静下来,瞪着眼睛看他。

谭栩平时显得脾气太好,此时这么闹腾也没人觉得不妥。

"真心话吧。"谭栩按了按额角,他之前可是吃过大冒险的亏的。

主持人学弟捧着展成扇形的卡片跑到他面前,谭栩在众目睽睽之下抽出最中间的一张。

林予立刻凑过来看,卡片题目是"场景设置"。

"抽到了活题啊!"主持人学弟鼓掌,"有没有人来给谭哥出题!"

"我我我！"坐在小宇边上的男生高举着手，笑嘻嘻的脸上已经有了两团红晕。

谭栩右眼皮跳了起来。

"如果！"男生拉长了声音，所有人的目光集中在他身上，每个人脸上都挂着看热闹的笑。

"如果，因为聚会你回家晚了！"男生一字一顿，每说一句话，小宇就拿胳膊肘撞他一下。

他认真把话说完："女朋友来催了，你会怎么和她解释！"

刚一说完，身边的一圈人都开始起哄小宇，小宇也跟着笑，大声道："你们可以了啊，这是谭哥的题！"

看来刚刚小宇的疑似女友给他发消息了。

谭栩压着跳个没完的右眼皮，露出一个得体的笑，大家见他准备说话，全部闭上嘴，目光灼灼地看着他。

结果他的手机先一步响了起来。

谭栩心中警钟猛地敲响，低头一看果然是余宴川这个不长眼的。

这才八点钟，这人肯定刚睡醒，迷迷糊糊的，忽略了"九点半"这个关键词。

他果断挂断了来电。

谭栩再次摆出那个得体的笑，抬头对大家说："如果因为聚会回去晚了……"

铃声再次响起。

谭栩脑子里闪过无数句"我真是服了"，提问的男生带头说："谭哥你接吧，没事的！"

其他人也一起说着"没事、没事"。

现在无数道目光汇聚在他的手机上，他骑虎难下，只好点下接听键。

"你什么时候回来啊？"果不其然，余宴川说出了那句台词。

的确是刚睡醒的声音，嗓子有些发哑，还带着一丝微妙的不耐烦。

他声音不大，但在这样安静的环境下，也足够旁边的人听到了。

林予的目光最意味深长。

谭栩和风细雨地笑着，咬着牙说："你再仔细看看我的消息？"

余宴川沉默了一会儿，大概是退出去看完消息，不知道如何找补，只好说："那我一会儿……再打一个。"

谭栩放下手机，一脸茫然地端起杯，喝了口雪碧。

没什么人针对刚刚那通电话发问，离得远的都没听见，靠得近的不敢吭声。

谭栩想，按余宴川的不靠谱程度，要是没有他那殷实的家底撑着，花店迟早被他干倒闭。

余宴川连打三个喷嚏，拿脚指头都猜得出来是谭栩在骂他。

他顾不上谭栩这边，先拨通了存在备忘录里的电话。

他是被八点十分的闹钟吵醒的，五分钟后有个客户和他约塔罗牌占卜服务。

这么宝贵的五分钟，他先花了两分钟给谭栩打电话，怎么看怎么够义气。

约他占卜的人，提问大都很细致，他遇到过有人占某一项目的走势、未来几周事业的发力点，等等，但至今没怎么碰到过问感情的。

来找他的人基本都是朋友的朋友，之后再口口相传推荐给其他朋友。

他的占卜，其实就是借着塔罗牌的幌子，给别人做心理辅导的，他做这个也不为了挣钱。

上礼拜他给一个女孩占卜，那个女孩感情不顺。

女孩语气中的沮丧非常明显，他本想安慰一下，却又不知道该如何开口，只好说："事在人为。"

话虽如此，但余宴川总会想，牌面里所预示的未来，究竟是立足于眼下，其本应如此，还是建立在"事在人为"后，把所有还未付出的努力已囊括其中而得到的结果。如果是后者的话，那未免也太悲哀了。

不过他始终坚信事在人为。

这一次约占卜的是一位濒临崩溃的"考研人"，余宴川翻卡的时候心情还算平静，他很少会共情电话那一端的情绪，好在从牌面看结果不差，他告诉电话那头的人，应该能考上，但是可能要接受调剂。

谁知对面一听就受不了了，哽咽着说："那个看星盘的和看手相的也这么说，怎么办啊，我不想被调剂……"

余宴川心理吐槽这人怎么这么迷信，但还是闭着嘴等他一个人呜咽完，才说："我给你抽一张化煞。"

他两手利落地洗牌，掉出了一张宝剑六。

"赶紧学习去吧。"余宴川扫了一眼牌，把它推远一些，"心里有数了，就别浪费时间在占卜上，抓紧时间学习……事在人为。"

占卜只用了五分钟，剩下十几分钟都是余宴川在鼓励他好好学习。余宴川一个自己都没读研的人，还去当考研学生的人生导师。

挂断电话后他自觉灵魂得到升华，决定把拖延到九点多的晚饭吃掉。

黑白颠倒的作息让人白天总是萎靡不振，余宴川忽然有些理解为什么楼上会半夜十二点多打豆浆。

但理解归理解，十二点半时豆浆机再次准时响起，余宴川还是愤怒地从床上爬了起来。

这响声宛如推土机在客厅里工作，他怀疑在这样的环境里做梦都会是置身装修现场。

住户群里的"203谭"——也就是余宴川又忍不住开炮了："又来了，你家养的公鸡是不是记不住东八区的日出时间啊？"

今天终于有个疑似豆浆机主人的人发言了。

"笑看人生"——备注"303李"的住户回道："请注意素质。"

"我在骂公鸡,你急什么?"

"笑看人生"没理他,直接在群里找居委会大姐求助:"王姐,这位谭先生语出伤人。"

余宴川气笑了,继续顶着"203谭"的网名打字:"我在骂公鸡,你急什么?"

楼上顿时"噼里啪啦"传来一阵响动,天花板差点没被砸漏。

接着就听卧室门外传来脚步声,谭栩一脚蹬开他的门,对他说:"人家住楼上,你住楼下,你别惹事啊,我不想跟你同甘共苦。"

余宴川躺着没动,床头小灯在他的侧脸上照出一片温馨的暖黄色:"我在骂公鸡,你急什么?"

谭栩咬牙切齿地说:"你顶着我的名字骂的。"

"不好意思。"余宴川毫无感情地道了歉,把群昵称改成了"203你祖宗"。

这时,群里那位"102李"站出来结束了这场对峙:"我已经给片警打过电话了,半夜打豆浆这事下不为例。"

这句话之后,那位笑看人生总算消停下来,豆浆机像昨天一样工作了十五分钟,之后整个屋子陷入了空前的宁静。

余宴川没有梦见装修现场,反而梦见他被"笑看人生"一棒子打晕,然后被装在豆浆机里。

梦境过于真实,何明天打了三个电话才把他叫醒,刚醒来的余宴川还沉浸在恐怖的梦境里,接起电话时都有些恍惚。

"今天记得来啊!"何明天的嗓门很大,"我给你介绍个哥们儿,你打理一下那个鸡窝头发,别太邋遢。"

自打他在学校里开了花店、远离了纨绔子弟的圈子后,何明天就热衷于为他介绍新奇的朋友,上次带来的是围棋老师,上上次是剧本杀主持人。余宴川怀着忐忑的心情推门进去,看到的是一个人高马大、比他还硬朗的男人。

037

余宴川不动声色地退后了半步。

"川！"何明天从卡座里探了个头，对着他招手，"来来来，这是小周，你们认识认识！"

小周坐在那里，气质像是个带头大哥，余宴川实在叫不出"小周"。

他只穿了一身很普通的休闲服，余宴川能看到那件短袖下若隐若现的肌肉。

小周很大方地对他点点头，伸出一只手："你好。"

余宴川握上去，仿佛在掰手腕似的："你好，我叫……余宴川。"

饮料早已点好摆在桌上，这个时间的酒吧不算热闹，甚至最靠边那排还有几个宿醉未走的在打呼噜。

小周的五官锋利，剑眉压着一双炯炯有神的眼睛，他一直盯着余宴川的脸，被对方发现后讪讪地笑了笑："不好意思，我就是觉得你有点儿眼熟。"

非常老套的开场白，但余宴川感觉他似乎是真的在思考在哪里见过面这件事。

"是吗？"他不以为然地勾着嘴角，对着小周歪了歪酒杯。

小周是隔壁大楼那家会员制健身房的特级教练，一会儿就要去上班，是提前到了十几分钟，顺路过来坐一会儿。

临走时小周留了微信，不过余宴川并没有加的打算。

"这哥们挺有意思的啊，你咋对人冷冰冰的，这可不像你啊。"何明天跷着二郎腿说，"小周其实见过你，就在这酒吧。"

余宴川差点把嘴里的饮料吐出来："他见过我？那他说什么看我有点眼熟。"

"见过也能眼熟啊，万一是早上碰见了跟你长得很像的……"何明天滔滔不绝地说着，最后才把话题收回来，"你要找我查什么来着，我忘了。"

余宴川叹了口气："我还没说呢。"

他的胳膊随意搭在椅背上,看着酒吧里炫目的灯光,说道:"最近有辆车总是跟着我,黑色的'531',一会儿我把车牌发你。"

何明天摆弄着他锡纸烫的头发,忽然"啧"了一声:"黑的'531'?"

余宴川心里一跳。

只见何明天眯着那双细长的眼睛,想了半天也没说话。

"你见过?"余宴川问。

他的手指不自觉转着酒杯,实际上背脊已经僵住,不知该作何反应。

"不记得了。"何明天又连着"啧"了几声,"有印象,就是想不起来。"

"你可别开玩笑。"余宴川低声说,"要是这车也跟过你,那就是有人盯上我家里了。"

"这个没有。"何明天赶紧摆手,"这我能打包票,肯定不是跟踪我,要不我不会记不住。"

他换了一条腿跷着,半边身子都压在桌上:"你不说还好,你一说,我真觉得我有印象。"

"也许不是车牌。"余宴川稍微松了口气,"看到的日期、一串数字,都有可能对这个排列留下印象。"

"你说话怎么这么有深度了?"何明天咧着嘴看他一眼,又恢复了刚刚深思的状态,"但我明明就是……算了算了,你还是要查谭家那个酒店的监控吗?刮你车不都是半年前的事情了,你确定这次也跟他们有关?"

余宴川抬手盖在眼睛上,头有些发晕:"现在我不确定……"

"没事,宁肯错漏绝不错杀。"何明天说着乱七八糟的俗语,"我调监控熟得很,但只能调到大门的,可以吗?"

"可以。"余宴川把杯底的饮料仰头喝完,起身要走,"行了,我回店里了。"

"你就为说这个啊?"何明天着急忙跟着喝干自己的酒,"这还得见面说？"

两个人一起走出酒吧，迎面是宽敞的马路，对面立着几座高耸的写字楼。

"我本来打算聚一聚的，这不是除了你都没空吗？"余宴川轻车熟路地走进酒吧隔壁的体彩店，买了张随机号码的彩票。

何明天默契地跟着买了一张，骂骂咧咧地掏出手机："我的车送去保养，来这儿一趟还是叫的网约车，这路费比那酒还贵。"

他猛地顿住。

余宴川从体彩门口的台阶走下去，写字楼顶的玻璃反射出刺眼的白光，他转身看向何明天："走啊？"

只见何明天呆滞地站在台阶上，手里夹着的彩票被风卷到地上。

他顾不上去捡，两步跑下来，原本就响亮的嗓门失控地响彻整条街："我想起来了！'531'是小周来这儿打的车，黑色的！"

余宴川的第一反应就是按住他的嘴。

两人静止了几秒钟，川流不息的车子从身边经过，小周早已经离开。

何明天这才追着那张彩票跑了几步，一脚踩住，又颤颤巍巍地捡起来。

"你确定是他打的车？"余宴川拧着眉。

"我看着他从后面下来，然后车开走了。"何明天挠着下巴回忆道，"他就在这儿上班，不过公交车是停在大厦正门，来酒吧这边打车也合情合理。"

"在你这儿什么都合情合理！"余宴川朝他屁股上踢了一脚，"这人你怎么认识的？"

"我健身认识的啊！"何明天回过味儿来也觉得不对劲，"上次响哥过生日，咱们几个在酒吧喝酒，我看见他过去打了个招呼……"

响哥是那个和余宴川一起玩漂移板的兄弟。

余宴川依稀记得有这事儿，甚至还想起来，当时何明天的确跟某个朋友打了招呼。

他拿出手机,通过了小周的好友申请。

点开朋友圈,他几乎怀疑这是小周的工作号,齐刷刷的蜜色肌肉,各个部位都有,文案是健身套餐一二三,有优惠。

他从头看到尾,没发现半点可疑信息,点开小周的几条个人生活朋友圈,连个共同点赞都没有。

余宴川拿出车钥匙按了一下,停在不远处的车叫了一嗓子回应。

"我带你回去。"他拉开车门问,"去哪儿,你爸公司?"

何明天不见外地爬上副驾驶座位:"去金紫广场。"

"玩儿去啊?"余宴川打了转向灯,车子缓缓汇入车流中。

"别提了,月底有个慈善晚会,你知道吧?"何明天系了半天才把安全带系好,"谭家办的那个,我爸让我物色一套体面点的西装,到时候跟他一起去。"

余宴川"哟"了一声:"大少爷不应该是几个管家拥上来量三围,再给你定制一套某大设计师的全球独家吗?"

"做梦去吧,谭家大少爷倒是有可能。"何明天在大众点评上搜着哪家的定制西装物美价廉,"我其实想租一套得了……"

余宴川打断他:"好歹也是少爷,有点架子。"

谭家大少爷穿不穿大设计师的全球独家定制他不知道,反正二少爷不穿,不仅不穿,连领带都打得像红领巾。

二少爷着实是个生活废物,饺子都不会包,煮完能碎一锅,加点料能当疙瘩汤喝了。

余宴川一想起这些事情就眼前昏黑。

金紫广场是安城最繁华的一片商圈,稍微靠近一些,路上就堵得水泄不通,何明天挑了个好走的地方下了车。

他前脚刚下车,余长羽的电话就打了进来。

余宴川几乎被训练出了条件反射,看到这三个字就开始耳朵疼。

他把手机连在车载屏上："喂？"

"小川，在店里吗？"汽车音响中传出余长羽温和的声音。

他语焉不详地回道："啊。"

对面沉默了两秒，忽然说："你是不是在开车？"

"我……"紧箍咒已经在耳边念响，余宴川踩了踩刹车说，"我靠边停了，你说吧。"

果不其然，余长羽念经一样啰嗦起来："不是跟你说过了开车别接电话？万一又被剐一下怎么办？"

余宴川适时接话道："怎么了，哥？"

"爸的海外分公司出了点小事，我得去一趟。"余长羽说，"月底爸要出席个活动，我要是回不来他就得带你去，我先跟你打个招呼，这两天要是看见他来电话了先别挂。"

"哦。"余宴川犹豫片刻问，"出什么事了？"

"不是什么大事。"余长羽声音有些疲惫，"就是需要有人去露个面。不说了，你忙吧，我跟分公司那边联系联系。"

余宴川很少见他力不从心的样子，没有多问："你什么时候回来，我去接你呗？"

"到时候再说，时间还没定。"余长羽那边的音量忽大忽小，听起来是在走路，接着就挂断了电话。

车载屏弹回了首页目录。

余宴川把车子开回安城大学，从车库走到商业街。

第二章

塑料枝

第二章 塑料枝

花店里有学生光顾，小风正在向客人介绍花束品种。

余宴川洗了手，看到桌子上有新到货的花，走过去接手了小风没有做完的活儿。

除刺夹顺着花茎而下，把叶片剔除掉，再将根茎剪到合适的长度，这一套他早已烂熟于心。

把几桶花处理好后他才回到柜台后的躺椅上，打开了丢在一旁的平板电脑。

何明天上次发他的视频还存在网盘里，一共七段，每段都有足足二十四个小时。这些视频是正对着龙鼎酒店正门的监控录像——就是谭栩家那个了不起的大酒店。

他用自动识别软件全部扫了一遍，没有那辆"黑色531"。

为了避免这个他自己瞎写的软件出问题，他又扫了一次之前那辆剐他的"白色759"来验证，答案和之前一样，仍旧是进出各一次，软件没问题。

这七段是半年前的监控，但黑车是近期才横空出世的，没有在监控内出现过也合理。

他按上锁屏，仰头放松着颈椎。

去调龙鼎酒店的监控，这是他早就想做但是近期才完成的事。

"白色759"撞他的那天是谭鸣的生日，谭栩跟着几个朋友一起在龙鼎酒店庆生。

酒店的监控每七天自动覆盖一次，偏偏那一周的录像带因为谭鸣生日而单独存档过。

余宴川没有手眼通天的本事，背后更没什么人脉支撑，很多路段的监控他无权调看，想查一个人难于登天。

不然他也不会在上个月才把"白色759"的踪迹追溯到龙鼎酒店附近。

"老板，这个怎么卖？"柜台外传来一个声音。

余宴川从躺椅上坐起来，说话的是个穿着白色短袖的男生，头发剪得有些短，但发质看上去很软，几缕额发垂在眉边，一双明亮的眼睛看着他。

"五十。"余宴川比了个五，"那个小的四十。"

男生问："没有中等大小的吗？"

"你换个颜色不就行了。"余宴川躺回椅子里，"你左手边那个大粉色的就是中等大小，四十五。"

男生纠结了一会儿，还是拿了紫色的大号花束。

余宴川抱着手机，在男生从落地窗外走过时抬眼看了看。

这男生他有印象，当初他跟谭栩在学校湖边吵得不可开交的时候，这人刚巧就坐在旁边椅子上。

一晃都半年过去了。

半年前那天，学校举办了多院联合的知识竞赛，谭栩作为负责人之一，在活动尾声时需要上台发言。

许多参赛者都在余宴川的花店里订了花，在最后拍集体合照时纷纷捧着花，他也特意为谭栩备了一束，安排部门的委员送到台上。

只没想到活动结束后他和谭栩在湖边吵了一架，谭栩把那束花扔到垃圾桶里之后，两个人自此分道扬镳，直到合租相遇前都没有再联系过。

吵那一架说白了是两人的三观不合，谭栩上进，而他只想着得过且过。谭栩认为，细小的生活态度，会让人走上天差地别的人生路。

余宴川也忘了他们究竟是怎么吵起来的。他们确实是关系比较好的朋友，但对方无论是去常青藤一路读到博士还是去桥底捡垃圾，都和他们彼此关系不大。

余宴川把躺椅又放倒一些，枕着胳膊闭目养神。

谭栩是个非常聪明的人，他不是一时赌气才扔掉了花，他是看到了那一场争吵的本质。

吵的是什么不重要，最重要的是他们在吵架。

他们在不自觉间将自己的三观强加给对方。

谭栩扔得很决绝。

谁也不是傻子，余宴川看得懂他的意思。

他们像两棵种得很近的树，等到树冠彼此相掺在一起时才觉为时已晚，因为一切矛盾源自于树根，而根部早已扎得很深。

他们都很珍视这段友情。余宴川选择顺其自然，谭栩更想将横亘在这段关系里的不稳定因素摒除，如若不能，倒不如及时止损。

那时摆在余宴川眼前的是一片混乱的前路，家里要他出国去分公司历练几年，他偏要留下来，和余兴海开始了漫无边际的冷战。

他们有太多完全相反的地方，稍有深交就会像缺一块的七巧板，要么永远拼不到一起去，要么拼好后中间空荡荡少了什么东西。

话虽如此，但余宴川当时的确有些伤心，和过于清醒的人做朋友便是这样有利有弊，合租以后他们也没有因此再激烈讨论过，因为他们彼此清楚，如果没有人妥协，结果总归还是一样。

余宴川取下脖子上的项链，在眼前晃了晃。

其实友谊的发展没有客观限制，谭栩以为一段时间的冷静和彼此清醒就能让重逢变得纯粹，将关系重新归于"初识的朋友"，实则不然。余宴川自认在这些事上比他看得清楚，在谭栩邀请他打开第一瓶酒叙旧的那一刻，他已经在重蹈覆辙了。

这一次他不想主动叫醒谭栩。

余宴川逐渐明白了顺其自然的深意，他不认为当时扔花的谭栩足够理智，毕竟只有出现了问题才会刻意避而不谈，倘若真的问心无愧，没有必要去回避。

顺其自然才能让人真正想清楚。

而且这次谭栩没有再丢掉他的花——这似乎是一个不错的开始。

项链的催眠效果不错，上眼皮沉沉坠下来，余宴川最终屈服于黑白颠倒的作息，闭眼睡了一觉。

醒来后看到微信有一条新的好友提醒，是通过花店名片找到的他，备注是林予。

余宴川不认识他，但林予很贴心地在括号里暗示了身份。

"我是林予（谢谢你教我怎么挑沃柑）。"

他对这个男生没什么印象了，只记得长得挺耐看。

他通过了这条好友提醒，林予却没有再给他发过消息。

六月底的安城连空气都被太阳烘得滚烫，余宴川照常每天去花店打卡，剩下的时间窝在家里吹空调。

余长羽时不时会给他发一些图片，有风景照和各种美食，最多的是分公司的内部环境照，怎么看怎么像是在潜移默化地栽培他。

一周后余兴海憋不住打了电话给他，语气不算客气，让他月底跟着自己去参加慈善晚宴，临挂断千叮万嘱让他记得收拾收拾自己，起码把头发剪剪。

余宴川一个劲儿地答应。

下半个月过得无比舒坦，进入期末月后谭栩大部分时间都住在宿舍，没什么精力来折腾他，除了周末会回来蹭吃蹭喝外，两个人平时很少见面。

余宴川都没找到机会跟谭栩说一声他可能会去参加晚宴。

他向何明天要了那家物美价廉的西装店地址，但他眼光实在不怎么样，选的衣服很像幼儿园小朋友的节目汇演服，后来被余兴海嫌弃地拎回家里，换了身体面点的衣服。

晚宴在龙鼎酒店举办，余宴川来过这里很多次，兜里还揣了张这酒店的会员卡，都是当初从谭栩那里得来的。

余宴川不太喜欢出席这种活动，大夏天一群人挤在金碧辉煌的大厅内，不是看表演就是听发言。

但余兴海在来之前耳提面命地嘱咐，让他多留点心眼，一场宴会能谈出来不少人脉。很多事余兴海不方便做，还得交给子辈来。

余宴川敷衍地应着。

他许久没穿过西装了，细细想来上一次还是毕业答辩的时候。

在花店工作一年倒是把身材练得不错，平时穿着宽松的T恤看不出什么来，换上西装勒出宽肩窄腰的轮廓，看着确实精神干练。

他被余兴海的助理按着给杂乱无章的头发打了发蜡，齐整地向后梳去，露出了往日藏在碎发里的眉骨和额头，侧脸轮廓分明。

余宴川照镜子的时候多看了两眼，这要是被谭栩看到，可别又被他说这说那。

酒店内已布好排排长桌，琳琅满目的酒水甜品一应俱全，就算是普通的小点心，在那盏高悬的明灯下也照出来了一丝珠光宝气。

他漫无目的地闲逛，真正的大人物压根不在这边吃吃喝喝，几乎都在里厅坐着，他连个偶遇的机会都没有。

何明天鬼鬼祟祟地走到他身后："我刚去看了一眼，安城有头有脸的那几位都在里厅，我爸插不上话。"

余宴川正专心吃着小蛋糕："把你赶出来了？"

"我爸让我出来跟你们打打关系。"何明天说。

"是跟他们吧。"余宴川抬眼看了看宴厅另一角，谭鸣正在跟几位公子哥寒暄。

何明天从路过的服务员手中端了杯酒："我才不去，人家压根看不上我，犯得着吗？"

"哎哟。那以前我不在的时候,你一个人多可怜啊。"

何明天嘿嘿笑了笑,没接这个话茬儿,跟着一起低头找蛋糕吃。

余宴川知道何明天可能是想说,外表温柔的余长羽其实心底里也看不起他。

环境是个奇妙的东西,不愧为小说三要素里不可或缺的一环,不管几个人平时的关系是好兄弟还是点头之交,放到龙鼎酒店这盏大水晶灯下,被高级香薰蜡烛和长桌美酒簇拥,所有人都不由自主地端起了架子。

人们穿着笔挺的西装,举着一杯浅浅的酒,碰上了就客气疏离地打个招呼,举手投足间温文尔雅,仿佛置身于百亿项目的合作会,对面那个昔日的狐朋狗友是即将参加谈判的老总。

余宴川不屑去演这样的戏,他还算有自知之明,没心情去打肿脸充胖子。

不过谭栩就是在这样的环境里活了太久,几乎把"人模狗样"那一套渗透在了生活的每一个细节里,像戴了太久的人皮面具和本身的脸融为一体,撕也撕不下去。

但谭栩没办法,他有对高要求的爹妈,有个看不上他的哥哥,他只能比任何人都努力地扮演好富贵公子的形象。

不容易啊,投了个好胎,但没完全好。

谭栩要强,如果换作是他,可能会早在十几年前离家出走再也不回。

余宴川找了个靠窗的沙发坐下,窗外能看到星星点点连成串的车流,隔了一条街就是金紫广场,此时正是最繁华的时间。

他没有看见谭栩,整个外厅都是谭鸣的社交天下。毕竟这一屋的公子哥大小姐再多,他也是东道主,理当挨个儿打招呼。

何明天坐在他对面。

"李家那位不是说上次出席个剪彩仪式,跟一个美女看对眼,当天就谈上了恋爱。"余宴川对他说,"你不去转转?"

"不去。"何明天松了松领带,"没劲。"

余宴川笑着垂眼看向窗外。

何明天平时看着吊儿郎当没什么正经,其实心眼也不比这一屋里的哪位少。

他总说这帮人看不上他,其实该是他看不上那群人。

余宴川能跟他玩到一起去,很大一部分原因是他们两个在某些方面都同样心高气傲。

比如他死赖着不出国就是想把花店弄出个名堂……

"怎么在这里坐着?"

谭鸣终于想起来这边还晾着两个人了。

余宴川转头扫了他一眼,和上次从猫眼里看到的样子一样,这次多戴了副金丝边眼镜,看上去虚伪之上又添虚伪。

"谭先生。"何明天对他举了举杯。

谭鸣和他简单攀谈几句,目光又落回余宴川身上。

余宴川懒得和他装客气,直截了当地问:"谭栩不来吗?"

谭鸣低头看着腕表,维持着得体的微笑:"快了,应该到了。"

"哦。"余宴川本来想说"那你让他到了来找我",但他想也没必要在这种场合节外生枝,让谭鸣误会他像个砸场子的。

"两位慢用。"谭鸣从容地推了推眼镜,转身离开时连一阵风都没带起来。

何明天盯着他的背影,半晌才说:"真累啊。"

慈善大会开始,里厅响起音乐,灯光闪烁,依稀能听到主持人在欢迎什么人上台,余宴川始终没有进去,他把喝空的酒杯放在服务员手中的托盘上,推开露台的门。

露台空无一人,余宴川靠在围栏边,从二楼向远处眺望。

夏夜的晚风都是热腾腾的,暖风吹在脸边很轻柔,余宴川下意识摸了摸额头,才意识到今天的发型无需他再把扎到眼睛的刘海别到耳后。

习惯就是这样悄无声息地缠住一个人的，偶尔会让感官失灵，比如在风里会产生头发被吹起、眉间发痒的错觉。

身后的天台门被人拉开，余宴川发现听觉也能自觉习惯一个人的脚步声，哪怕那人换了一双皮鞋、步伐更稳重些，他也能意识到来人是谭栩。

谭栩没问他怎么没进去，只是站在旁边，两手撑着围栏向下看，半个身子都探了出去。

余宴川侧过头看他，谭栩的脸上又是那副睥睨一切的表情，耷拉着眼皮，眼眸里倒映着天台外的灯火辉煌。

谁都没有说话，不远处的公路传来断断续续的鸣笛声，裹在风里送过来。

屋里的音乐声被玻璃门削弱失真，一片朦胧，像接触不良的耳机。谭栩手揣在兜里，转头迎上余宴川的目光。

他顺着余宴川打理齐整的发丝一路看下去，最终停在他光亮的眼眸。

谭栩从口袋里拿出来一枚薄荷方糖，在手心里抛了抛，递给余宴川。

夜风穿梭在他们之间，余宴川接过那块糖，转身背靠着栏杆。
"来这么晚？"他问。

谭栩不耐烦地扯了扯衣领："懒得跟他争主场，来晚点儿清静。"
他们沉默地站了一会儿，谭栩说："走吗？"
"我得等结束。"余宴川叹了口气，"提前走也太不给我爸面子了。"
"那去楼上坐会儿，大厅里太闹。"谭栩皱着眉解了一粒扣子。
楼上有单独的会客厅，有空调没噪音，是个不错的地方。

余宴川跟着他走了几步，问道："我能叫上何明天吗？"
想起何明天孤独的样子，把他扔在楼下实在是不厚道。

谭栩推开天台门的手停顿几秒,最终还是说:"叫吧。"

很冷淡的回答,谭栩私下其实不喜欢和不太熟的人待在一起。余宴川没有给他反悔的机会,立刻拿起手机给何明天发消息。

谨记相处潜规则,不能在谭栩装好人的时候激怒他。

余宴川第一次光顾三楼的会员会客厅,宽敞的房间里铺着暗棕色的厚地毯,和普通客房看上去就不一样。

余宴川感觉自己一迈进门身价猛抬。

会客厅的小沙发只能容纳一个人,但一共也只有两个小沙发。

何明天被服务员带上来时看到的就是这样一幅场景,两个人对坐在麂皮绒沙发上,谭栩看天余宴川看地,屋里静悄悄的,仿佛是摆了一席鸿门宴。

几个服务员鱼贯而入,从不知什么地方又搬了一个小沙发进来,正摆在两个人中间。

何明天没怎么和谭栩打过交道,在他看来这场面需要一长串客气的寒暄。

但谭栩没有要和他多说话的意思,单手撑着脑袋,望着窗外出神。

他坐下的时候有些战战兢兢。

三个人一同沉默,各看各的,服务员端了个果盘进来,放在圆桌上。

余宴川率先掏出手机打破沉默。

他用余光看到紧绷的何明天终于松了口气,跟着他一同掏出手机,光明正大地开始打游戏。

消息是一个何明天介绍给他的朋友发来的。

"川哥,停车场和附近都没有'531',谭鸣只有一辆车,确实是'886'。"

意料之中的答案,余宴川几乎可以确定这事儿和谭鸣没关系。

他回复道:"辛苦了。"

不尴不尬的氛围持续了许久,中途谭鸣派人上来问了问情况,不过余宴川认为他就是想看看他俩有没有在谭家的地盘上搞破坏。

活动结束得很快，宴席却还要持续到更晚。根据何明天的经验，这部分内容和他们这些小辈无关，可以溜之大吉了。

余宴川下楼去找余兴海，途经外厅时很多原本不相识的人和他打了招呼，看来余长羽的社交圈很广。

余兴海看到他就头疼难忍，避开几个熟人低声呵斥："你急着去哪里鬼混？真是半点没学来你哥……"

他眸光一动，看到站在余宴川身后的人，停顿住："小栩？"

这次轮到余宴川头疼，他都不知道谭栩是什么时候跟过来的。

他们两个的关系主要是在学校，知道的人不多，他暂时也没有告诉余兴海他俩有交情的打算。

余宴川往旁边挡了挡，强行接下话头："那我回去了啊。"

"我也回，我们准备一起回去。"谭栩不慌不忙地插了一句，又弯起眼睛笑了笑，"余叔。"

"哎哎。"余兴海忙不迭地应了两声，又换成刀割般的目光打量着余宴川，"跟小栩认识了？有点当哥哥的样子，别让人家送。"

"我没要跟他一起……行。"余宴川额角突突直跳，不大愿意在这时候驳了老爸的面子，只好转头对谭栩说："那我送你走？"

谭栩挂着那张挑不出破绽的假笑的脸："麻烦宴川哥了。"

有本事你待会儿还这么叫。

余宴川听他说话牙疼，转身就向外走。

"小川跟哥哥脾气不一样。"余兴海在后面给他补了几句，"你们还能聊得来吧？怎么说也是同龄孩子。"

后面的内容他没有细听，谭栩跟人虚与委蛇的本领出神入化，想必有一套炉火纯青的话术。

他单手解开袖扣，从酒店侧门出去后绕到停车场，谭栩不远不近地跟在后面。

"这就走了？"余宴川拉开车门，先把空调打开。

谭栩扯开衣领，将车窗落下来："留在这里也是无趣，走就走了。去海景公寓。"

"不回宿舍吗？"车子起步，热风顺着车窗灌进来，和冷气碰撞在一起，余宴川瞥了一眼，"把窗户关上。"

"我穿着这身衣服回宿舍干什么，看着像在故意显摆似的。"风吹得谭栩的头发有些乱，他随手抓了一把，"等开出酒店再关窗户，这一车厢的热气你不先放放？"

余宴川发现他俩聊个天都带着点火星子，干脆闭上嘴不说话。

通向金紫广场方向的路段终于流畅了一些，谭栩的胳膊搭在窗沿上，看着眼前飞速闪过橙黄色的路灯和红色的车尾灯，夜色里连路边的广告牌看上去都倦怠疲乏。

到家已经十二点多，余宴川换上拖鞋，转头就看到谭栩正意味深长地打量着他。

窗帘还大敞着，漆黑的屋子里只有几块月光投下的小片亮斑，夜不能视的混乱中，余宴川难得穿得衣冠楚楚，一身笔挺的西装衬得肩宽背直。

这身装扮不属于他，他知道谭栩怎么看他。

大概是又在为他一意孤行去开花店、放弃出国深造或者进入家里公司而惋惜。

余宴川怏怏地转过眼，解开了外衣扣子。

他不想主动开口，两人都莫名其妙地气不顺，这时候无论说些什么都将引发争吵与辩驳。

回到家的两人身心俱疲。

"嗡——"

余宴川疲惫又无奈地叹口气，瘫倒在沙发上，骂道："都消停大半个月了，怎么你一回来就整这一出？"

谭栩收回满含复杂心绪的视线，一边解西装外套的扣子一边走到沙发前，低着头看着余宴川，语气稀松平常地说："我记得你上次问我'531'是谁的车？"

余宴川强撑着睁开眼。

谭栩微微俯下身，认真看着他："我知道是谁。"

"你就不能挑挑时候吗？我现在只想睡觉。"他说得咬牙切齿。

谭栩毫不在意他的态度，慢悠悠地说了下去："是林予的车。"

余宴川愣住了。

谭栩退后一些，将脖子上的领带扯松，语气像在洽谈生意一样淡漠冷静："他今天来金紫广场，说顺路载我来，我推脱不开。他就是用那辆'黑色531'来接的我。"

"我……认识他吗？"余宴川语塞许久，最后问。

他设想过许多情况，唯独没想过会是这位看似和他没什么关系的路人。

一个只有一面之缘的、和他八竿子打不着的谭栩的同学，三番两次地跟踪他，这人不是太闲就是脑子有问题。

谭栩把摇摇欲坠的领带拽下来，与外套叠在一起，挂在臂弯上，认真地看着余宴川说："所以你们第一次见面，他就开着车跟你到了楼下，一整场暴雨都没走。"

余宴川脑子里乱七八糟的，像被轰炸后的垃圾堆。前两天他还把目标锁定在健身教练小周身上，怎么现在就变成林予了？

他暂时无法把疑点串联在一起，忍不住皱了皱眉头。

"你注意这辆车很久了？那他在暴雨之前就盯上你了吧。"谭栩勾着嘴角笑了笑，有几分揶揄的味道。

余宴川听着这声音就犯怵："那是你的新朋友，又不是我的新朋友，我连他长什么样子都没记住。"

他一边抱怨一边惦记着小周，低下头直接喊手机的语音助手：

"给何明天发消息,让他把小周约出来。"

谭栩用鞋跟点了点地面,发出"咔哒"的声音。

余宴川懒得和他解释。

谭栩帮他查出了林予,可关于这件事他一句都不和谭栩多说,这让谭栩的声音听上去颇为不满:"林予确实不是你的新朋友,但你的老朋友倒是很多啊!"

余宴川转天睁眼时已经日上三竿,谭栩连个影子都没有。

他仰躺在床上,不记得自己是什么时候从沙发上挪进卧室的,谭栩也不像是会好心把他搬过来的样子。

在床边摸了一圈没有找到手机,他把散落在脸旁的碎发一股脑捋到后面,走到了留有昨晚最后记忆的沙发边。

余宴川从缝隙里找到手机,打开看到有无数条未读消息。

语音助手的任务确实完成得很完美,但他忘记交代时间地点,何明天连发了七条消息问他什么情况。

剩下几条是余长羽在凌晨发来的。

先是一张截图,上面是他的航班信息,显示飞机将在今天中午一点二十到达安城。

余长羽问他:"要不要来机场接我?"

他看了眼表,正午十二点半,余长羽差不多都快入境了。

余宴川第一次这样着急忙慌地出门,边给余长羽的工作助理打电话,边在车载屏上调出导航。从小区开出去时还准备顺便买点早饭,但这个时间正赶上午饭,没几个早点摊还营业。

余长羽的助理接电话很快,在听到他问有没有去接她老板时,她用非常公事公办的语气说:"余先生在登机之前说已经通知过您去接了。"

余宴川猛踩油门。

谭栩也并非全无良心,在他把车开出内环后打了电话来,让他记得起床，冰箱里有几个包子，别把自己饿死。

余宴川把车窗开到最大，风呼啸着卷进来，听上去像在从悬崖上自由落体："让你早点发个消息真是难为你了。"

谭栩回答得理直气壮："我以为你自己能看到。"

上了快速路后一路顺畅，余宴川从扶手盒里拿出墨镜戴好，压着限速驶过。

谭栩犹疑片刻，还是问道："你开车出去了？"

猎猎风声代替余宴川回答了他。

谭栩接着说："你今天不是限号吗？"

墨镜掉到鼻尖上，余宴川倒吸一口凉气，面色僵硬地驶过了一个电子摄像头。

此时已经没有回头路，总不能把车停在机场等明天再跑一趟开回来，这一晚上的停车费已经和罚款不相上下了。

余宴川硬着头皮，在一点二十之前赶到机场。

余长羽的航班延误了十分钟，他在出口处站定，终于得空回复何明天的消息。

何明天已经提出了新的方案，昨天响哥拿了漂移板的市赛冠军，准备攒个局庆祝庆祝，这倒是个不错的机会，叫小周出来也不会显得突兀。

余宴川言简意赅地回复："批准。"

陆续有乘客从出口走出，身旁熙熙攘攘接机的人纷纷挥起胳膊，余宴川挤进人群里，很快就看到了余长羽的身影。

为了十几小时的路途能舒服一些，余长羽难得没有穿那身熨帖的西装，运动常服敛起了那股藏在温和气息下的锋芒，两个人总算有些亲兄弟的感觉。

"哥。"余宴川接过他的行李。

余长羽紧紧盯着他，走出几步才说："是不是熬夜了？气色不好。"

"没有。"余宴川不动声色地打岔,"公司什么情况,麻烦吗?"

他侧过头看过去,余长羽的气色没比他好到哪里去,平日里打理妥帖的头发此时随意散乱着,眼底隐约透着乌青。

"公司不麻烦,就是……"他抿着嘴角想了想,最后叹口气,"没事,你不用操心。"

余宴川打开后备厢,里面还遗留着零星几片干枯的花瓣,他把行李箱丢进去:"我不操心,就是随口问问。"

余长羽没再说话,等到车子起步后才轻声说:"家里的账有点对不上,无意中查到的,等我查清楚了再跟你说。"

两侧的窗玻璃升起,余宴川从扶手盒里拿了一枚谭栩批发给他的薄荷糖,扬手递给余长羽,没有追问。

他平时不插手公司里的事,如果这件事只涉及公司,余长羽不会加这句"再跟你说"。

对不上的账和家里有关。

"分公司刚刚起步,不能没有人镇着。"余长羽撕开糖果包装,"现在是几个董事在管,但是爸不太放心。"

余宴川沉默地看着一个个迎面而来的指示牌。

"我知道了,等秋天吧。"他说。

"这个薄荷糖挺好吃的。"余长羽看了看包装纸上的字,"这是龙鼎酒店里的那种吧?"

余宴川没料到他连一颗糖都能记住:"是。"

他忽然有些心虚,就算此时问话的是余兴海他也能面不改色地糊弄过去,但面对余长羽他总是不太敢撒谎。

就像小时候在外面偷吃了零食,要对着路边汽车的后视镜擦半天嘴,回家过夜的时候门要关严实,不能让余长羽发现他熬夜看手机……

"爸说你跟谭栩关系挺好的?"余长羽说。

余宴川从后视镜里扫了他一眼。

"一般般。"他说。

这个话题没有再继续，余长羽揉了揉眼睛，开始低头用手机回邮件。

他把余长羽送回了公司，立刻掉头找了最近的地铁口停车。

何明天已经在群里风风火火地定好时间，明天晚上六点在"体彩"，说是要不醉不归，庆祝响哥巩固了不可动摇的行内大拿地位。

余宴川饿得饥肠辘辘，他没有精力再回出租屋热包子吃，直接坐地铁回了学校。

在学校里上班好处很多，比如可以名正言顺地随便吃食堂。

这个时间段开设的窗口不多，他买了整整二十九块钱的麻辣烫，刚捧到桌子旁坐下，就收到了林予的消息。

这是他们加上微信好友以来第一次互通消息。

林予在消息里说："好巧呀，学长你也在食堂？"

余宴川抬起头，看到从门口背着书包走进来的男生。

林予笑着跟他打了个招呼，弯着眼眉，看上去心情很好。

"好巧。"余宴川扬了扬下巴，示意他坐到面前，"怎么这个时间来食堂？"

"刚从校外回来，有点饿了。"林予脚步轻快地坐过来，探头看了看他冒着香气的碗。

余宴川夹起一筷子面："你们班下午不是有课吗，你也去接人了？"

"那倒没有，我做调研作业，请假了。"林予把书包放下，站起身，"我也去点一份麻辣烫！"

余宴川把头埋到碗里，挤出一句带着回声的"嗯"。

等到林予从桌前走开，他才皱着眉闭了闭眼睛。

他刚刚说"你也去接人了"，林予不仅没有对这句话发问，还十分自然地接下话茬。

八成是知道他刚刚去过机场。

余宴川不由得有些毛骨悚然,他还没在法治社会遇上过这么邪门的事情。

去机场这事情,他没跟谭栩说,没跟何明天说,除了他自己、余长羽、余长羽的助理,也就只有交警能知道。

按照这个套路进行下去,明天他就该被人头上套着麻袋绑架,向余兴海要钱赎人了。

余宴川摸不清他的目的,此时他身在明处,林予在暗处,要想反将一军都不知道从何下手。

他飞快地吃了一口面条,被烫得连连吸气。

不靠谱的谭栩倒是一点不担心他的安危,光知道找他挑那些不着四六的刺。

余宴川是个爱琢磨的人,要是放在以前,谭栩昨天晚上的态度他能复盘好久,从每个眼神每个语气入手分析,他挑刺到底是有意还是无意,到底是自知还是不由自主,毕竟世界上没有"飞来横刺",有果自然有因。

但在"谭栩可能又想找我吵架"和"林予会不会绑架我"之间,余宴川还是觉得后者更恐怖一些。

"余哥,你要不要加一份烤肠?"林予在身后问道。

余宴川呛了一口菜叶,一边咳一边摆手。

"那我自己吃啦。"林予像是在自言自语,声音又远了一些。

人的主观色彩实在是浓厚,一旦想象力顺着某个岔路延伸下去,看待当事人的目光就会蒙上一层滤镜,林予清亮的嗓音都如同暗藏阴霾。

余宴川感觉自己在以身饲虎。

林予端着同样大的碗坐到他对面。

"你是走读生吧?"余宴川吹了吹面条,"以前没见过你。"

"嗯。"林予点了点头,笑眯眯地回答,"我家离这边不远,大三申请的走读。"

"挺好的。"余宴川说。

更方便在半夜回家的路上从后面给他兜头套一个麻袋了。

余宴川喝掉最后几口汤,站起身来,冷下脸垂眼看着林予。

他倒是想看看这小子打的什么算盘,普通麻袋可套不住他。

这一顿二十九块钱的麻辣烫一直顶到了转天早上,余宴川连早饭都没吃下去。

临近毕业季,花店业务日渐繁忙,小风一个人忙不过来,他每天都会去店里帮着她一起干活。

除了昨天那通提醒他爬起来吃包子的电话,谭栩连个句号都没有再给他发。

估计这段时间也不会再回海景公寓了。

他们两人之间的交情并不是像黑白棋子一样清晰分为两个选项,他们相处能很舒服,也会莫名其妙地因为对方烦躁。这样的关系让挣扎其中的人要花费许多时间、经历数不清的自我反问,都未必能够得到标准答案。

不过标准答案也并非客观,学会看清自己究竟是否能与一个人深交是个很难的课题,在人际交往的这堂课里挂科的人构成了遗憾和错过的那部分,虽然每个人都不想,但总有人不可避免又不自知地落入其中。

就像谭栩一样。

而另一个极端就是响哥。安城万千流连于酒吧夜场的潇洒人士之一,比何明天更像个风流少爷,平生爱好有二,玩漂移板和喝酒。他的朋友虽多,却不见得有几个交付真心。

余宴川感觉响哥仿佛永远找不到一个能收服他的人。

不过他的漂移板确实玩得数一数二,余宴川当年标榜自己是狂野少年，踩着漂移板打遍校内高手，谁料在市赛上被响哥打得落花流水。

响哥在那时崭露头角，如今更是鼎鼎大名。市赛冠军的含金量很高，这个庆功宴必须得开。

入夜后的酒吧热闹非凡，余宴川被震耳欲聋的音乐声吵得头疼，何明天在后面连叫了他三声才被听到。

"小周来了没？"余宴川问。

"没，人家今儿晚上有排班。"何明天挤过来，揽着他的肩往里面走，"不过我下午去健身的时候问他了，他说上次是坐网约车来的，我不信，他还给我看了下单界面。"

他夸张地猛拍着余宴川的胳膊："我里里外外验证了一遍，账号和绑定手机号都对得上，看既往订单确实是他常用号。他网约车约到了嫌疑人，这有点离奇了吧？"

余宴川嫌弃地把他推开："小点儿声说话。"

两个人一路跌跌撞撞地走到最靠里的位置，响哥已经和两三个朋友点好单等在那里。

响哥染了一头金色的头发，在绚丽灯光下看上去花里胡哨的。

他抛了一盒薄荷糖给余宴川："上次从你那顺的，忘还了。"

"还知道还我？"这是上次谭栩手里的那种方糖，余宴川觉得味道不错便买了几盒放在车里。他随意倒出来一颗，把糖盒扔到了桌子上。

"前两天约你你也不出来，干个花店跟'从良'了一样。"响哥开了几瓶酒，酒瓶当啷碰撞着在桌上排好，歪歪扭扭拼了个正方形。

余宴川伸长腿，瘫倒在沙发上。

"你川哥要忙家族大业了。"何明天抓了一把瓜子，"我听我爸说，余叔正准备直接把他绑出国。"

余宴川仰着头冷笑："想得美。"

坐在响哥后面的朋友问:"这半年都说好几次了吧?怎么突然这么急啊,以前也没见余叔忙活这个。"

就跟要把你支出去一样。

余宴川在心里替他把话说全。

他不知道家里出了什么事,也没搞明白公司现在是什么情况,但有一件事非常明确,余兴海在瞒着什么,并且急着把他送到国外去。

说不定就是余长羽跟他提的"对不上账"的事。

"得了,先喝,庆祝咱终于在上半年的最后一天聚上了!"有人喊了一句。

余宴川欠身拿了一瓶罐装酒,在七嘴八舌的喊声里碰了碰杯,不知道是谁用力过猛,从瓶嘴里溅出来几滴酒落在了他的手背上。

酒吧里还放着节奏感强烈的流行音乐,余宴川反手扣着啤酒瓶喝了一口,眼风扫到座位旁边放了一个小盒子。

"这是谁的?"他拎起来看了一眼,发现里面居然是蛋糕。

何明天连忙在桌子上清理出一片空地:"差点忘了,我订的,分了分了!"

蛋糕并不大,一群人推搡着把塑料刀传到响哥手里:"响哥切!"

余宴川把几个小纸碟分发下去,就看见响哥抖着手切了一刀。

"歪了,六个樱桃代表咱们六个人,这都不规整了!"何明天在旁边指指点点。

响哥两手握着刀:"切完一人放一个上去不就行了!"

他费了九牛二虎之力把蛋糕一角挪到纸碟上,突然听到旁边传来一声尖叫。

几人同时扭头去看,拐角处的一桌乱糟糟的,一个女生倒在地上,还有一个看样子是同伴的女孩正跑过去要扶她。

余宴川眼角一跳。

见他神色不对,何明天凑过来低声问:"你认识?"

"安城大学的学生。"余宴川回神，收回目光，"去年在我店里干过兼职。"

响哥又切了一角歪歪斜斜的蛋糕，但眼睛却盯着那边看。

"赔不起没事，一瓶酒一百，要么喝出来，要么……"把女生推倒的那人抬高声音，手里转着一个启瓶器。

女生似乎说了些什么，被音乐声盖住，余宴川没能听到。

不过看情形也能猜个大概，女生也许在酒吧做兼职，也许就是个路人，无意或是"被迫打翻"了酒，那几个人借机耍流氓。

这家酒吧治安不错，余宴川没想到还有人敢这么光明正大地欺负小姑娘。

直到有人开始上手拉拉扯扯，他终于察觉到一丝不对。

"来真的啊？"响哥旁边的朋友伸长脖子去看，"管不管啊？"

吵吵闹闹的漩涡中心，一直坐在座位上的人终于站起来，何明天看了一眼，连忙拉住余宴川："哎，这不是罗家那个崽子吗？"

"谁啊？"余宴川不耐烦地扭头，那人看着衣冠楚楚，就是站起来了还没有旁边给他撑腰的小弟个子高。

"这人咱们惹不起。"何明天沉下声音，神情有些严肃，"我还说是谁敢这么嚣张，沾上他是个大麻烦。"

余宴川挖了一勺蛋糕。

"不喝？"那边的声音嘈杂，"那走吧。"

那人笑得很委琐，听着反胃，女生再次尖叫起来。

那几位都一副德行，在嘈杂的酒吧的衬托下，这荒唐的一幕竟然显得没那么突兀，两旁不乏有侧头看热闹的人，没有一个人站出来打抱不平。

"我赔得起！你们这是违法，是违法！监控录像拍得很清楚！"同伴女生喊得声嘶力竭，冲上去又被一把推开。

接着跟在姓罗的身边那几人窃窃私语一阵，又去捉跌倒在地的同伴女生。

响哥把塑料刀一摔，咬着牙抬头看着余宴川，怒火已经窜到了一头金发上。

这帮兄弟人还都不错，怕他惹出事来没法给家里交代，都等着他表态。

"上不上？"响哥瞪着眼的样子很有感染力，何明天突然也跟着摩拳擦掌起来，"你要是上我就跟着，不管了，这狗东西非得挨顿揍！"

余宴川将叉子上那颗樱桃吃完，把核吐出来。

接着他猛一扬手，装着奶油蛋糕的纸碟飞过去，穿过两侧无动于衷的酒客，正砸在罗少爷胸前，在音乐响起重低音的一刻开出一朵白色的花。

"谁！"

响哥和那两个朋友立刻站起来，抄起酒瓶子就冲了过去。

罗少爷的小弟们没来得及寻觅工具，赤手空拳和他们扭打在一起，挣开束缚的两个女生慌张地朝这边看了一眼。

余宴川转过头，对她们说："拍啊。"

女生脸上还挂着惊惧的泪痕，但反应飞快，立刻就意识到这是要让她们先下手为强保留录像资料，以免到后面起了纠纷，证据再被人做手脚，很多事就说不清了。

她立刻爬远一些，掏出手机边拍边喊："六月三十号地下室酒吧晚上九点半，这五个人耍流氓调戏女生，以权势相逼要强行将人带走进行犯罪行为……"

何明天百忙之中转头看了看那两个女生："反应够快的，牛。"

余宴川没怎么打过架，但索性对面也只是花拳绣腿，他抄起两碟蛋糕走了过去。

往人脸上扣蛋糕算是损招，但非常管用，一扣就倒一个。

他对着扑过来的人腰际一踹，那人倒退着摔在桌子旁，反身抓了一个酒瓶隔空扔过来。

余宴川侧身躲过去，响哥对着那人猛踹一脚，就听哗啦一声，身后的玻璃桌子应声破碎。

他两步上前，揪着扑到何明天身上的人的衣领，一拳打在他脸上。

叫喊声、玻璃破碎声、音乐声混在一起，光线混乱中看不清拳头的情况，余宴川被人在肚子上揍了一拳，他一肘击过去，将人打得一个趔趄。

响哥的喊声最激烈，他语速太快以至于余宴川都听不清他骂了些什么。

头发散落下来，余宴川侧头看了眼全程录像的女生。

"都拉开！拉开！"保安的声音响起，紧接着一大批保安冲过来。

女生适时按下暂停键。

"别再让我看见你！"响哥指着狼狈不堪的罗少爷，恶狠狠地骂着，"我告诉你……"

保安加入后更是混乱一片，拉架的比打架的还多，还有几个踩着地上的奶油和酒滑了一跤。

站在前面的何明天忽然压低声音问他："等会儿，是不是得去警局走一趟啊，这情况得做笔录吧？"

"你说呢？"余宴川叹了口气，他仔细看着这一帮人，只有两三个鼻子嘴角见了血，其他地方看上去不算严重。

上半年的最后一天以滑稽的聚众斗殴结束。

保安一个一个把他们带出去，酒吧老板和一众跑得远远的酒客站在旁边震惊地目送他们。

余宴川看了一眼何明天，他脸上的兴奋还未褪去，显然一时半刻想不起来罗少爷惹不起这件事。

一群面色各异的人走出酒吧，几个巡警已经等在外面。

接着他的手机一震,余宴川看到谭栩给他发了条消息,语气格外不善:"你上哪儿跟人开生日蛋糕聚会去了?传得我满朋友圈都是。"

这是他们第一次进派出所,何明天拉着民警问了四次会不会留案底,看样子是终于清醒过来,惦记起了自己回家见爹妈的事情。

酒吧老板去调了监控,女生的录像也第一时间送上来。民警点开播放的瞬间,一片喧嚣从电脑音响传出,骂声不绝于耳,简直"精彩纷呈"。

余宴川看到自己面目冷酷地把蛋糕扣在一个人脸上,奶油飞溅;与此同时何明天帅气地砸碎了一瓶酒,玻璃碴子与酒水同时洒在空中,像烟花一样四散开,场面像极了一部荒诞喜剧电影。

这个女生堪称临危不乱的代表人物,甚至还在录制的同时解说了一下哪些人是热心群众哪些人是罪魁祸首,余宴川这才发现他们打成一团时还有其他人参战,有正义感的酒客们也扑上来拉架,还有不少人跟着一起惩凶除恶。

几拨人是分开审的,余宴川不知道罗少爷那边情况如何,反正坐在他对面的民警看完视频后,摸着鼻子沉默了片刻。

"你们和徐霏之前认识吗?"

响哥还顶着一头沾着风干奶油的金发,听到这话他问:"徐霏是谁?"

"我认识。"余宴川说,"她去年九月份在我的花店里干过一个月兼职。"

民警点点头:"后来为什么不干了?"

"找到固定工了啊。"余宴川说完,似乎觉得自己语气不太好,弥补了一下,"她干满一个月主动走的,在学校勤工俭学赚不了多少钱,在酒吧兼职服务员来钱快呗。"

民警了然,继续问了问当时的情况,他们"四舍五入"也算见义勇为,就是勇得有些过头,剩下的时间都在鼓励结合批评教育。

余宴川听得有些心不在焉，他的目光落到门上，几乎可以想象到谭栩又恼火又无语的表情。

看来当时还有其他学生在，那段鸡飞狗跳的视频都能传到谭栩手里，想必他们一伙人已经一战成名了。

谭栩发微信就是来问问情况，但是余宴川很不厚道地问有没有时间来接他回去。

谭栩发消息问："你进医院了？"

余宴川回复："没有，没受伤。"

谭栩的下一条消息很快发来："那你自己回不来吗？"

谭栩的语气不算和善，但余宴川还是厚着脸皮回复道："我们打的是罗少爷，你要是不来撑场面，我们可能会在派出所门口被报复。"

谭栩对话框上方的"正在输入中"暂停了一会儿。

……

谭栩的消息依然很冷淡："搬盆花都平地摔的人，还敢打罗少爷？"

余宴川拒绝继续回复消息。

从调解室出来时已经是深夜，某种意义上也完成了何明天要不醉不归的愿望。

有两辆看上去就价值不菲的车停在路边，看样子是来接罗少爷的。

余宴川刚和罗少爷在众人的注目下握完手，现在恨不能把手剁下来，四处找了找才发现谭栩站在街对面。

跟在身后出来的罗少爷那帮人显然也看到了他。

路灯将谭栩的影子拽得细长，他把手揣在兜里，臭着一张脸，面无表情地对他歪了歪头。

"这不是谭栩吗！"何明天压低声音在他耳边喊。

余宴川微微偏过头看向身后，夜风将发丝吹散，他用舌尖碰了碰唇角的伤口，露出一个嚣张的笑。

如果不看他衣襟上已经干透的奶油和酒渍，这几乎是一个完美的电影谢幕，接着的剧情应该是他走远一些，身后的屋子轰然爆炸，红色热浪翻涌着冲上天，然后镜头逐渐拉远，开始滚动演员名单和"下季再见"。

但回应他的只有罗少爷的怒目而视。

谭栩靠着路灯吹了声口哨，对余宴川说："收敛点，这位爷睚眦必报，明天就砸你店。"

余宴川满不在乎地拍拍他的胳膊，几人并肩走远："你的面子还不够他忌惮？"

"我的面子只够他现在不在派出所门口带着保镖把你揍进医院。"谭栩挥开他的手，"你闻起来像个做面包的厨师。"

余宴川不以为意，拿出手机来看着响哥几人："时候不早，散了吧，我给你们叫几辆车。"

"我们自己叫就行，你走吧。"何明天摆了摆手，又凑近了在他耳旁说悄悄话，语气恶狠狠的，"你小子背着我傍大人物是吧？自打那天你喊我去酒店会员会客室我就觉得不对劲，回头再严刑拷问你。"

"快滚。"余宴川踢了他一脚。

罗少爷的车在他们面前扬长而去，带起一长串灰尘。

这个时间打车难于登天，但好在派出所这一片还算繁华路段，没等多久就等来了出租车。

余宴川坐上去才想起来问："你回学校吗？"

"快十二点了哥。"谭栩敲敲手表，"我现在回去室友都会被吵醒。"

余宴川往里面挪了挪，留出一个位置给他。

司机从后视镜里瞥了他好几眼，余宴川抬眼时才在反光镜里看到自己眉弓上留了一道伤，虽然在派出所里已经处理好了，但是血痕还在，衣领也洇了一小片血迹，看着颇有些瘆人。

他抬手按了按，有点疼。

"你什么时候期末？"余宴川问。

"明天。"谭栩冷冰冰地吐出两个字。

不像在赌气，余宴川一挑眉："那不好意思，今天这么晚还喊你出来。几点考？"

"有事？"谭栩问。

余宴川说得很坦然："也没有，就是万一他来砸我的店，我看看什么时候给你打电话方便。"

谭栩冷笑一声："多大岁数了哥哥，还要别人给你收拾烂摊子。"

"你要是今晚没来，我就都能自己处理。"余宴川说。

话落下后，车内的气温仿佛降至冰点，谭栩用力闭上眼睛，听着司机拨动转向灯的咔哒声。

咔哒，咔哒，像秒表倒计时的声音，隐约暗示着他某些早已破土的情绪不受控地滋生。

余宴川已经说得很委婉了。

你来了，这代表你愿意管我的事，那我也默许你这个朋友，或者是兄弟。

得到默许才会有相继而来的索求，谭栩没有咬紧牙关，流露出来一丝特许的信号，得到了变本加厉的野蛮回应。

这让他有些不知所措，他不得不承认他已经不像半年前那样懵懂又自傲，能忍心去丢掉一个难得的与自己合拍的朋友了。

当事人目前事不关己地靠在车窗边上闭目养神，谭栩用力按着额角，压制住了恼羞而起的无名火。

谭栩本以为余宴川不过是说一句玩笑话，但他没想到报应不爽在第二天就来了。

余宴川给他打电话的时候他刚从考场出来，踩着点一秒都不差。

电话那头传来余宴川毫无波澜的口吻："我的店真被砸了。"

砸店的人是被小风拎着修枝剪赶出去的，毕竟花店开在学校里面，就算是罗大少爷也不敢太过造次，只是花钱雇了几个人去闹事。

这件事波及范围不算广，但着实闹得沸沸扬扬，当天连学校表白墙都在聊花店被人砸了这件事。

知晓前因后果的人不多，所以故事传得越来越离谱，众说纷纭。

谭栩过去时，店里已经收拾得差不多了，余宴川正站在门口，给看热闹的人一人发了一朵花。

他一只手抱着一大束花，用另一只手分发，还在同时侧头用肩膀夹着电话，脸上的表情有些不耐烦。

谭栩走近一些，听到他在说："我说了我不去……好吧，你把地址发我，就这一次，以后别再给我介绍相亲对象了。"

谭栩看都没看他一眼，直接迈腿进了店里。

"怎么回事？"他接过小风手里的扫帚，把最后几片花瓣扫在一起。

"没事，有人找茬。"小风看到是他，放松了下来，"呸"了一声，"手段肮脏，真不要脸。"

谭栩叹了口气，只怕这还没完。这一出就是单纯的恶心人，没什么杀伤力，昨天让那位少爷那么丢面子，估计还得被纠缠一段时间。

"来这么快？"余宴川从门口走进来，把剩下的花插到桶中，"不收拾了，先吃饭吧，一起？"

谭栩看都不看他："跟你相亲对象吃去吧。"

余宴川已经快要习惯他时不时的冷言冷语了。

柜台桌面上还铺着之前算了一半的塔罗牌，他拿起一张牌卡在指间转了转："今天宜见新朋友。"

谭栩垂眼看着那张在他手指间翻飞的牌。

余宴川把牌放回桌面，轻飘飘一抹就将牌收整齐，拿在手里熟练地洗了一遍。

其实"今日宜见新朋友"是随口编的，他这次起牌算的是林予。

余宴川这一年来一共经历过两件离奇事,他逐条列在了纸上。

第一件发生于半年前,一辆"白色759"跟在他的车后开了半个多小时,最后剐了他一下绝尘而去,从此销声匿迹。

经过他锲而不舍地调查,发现这辆车在剐他之前去过龙鼎酒店。

备注:事发当天是谭鸣生日。

第二件事出现在这个月,一辆"黑色531"跟踪他很久,根据多方消息可基本确定,这辆车的车主是林予。

余宴川画了一个箭头,很轻易就发现这两件事能通过一个人联系起来。

龙鼎酒店是谭栩家的,林予是谭栩的同学。

他把谭栩的名字写在旁边。

推论一,有没有可能半年前那件事也是林予做的?推论二,有没有可能谭栩也参与其中?

余宴川想不通,但直觉告诉他,推论一大概率为真。

他把这个结果写在了纸上:之前剐我车的是林予。

没等他把思路捋清晰,一条微信先发了进来。

点开是余长羽发来的一家高档餐厅的定位,余宴川才想起来是他几分钟前答应的相亲。

进派出所连着花店被砸,连轴转一样的生活因为相亲的加入而更加精彩,中午刚和谭栩在食堂吃了一顿相顾无言的饭,晚上就要奔赴另一场饭局。

他承受了谭栩一中午的阴阳怪气,实在无可奈何:"我不是非得找你帮忙,我哥也能对付。这不是,你就在学校离得近嘛。"

谭栩点头:"既然如此,那罗少爷的事也不用我去转圜了,你自己找人脉吧。"

余宴川眼皮直跳:"不是……我哥他,怎么说呢,今天相亲也是他帮我安排的,我哪能一直让他操心?"

他说完顿觉自己好像在玩火自焚，这话好像一巴掌把人推开，还说出"我要和别人密谋事情"一样的话。

他福至心灵，顿悟也许谭栩不是在挑刺，只是对他感到恼火，今天他发觉自己情商特别低。

他的相亲对象不知道是哪一家的大小姐，只记得对方姓于，刚巧和他的姓同音。

这一场相亲据说是于小姐主动找上余长羽的，余宴川本来想推脱掉，又怕余长羽那边不好推脱，犹豫片刻还是应了下来。

他提前五分钟到了约定地点，西餐厅里放着典雅的音乐，于小姐已经坐在软皮沙发里，披着一件白色西装，长发柔顺地垂在肩上。

余宴川走过去坐下，欠了欠身："不好意思，来晚了。"

"没事。"于小姐抬眼看着他，一双桃花眼弯了弯，"是我来早了。"

和余长羽描述的一样，于小姐漂亮得很张扬，哪怕发型做的是柔美的长卷发，也没有涂艳色红唇，仍能感受到她的凌人气场。

"先点菜吧。"余宴川也不见外，翻开菜单，"有什么忌口吗？"

于小姐没想到他都不寒暄几句，饶有兴趣地看着他："没有忌口。"

余宴川点菜很利落，招招手叫了几个招牌菜，随后把菜单放到一旁，终于认真看了眼于小姐。

见到对方的目光停留在他眉弓上，他抬手摸了摸那道结了痂的疤："不好意思，磕到的。"

"哦，不是打架打的吗？"于小姐晃了晃茶杯，低头抿了一口，茶盖落回去时没有发出声响。

这一句话把余宴川打好的腹稿统统噎了回去，他一愣："嗯？"

"没想到罗少爷也有一天能挨打，不知多少人背地里给你鼓掌呢。"于小姐对他笑了笑。

余宴川挑起眉，没料想短短一天已经有这么多人知道了这事，只怕他的名号已经传得神乎其神，难怪余长羽说这场饭局是于小姐主动联系的，敢情这是来见世面的。

既然于小姐也听说此事，那老爸肯定早就已经知晓了，一直没联系他大概是被气昏厥了。

于小姐见他不说话，没忍住笑："你比我想象的还有意思。"

"荣幸，不过有件事我认为有必要告知您。"余宴川回过神，扯起谎来眼睛都不眨，"很抱歉，我暂时没有结婚的打算。没通过旁人转达是怕您误会，因此特地赴约亲自来讲。"

他像是在说"这家店不错"一样平静，说完后镇定地给自己的茶杯倒满茶水。

于小姐显然讶异他能把拒绝讲得这样直白，半点没有迂回，一时间竟然没说出话来。

半晌，她才说："每一场相亲你都亲自拒绝吗？"

"那倒没有。"余宴川喝了口茶，比刚刚放松了不少，"这面子只有我哥有，其他人介绍的我一般都直接推掉。"

过于坦诚了，像是在对着自己的好哥们说话。于小姐倒也不觉尴尬，只是有些想笑，她手指点着下巴："方便问问为什么吗？"

"不太方便。"余宴川懒洋洋地往后一靠。

头盘上得很快，两个人安静地吃完后，于小姐才笑了起来："你这样说让我挺意外的，其实你完全可以将意愿交给长羽转达，我不会觉得冒犯，反而是现在这样给我感觉有些别扭。"

余宴川没有抬头，专心切着盘子里的菜："我觉得，当面告知比较尊重。"

"这样吗？那我们的想法恰恰相反。"于小姐说。

余宴川用纸巾擦了擦嘴角："其实我今天来，是还有些别的事想和你打听。"

"对嘛，原来是有求于人，这还差不多。"于小姐转了转叉子，前倾身子盯着他，嘴角勾起笑，"还以为你也和那些玩欲拒还迎的男人一样。打听什么事？"

"那倒没有。"余宴川托着下巴，迎上她的目光，"看样子于小姐和我哥关系不错，想打听打听……我哥最近都在忙什么？"

"长羽吗？"这话不知正撞上于小姐的哪条猜测，她手中刀叉撞到一起，一贯游刃有余的眼神愣怔了片刻，随后缓缓抿起嘴想了想，又抬眼瞄了他一下。

男人掩在碎发下的脸廓深邃俊朗，一双眼睛看似漫不经心，望向她时却锐利有神。

她这才想起中午时余长羽和她说的话。

"我弟弟是个很有想法的人，他说话直，脾气也直，要是说了什么不合适的话，你别放心上。"

于小姐切了一块蘑菇，看到余宴川拿起一旁的调料瓶，专心拧着海盐粒，手背绷出隐约可见的青筋，每个动作都随性自然毫不刻意，全然无视了对面还坐着名义上的相亲对象。

她吃掉那块切好的蘑菇，回忆片刻，慢慢说道："长羽刚从国外回来，嗯……最近回了趟你母亲家，其他的我也不是很清楚。"

"我母亲？"余宴川皱起眉头。

于小姐从口袋里拿出一根皮筋，把长发扎起来："我只知道他去过，其余的都不了解。你要是想打听，可以去问他的工作助理。"

余宴川反复咀嚼着这个答案，低声说："不用，多谢。"

余长羽去了母亲家。

母亲和余兴海分居已久，独自住在安城南的小独院，两人素日里没有往来。

余长羽从大学毕业后就搬出去自己住，即便家人团聚也是齐聚在余兴海的别墅里，他们已经很久没有去过母亲那边了。

事出反常，余长羽一回国就去了母亲的住处，只怕家里这回出的事不算小。

他端起茶杯，心里盘算着要怎样不动声色地参与进去搅一搅浑水。

"哦对了，我还知道他跟谭家那个小少爷见了一面，就是昨天。"于小姐打了个响指，"你认识的吧，谭栩，听说是你朋友。他没跟你说吗？"

余宴川被茶水猛地呛了一口。

谭栩的好胜心体现在了毫无用处的地方，比如他和余长羽见过面这件事，跟余宴川面对面的时候偏不说，非得等着他兜兜转转从别人口中得知。

和于小姐的会面以愉快的八卦告终，他绘声绘色地重现了一遍酒吧群殴的现场，于小姐听得心满意足，临别前他们交换了联系方式。

于小姐坐进车里，落下车窗对着他扬唇一笑："认识的那帮人都太没劲，好不容易遇上个有趣的。你有什么好兄弟记得介绍给姐姐。"

"没问题。"余宴川后退半步，拍拍车顶，"走了，路上慢点。"

他看着车子汇入车流远去，脑子里浮现了何明天的脸。

好兄弟还是别了。

他直接开车回了海景公寓。

业委会这两天在吵停车位的问题，其实余宴川觉得有了停车位也不见得能有多省心，这个车库仿佛是拿来停儿童车的，小得可怜。

他把方向盘打出了火，费了半天劲才成功停进逼仄的停车位里，开车门都要小心点，避免碰到两侧的花坛。

站在楼下就看见家里亮着灯，谭栩果然是料事如神，就猜到他会赶回家来算账，这是特地从宿舍赶回来等他了。

那几盏灯亮得耀武扬威，余宴川在外面吹了一会儿风才进去。

他掏出钥匙时，三楼传来一声响动，似乎是303房打开了门。

余宴川拿起放在墙根的杀虫剂，准备朝周围猛喷一通再开门，余光看到楼上走下来的是个身材高大的老外。

077

胸肌快要突破跨栏背心了，余宴川瞥了一眼，决定等他走了再喷。

但老外一双浅色的眼睛目不转睛地盯着他，在走到二楼时用英语问道："谭先生？"

余宴川张了张嘴，终于想起来他和303结过怨，当初没少在业主群里吵。

他把钥匙拔出来，敲了敲门。

过了几秒，谭栩从里面打开了门。

余宴川立刻指着他，用英语回道："他。"

他本想头也不回地走进屋，但看这位老外实在是身形魁梧，万一是来找茬的，谭栩一个人可能还真招架不住他。

但老外很友善地笑了笑，张口就是一长串外语。

"你能说中文吗？"余宴川没忍住问，还贴心地把"说中文"三个字用英文翻译了一下。

"他说上个月很抱歉经常晚上打扰你，他女儿年纪小，时差倒不过来，有时候半夜会饿。几次想登门致歉，家里都没人。"谭栩叹了口气，在学校练习听力，回家还得练习听力。

余宴川撑着门框说："豆浆喝多了胃胀气。"

谭栩"啧"了一声，一胳膊把他扒进屋里，自己挡在门前，挂上那副对外的标志性微笑和老外交涉了几句。

中午用完还没洗的铁锅泡在水池里，余宴川撸起袖子走过去，打开水龙头。

谭栩和老外攀谈得还挺开心，余宴川很少有机会见到谭栩展现他优秀的社交能力，毕竟平时独处时他都不屑于装样子。

他们大概是世界上最了解彼此恶劣面的人了。

老外被他聊得心花怒放，走的时候笑声响亮。

余宴川听到他关上了门，才敲了敲锅沿："铁锅别泡水，时间长不刷就锈了。"

078

"哦。"谭栩躺回到沙发上,"我以为你是回来兴师问罪的。"

"我是该问。"他把锅放回碗柜里,甩了甩手上的水珠,"你昨天去见我哥了?"

"是你哥找的我。"谭栩说。

余宴川走到沙发前,垂眼看着他:"都瞒着我?"

"你给我机会说了吗?"谭栩扫了眼桌子上没收起来的碘伏,"一见面就在派出所门口,你还有心情听我说这个?"

"他问你什么了?"余宴川俯身,两手撑在他的肩膀上,他挡住吊顶灯洒下来的光,将谭栩罩在一片阴影中。

"他问我林予和你是什么时候认识的。"谭栩没能碰到他,手垂下来搭在沙发沿上,他转了转头。

余长羽找谭栩是因为林予。

这个答案是意料之外,细想又有迹可循,显而易见,林予和他之间的纠葛肯定远比他所知道的要深,而且波及范围很广,甚至都惊动了他哥。

林予这个人大有问题啊。

余宴川随手从茶几上拿起有线耳机,拎着在谭栩眼前晃了晃:"还说什么了?"

"林予跟你家有点渊源,余长羽来问我,是因为他在国外查到了什么东西。"谭栩伸手去抓,耳机被人抬高拉远。

"你逗猫呢?"谭栩把爪子撂下去。

手机铃声响起,余宴川放下耳机。

来电人是小风,他躺在沙发里接通了电话:"怎么了?"

"有个叫徐霏的女生找你。"小风说,"我说你不在店里,她就留了面锦旗给你。"

余宴川失语了一秒:"什么……旗?"

"锦旗,上面写着'天地之间存正气,见义勇为好男儿'。"小风字正腔圆地念着，"我挂外面了啊，店里没地方挂。"

余宴川眼前一黑。

"还有其他五面，印的都是这句话，但是名字不一样，有江湖侠士响哥、帅气公子何明天……"小风像在报菜名，"名字有点儿土，但是很真挚。"

谭栩把沉默的余宴川从沙发上拉了起来。

"我知道了，你收着吧。"余宴川顺势坐远一些，没等他开口讲话，手机再一次振动起来。

"业务繁忙啊。"谭栩还有心情打趣他，"不继续问你哥的事了？"

余宴川心里还惦记着林予的事情，本想关机了事，可没想到来电显示居然是余兴海。

"你等我接完电话。"余宴川抬脚把谭栩推开一些。

谭栩说："你接你的。"

余兴海没有针对他暴揍罗少爷一事发表什么重要讲话，开门见山："下礼拜我跟罗家谈生意，几个小辈都在，你也来。"

余宴川立刻回绝："不去。"

"小川，这事情虽然闹得大，但你低个头也就算过去了。"余兴海难得这么苦口婆心。

他嗤笑道："公开场合戏弄小姑娘活该挨揍，凭什么我给他低头。"

"你总是这么冲动。"余兴海叹了口气，听声音很是疲倦，"我按不住这事情，罗家那少爷心气高，跟他结下仇对你不好。听爸一次。"

余宴川沉默下来，抬眼看着吊顶灯打在白色天花板上的片片光影。

他系在手腕上的手链一个松动掉落下来，上面挂着一片很小的桃粉色水晶。

"我知道了。"他最后说。

谭栩百无聊赖地听着他打电话，顺手拿起那串桃花手链打量着。

"在外面？"余兴海问。

余宴川憋出一个"嗯"。

余兴海大概是想让他回家住，但又拉不下这个面子来，见他一点表示也没有，便没多说话。

他挂掉电话，谭栩紧跟着问："为什么答应他？"

余宴川低声说："不该答应吗？"

"如果是以前，你不会答应。"谭栩说。

"以前。"余宴川轻声笑了笑，"我自己捅出的篓子，怎么说也不能让家里被牵连。生意场上的事，不能惹没必要的麻烦。"

谭栩看了他一会儿，眼中的情绪复杂又深不可测，起身回到自己屋里。

"哎！"余宴川还没来得及问清楚余长羽的事情，喊了一声，"这就走了啊？"

毫无"间谍"的职业道德。

冷漠的背影转进玄关，"砰"的一声关上了卧室门。

谭栩进了屋，这才发现手上还拎着余宴川的桃花手链。

余宴川的性格倒是变了很多，他从重逢那一日就有所觉，只是一直忽略没有深思。

从前的他是真洒脱，当得上一句快意恩仇，喜欢和不喜欢都摆在脸上，没什么人能让他收敛棱角。

讨厌的人丝毫不给面子，天大的事也敢作敢当，如果是那时候的他，别说余兴海喊他去低个头，就算是天王老子亲自找上门来，他也能给打得屁滚尿流。

但仅仅是半年时间。

这种妥协浸润在生活的一点一滴里，比如慈善晚宴那天他明明想独自离开，余兴海让他多照顾照顾弟弟，他立刻就能改口要送他走。

还有余长羽安排的相亲……仅仅是打听几个问题，当然不值当特地跑一趟赴约，他算是给足了哥哥的面子。

余宴川偶尔还是会露出狂傲的一面，只是都被打磨成了柔和的钝角，看起来不过是一些纸上谈兵的小脾气，再难看到当初那个踩着漂移板的恣意身影了。

谭栩拿起那串手链，灯光下晶莹剔透，在墙壁上折射出几点浅色的光。

和半年前不同，他不愿意看到那个鲜活的余宴川消失。

昨天难得能在余宴川身上捕捉到久违的嚣张，是在派出所的门口，余宴川看到有人给自己撑腰后，转头对着罗少爷那一个挑衅的笑。

那一刻他站在路灯下，忽然感觉哪怕这世界上有太多不得已和难如意，最难的便是活得尽兴。

第三章

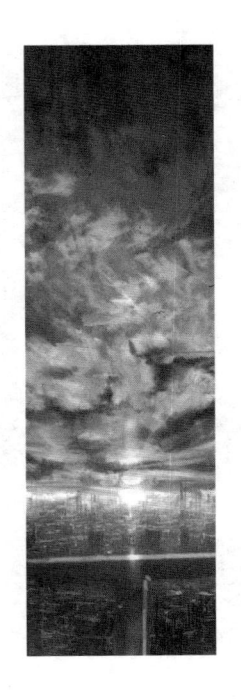

枪火

第三章 枪火

和罗家的生意自然是约在公司里谈，所谓的"小辈也去"不过是罗少爷单独喊了几个朋友出去聚会，为了大局观考虑，捎带脚喊上了余宴川。

罗少爷喊得不情不愿，看样子也是被家里施压，不得已释放出友善信号。

余宴川想了想他应该没这么大面子，余兴海应该也没这么举足轻重，大概率是沾了谭栩的光。

他对安城那几个聚会地点如数家珍，无非是找个什么高尔夫球场，几个洞都看不见的人只管挥着杆子耍个酷。

不过谭栩曾经跟他说过，谭鸣和人谈生意聊合作向来都只在公司里谈完，没什么时间约出来一起打球赛马，看来罗少爷还是太闲了些。

也许是罗少爷一心想显示出自己的与众不同，特地把人约在了一个他从没去过的地方。

余宴川跟着导航过去才发现居然是个射击体验馆。

他把墨镜挂到后视镜上，推门而入。

没等看清场馆内部，先瞥见一个人等在门口沙发上，衣领微敞，手里把玩着一串手链。

"你来干什么？"余宴川没有停下，继续向馆内走。

"人家邀请我了啊。"谭栩似乎就是为了等他，见到他来便没再赖在沙发里，跟在后面一同走下楼梯。

楼梯通向地下长廊，长廊两侧挂着不少相框，有许多影视明星在这里游玩后留下的合影签名。

余宴川伸了个懒腰："怕不是特意喊你来亲眼看看他是怎么给我下马威的？"

走廊尽处豁然开朗，排排专业设备摆置整齐。这里是一个地下靶场，目测比隔壁商场的地下仓库还宽敞。

罗少爷几人正坐在休息区的椅子上聊天，见到他们走来纷纷打起招呼。

"都好久不见了。"谭栩变脸比翻书快，笑着和他们寒暄。

余宴川的目光穿过众人，落在罗少爷身上。

罗源冷冰冰地与他对视，眼里闪过一瞬的不快。

余宴川对此置之不理，他转眼扫过靶场布置，一扇高大的防弹玻璃后是消音墙围出来的射击大厅，那是齐刷刷的运动靶。

"我还没玩过射击呢。"有人兴致勃勃地说。

"我就好久以前碰过，也好多年没玩了。"这是非常标准的无形耍酷。

"这没什么难的，跟射箭差不多，一会儿给你们演示一下。"这是非常标准的直白耍酷。

余宴川看向说话的那几个人。

也不知是不是他眼中的不屑一顾过于明显，几个人都噤声，彼此相互打量着。

余宴川游离在这个圈子之外，他和这伙人没太大交情，有几个甚至连名字都叫不上来。

但是从他们的表情上就能解读出来不少东西。

带着敌意的肯定是罗源的朋友，好奇又兴奋的多半是来凑热闹的。

这些人的喜怒毫不掩饰,简单透明得一眼就能看穿。

他没心思也懒得与人周旋,径直去一旁的装备墙上领了护目镜。

"余少爷很有经验?"罗源在一片鸦雀无声里开口。

少爷个什么少爷,哪家少爷早上起来要因为室友拿铁衣架挂湿衣服而破口大骂。

余宴川说:"叫名字就行。"

"比一场?"罗源站起身。

"这么多兄弟在,玩尽兴了再比。"余宴川在驻场教练的帮助下把头戴式耳塞挂在脖子上。

就料到他会整出点儿幺蛾子来。

场地里空荡荡的,只留下了几个教练负责教学,七八个人走到射击大厅,教练推开活动墙面,一排排枪支被长绳固定在其中。

身边几人聊天的声音都亢奋不已,眼睛都黏在了教练身上,看着他从中拿出了几支小口径枪。

"这种的后坐力小,新人容易上手。"教练拿在手里掂了掂,把连在枪上的长绳系在各个轨道上。

这枪比想象中的更沉重,接手的刹那有沉甸甸的感觉,站在身后的男生翻来覆去地看:"贝雷塔87,是真枪啊。"

"等入门了可以打步枪。"教练给他们挨个儿整理好装备,指了指墙面里武器库一样的小库,"有鲁格,还有更大的。"

教练的肱二头肌比住在303的那个老外还结实,余宴川看着叹了口气,这要是让何明天看见了估计又要倍受打击。

他这才想起来何明天那个倒霉蛋,侧过头示意谭栩靠近一些,低声问:"何明天没来?"

"没有。"谭栩好整以暇地说,"人家把何明天和你兄弟们的份儿都算你头上了。"

那敢情好。

余宴川再次叹了口气，挂上耳塞，举起了枪。

手握实枪的新奇感点燃了所有人兴奋的心情，教练反复纠正了十来分钟的握枪姿势，在一片交头接耳声中，罗源射出了第一枪。

耳塞没能完全消音，他隐约可以听到空旷靶场内的微弱回响。

"余宴川。"

他转头看向罗源。

"赢了我，过往一笔勾销。"罗源手指点了点自己的胸膛。

余宴川淡淡笑着，两手端起枪："罗少爷客气了。"

谭栩站在他身边，不动声色地向前挪了半步，挡住了左侧数双眼睛探究的目光。

余宴川瞄准远处的人形靶。他射击的经历不算多丰富，还要追溯到很多年前，余长羽曾经去过安城另一家射击馆，他被强行带去一起学习。

端枪的姿势很讲究，他练得胳膊酸疼，问余长羽练这个有什么用。

余长羽那时候说："技多不压身，万一哪天就用上了呢。"

还真用上了，他哥深谋远虑，回去得给他磕一个。

"嘭"一声，子弹出膛，弹壳应声飞落，一缕白烟从枪口冒出，余宴川被后坐力震得倒退半步。

谭栩看得心惊肉跳，脱靶了。

虎口阵阵发麻，余宴川只觉骨头都在震动。

他的心跳陡然加速，张开手掌看了看，冷意顺着脚底爬上来，他缓缓转过头望向罗源。

没有人起哄，也没有人喝倒彩，几乎在场的所有人都知道他们为何而赛，全部静悄悄地观望着。

"五轮。"罗源再次架起枪。

余宴川没有再关注他的成绩，只是低头摸着枪握把。

唯独他这一把枪没有装缓冲器减震，罗源好大的胆子，敢在射击馆做手脚。

罗源算计得很精明，小辈恩怨影响了做生意不值当，他只顾把表面工作做全了，递出来一个台阶装作把过往翻篇。枪出了问题，这比赛余宴川不可能赢。输了是余宴川自己丢脸，计较枪的问题又显得他无理取闹，无论如何都是罗源占上风。

在此刻喊停，再换一条轨道继续比赛，是余宴川最好的解决方案。

但他忽然间热血上了头，心里翻涌起滔天的不服。

他就是要赢下这场比赛，还非得拿着这杆破枪赢。

余宴川举起枪，瞄向暂且完好无损的靶子，将枪口向下压了压，两臂同时发力。

偏要和罗源一杠到底。

"嘭！"

"七环。"谭栩站在他身边，"你还得再追他九分，剩下三发，除非他脱靶，你赢不了他。"

余宴川整只手都在发麻，他轻轻踢开落在脚边的弹壳，面不改色地笑了笑。

罗源的那些朋友在身后窃窃私语，听不清说了些什么，但总归是些看热闹不嫌事大的风凉话。

浅淡的硝烟味萦绕身侧，顶部的照明灯仿佛突然间变得刺眼，余宴川看向隔壁轨道的靶子，电子感应器上显示罗源打了三个八环，不错的成绩。

钝痛使得他有些握不住枪，他眯起眼睛，重新抬起手。

余宴川突然理解了为什么余兴海说他一根筋。

他不给自己留没必要的退路，从站在这里的一刻起，他没有想过如果输了会怎样，就如同以前无数次站在漂移板赛场上。

只不过脱离赛场的这段日子，他很少能找回这样酣畅淋漓的心情了。

"嘭！"

"十环。"教练说。

余宴川无视了罗源投来的惊讶目光，他咬紧牙关，再次抬起手。

"罗源刚刚那一枪失误了，只有五环。"谭栩说，"你有机会追平他。"

余宴川眯着眼睛，仍是一贯的懒散表情，眼睛却紧盯着尽头的人形靶，他挑起一个笑："可以。"

他仍旧没有适应强大的后坐力，再次枪中十环的一刻虎口处传来阵阵撕裂的痛感，连带着肩膀隐隐发疼。

众人屏住气，将目光转向罗源，同样是屏气凝神射出的一枪，随着弹壳的飞落声，八环上射出一个弹孔。

"他一共打了三十七。"谭栩轻笑着，直直看向余宴川，"可以追平，就差一个十环了，别玩脱了。"

余宴川手指有些发抖，他极力克制着甩了两下，谭栩这几句极轻的话语入耳后重如千斤，他忽然有些不敢看他。

谭栩看出问题来了。

倒也不稀奇，站得这么近，就是瞎子也能看出来他的枪有问题。

但谭栩没劝他换个轨道，这倒是让他有些意外。

"别玩脱了"不算多好听的祝福，但余宴川听得神清气爽，虎口处有血迹渗出来，他满不在意地笑着，再次瞄准。

忽然就不生气了，燃烧许久的怒火被这短短四个字扑灭，余宴川只觉得爽快，像咬碎了薄荷糖一样气通上下的爽快。

他倒是爽了，但谭栩看见他仍在发抖的手上渗出了丝丝血迹时，挤压了整整五分钟的怒意几乎快要喷发而出。

他恨不得现在就去把姓罗的揍一顿，但余宴川非要和自己过不去，一定要拿着这把破枪打完全程。

想玩就让他玩好了，只要余宴川不开口，他就不会做多余的事、说多余的话。

这是余宴川微妙的好胜心，他想要做成的事情就一定可以成功，不需要别人替他出头。

也许别人不会懂，但是谭栩能理解，这不是什么幼稚的逞强，悄然冒头的是余宴川藏在心底的骄傲。

他紧紧攥着双拳，嶙峋骨节凸起，目不转睛地看着余宴川射出最后一枪，子弹倏然离弦。

"嘭——"

这一枪正中人形靶的中心，随之而来的是身后众人的惊呼声，电子感应屏更新射击成绩，余宴川打出来三十七分，脱靶一局仍然追平了分数。

他把枪挂回枪槽内，右手的虎口处撕开一道小口，正顺着指纹向外浸着鲜血。

罗源说不难堪是假的，他摘下耳塞，脸色很阴沉。

"我赢了。"余宴川轻描淡写地说着，脱下身上的装备，随手丢在台子上。

他对今天的聚会彻底丧失了兴致，不过这个时候也没有必要再拆穿罗源下黑手的事，他本想就此结束转身离开，就见谭栩走到他刚才的射击台前，翻来覆去地研究那把枪。

罗源的微表情将他的紧张暴露无遗，紧皱着眉头。

谭栩平日里见这群人总是一副和颜悦色的模样，难得冷脸一次，连带着周身的气场都写满了烦躁。

一片安静中，只有余宴川略带诧异地笑了笑，摆出一副看热闹不嫌事大的模样。

谭栩说："这杆枪不错。"

声音不大，气势很足，余宴川笑着靠在台子旁边，看来谭家老爷子用批评打压教育法培育出的小儿子果然人狠，平时披着"羊皮"看不出什么，一发起火来，举手投足都带着一种绵里藏针的狠厉。

别说罗源了，连他都没见过这样的谭栩。

"谁想玩玩？"他侧过头，看向聚在最后的那一群人。

罗源张了张嘴，似乎想说些什么，被谭栩微微抬高的音量打断："秦哥，来试试？"

被叫秦哥的是一开始说射击不难的那位。

余宴川不认识他，但看样子秦哥和谭栩关系不错，又是个爱出风头的，没有推辞就走了过来。

"谭栩。"罗源叫了他一声，显然有些按捺不住。

秦哥来得很快，甚至没有多看罗源一眼，看来罗源在这帮人里的人缘也没有那么好，起码有人愿意拆他的台。

余宴川冷眼旁观，罗源说到底还是个温室里娇生惯养的少爷，耍再多心眼也是仗着家里有资本给他撑腰，碰上硬钉子也只有乱马脚的份儿。

他也许从来没有计划过有人拆台会怎么样，余宴川发现自己意外地能理解他，在罗源的视角中，世界上的所有事都该理所当然地围着他转，他本身就是不会考虑退路的人。

在无数人为了生计奔波时，也确实有这样一辈子不愁吃穿用度的人，轻飘飘地就能让努力打工赚钱的徐霏丢了工作又遭横祸，自己却有闲心在这里为了找回面子不择手段。

谭栩给枪上膛，然后把射击位让给秦哥。

"哎哟，我都好久没玩儿了，刚才教练教的那些我都快忘了。"秦哥打着马虎眼，接过枪瞄准，但姿势标准端正，一看就知道有经验这句话不是吹的。

罗源突然开口："谭栩，这是什么意思？"

谭栩没看他，定定看着秦哥："开枪。"

"嘭"的一声枪响，秦哥毫无防备，被后坐力震得退后两步，子弹歪斜得离谱，一枪打在了罗源轨道的靶上，让罗源悚然一惊。

"这……"秦哥连忙扯下耳塞，恍然又想起什么，与谭栩对视了一眼，在看到他肯定的眼神后才说，"没有液压缓冲器啊？"

围观的那群人三三两两凑过来，还有几个碍于罗源的面子依旧站在原地，但已无需多言，发生了什么事一目了然。

谭栩点到为止，咄咄逼人惹急了罗源没有必要，他走到罗源面前，视线在他与肌肉教练员之间停留片刻。

一直盯到教练员心虚着侧过身，他才敛眉低低笑了一声："罗少爷，我先走了。"

说罢，谭栩推开了射击大厅的门，向外走去。

几秒过后，余宴川听到他在门外喊："走啊！"

"哦！"他应了一声，转而笑着对在场几人挥了挥挂着血迹的手，"各位玩得开心，余某先走一步。"

没人理他。

余宴川这一年来都没有比这一刻心情更舒畅，他看着谭栩潇洒的背影，实在是很想给他鼓鼓掌。

将要走到门口时，那背影忽然顿足，余宴川脸上的笑意未收，就看谭栩转身走回来，驾轻就熟地从他的口袋里摸出了车钥匙。

"干吗去？"余宴川问。

停在不远处的车子亮了亮车灯，谭栩一把拉开后座车门，把准备坐进驾驶座的余宴川扯过来推了进去。

谭栩指着他受伤的虎口，面无表情地说："你挺牛啊？"

"没事，不疼。"余宴川知道罗源是真把谭栩惹急了，他放轻了声音，"我自己有分寸。"

"你有分寸？我还得夸你打了三个十环出来？"

余宴川偏过头："你刚才也没拦我。"

谭栩的神色沉下来："我不拦不代表我看得顺眼，你跟他们较什么劲？"

"想较就较了。"余宴川蜷起腿，一副混不吝的样子。

谭栩冷眼看着他，然后换到驾驶座上，把车子开回了海景公寓。

车子开得很稳，余宴川抬手盖在眼睛上，虎口还贴着一片创可贴，蹭在皮肤上有些粗糙。

他本以为谭栩会再说些什么，可谭栩只是沉默地开车。

算上中间半年的绝交状态，他们熟识有一年多了，除却半年前那次争吵，他们很少会深入地聊一些话题，比如"你为什么要那样做"，比如"你是怎么想的"。

余宴川总能看到谭栩的欲言又止里的克制和隐忍，接着他会将话题引向其他方向，仿佛细细聊下去就会回到半年前的那次争吵。

"一户就一个停车位吗？"谭栩问道。

余宴川从鼻子里"嗯"了一声。

谭栩透过后视镜看了看他："我哥来了。"

余宴川一个头顶两个大，他攀着车门爬起来，看到他的停车位上停着谭鸣的车。

"没熄火啊，人还在车上。"余宴川说，"按喇叭让他出来。"

靠近一些后，谭栩落下车窗按了喇叭。

谭鸣果然在车上，他手里还拿了个小塑料袋，踩着油光锃亮的黑皮鞋走过来。

他把塑料袋递给谭栩："路过。"

里面居然是棉签和一管擦伤药膏。

余宴川这才按开手机看了眼时间，从射击馆到这里车程半个多小时，足够射击场的事情传出去了。

但谭鸣这样子实在是太像黄鼠狼给鸡拜年，他还戴着那副金丝眼镜，疏离冷漠的脸上没什么表情。

谭鸣向后排看，与大大咧咧地靠在后车门的余宴川对视一眼。

"余先生。"谭鸣说，"哪天有时间，我有些话要和你说。"

余宴川理了理衣领，不紧不慢地说："下礼拜。"

谭鸣颔首，迈开长腿回到车上，干脆利落地走了。

那个装着药的塑料袋还拿在谭栩手上，他打开又仔细翻找一会儿，的确只有八毛钱一包的棉签和未开封的擦伤药膏。

"他要跟我说什么？"余宴川问。

"不知道。"谭栩将信将疑地把塑料袋放到一旁，打着方向盘进了停车位，"他怎么突然开始关心你了？"

余宴川越想越荒谬，他想破脑袋也想不出个所以然来。

谭栩似乎比他还要百思不得其解，他打开手机想发消息追问几句，才发现邮箱提醒显示他在半个小时前收到了一封邮件。

他把谭鸣暂且抛之脑后，点开了邮件。

邮件内容是林予的详细简历，这是那天余宴川亲爱的哥哥——余长羽约他见面时要他查的东西。

余长羽说得语焉不详，只说让他不要动用家里的关系来查，刚巧他是林予的同班班长，去翻找学生档案很容易。

余长羽请他查的是林予的出生地。

简历里有一条被标红，林予高二才转到国内高中，他的前十七年都是在国外度过的。

他的出生地不在国内，在曼城，那个余长羽一周前出差回来的地方。

"走了。"余宴川把擦过虎口血迹的一团卫生纸丢进垃圾桶里，拍了拍车窗。

谭栩把邮件关上，转而给谭鸣的工作助理打电话。

"喂，是我，小栩。你让我哥的律师拟个律师函……什么？不能随便拟？"谭栩一边上楼一边说，"告那个极速射击体验馆，就说故意破坏道具致使游客受伤……受什么伤？就说胳膊骨折了，肋骨也断了……"

余宴川没忍住扭头看了他一眼。

"律师忙？那这么忙就辞了吧，是龙鼎酒店给他添堵了……"

余宴川没再听下去，推门进屋，自顾自洗了个澡。

今天这一出闹得不太愉快，不过余兴海近期大概不会再来找他了，毕竟废物儿子攀上谭家的关系这个消息应该够他消化一段时间的。

圈子里的事总归可以兵来将挡，最让余宴川在意的反而是谭栩的态度。

他这样为自己出头，他很感激，也有点惶恐，心里总是不踏实。

水流从头顶洒下，温热地将他包裹在团团雾气中，余宴川心里空荡荡的，探不到底，好像被架在了高空的透明玻璃道上，他不知道前方的路是否还结实，仿佛有半分差池就会踩空坠落，掉进深渊里再也爬不出来。

浴室的置物架上别着一朵塑料纸包的假花，从他住进来的那一天起就放在这里了。

余宴川久久地盯着那朵花。

这是一年前他亲手做的花,那时他还在安城大学读大四,刚卸任宣传部部长一职,成为学生会的编外人员。

跨年当天学校要举办跨年晚会,校会号召各个学院的宣传部帮忙一起折花,当作礼物分给来礼堂观看晚会的同学。

花是用卡纸叠的,再用塑料纸做成花枝,很简易的手工,五分钟就能批量生产出不少。

但那时临近期末周,部门委员没法给部员分配硬性任务,大三部长就找了他来帮忙一起做。

余宴川那时是不考研不找工作的闲散状态,正嫌时间太空,便去跟着一起干活。

他踩着自行车去了约定的教室,一推门和端着水杯走出来的谭栩撞了个满怀。

谭栩和他说不好意思,拿纸巾把溅出来的水滴擦干净,还向大一新委员介绍了他。

新部长举止礼貌得体,看上去仿佛一切负面情绪永远不会出现在他身上,不管何时何地都保持着令人舒适的热情。

余宴川坐到他身边,教他们叠花的是个女孩子,手巧得令人叹为观止,余宴川跟了三遍都没跟上。

每当他把折纸拆开重新叠,谭栩就会叹一口气:"学长,你不是来当卧底的吧?"

被他蹂躏得皱皱巴巴的纸不堪重负,终于不能用了,余宴川把纸丢回桌子上,拿起一旁的塑料纸:"我来做花枝好了。"

教学的女生笑眯眯地演示了一遍花枝的做法,看到谭栩接过余宴川丢在桌子上的卡纸,笑着说:"余哥,你'退休'以后留下的活儿也是小谭一个人接手呢。"

"辛苦了。"余宴川想了半天没想出来要怎么回答。

这女生和谭栩是一届，跟着他干了一年，听谭栩喊了一整年的"学长"不改口，兴许是觉得他们两个关系不太好，想借着这个机会帮忙缓和缓和。

　　他们在部门的工作里看上去确实没什么深交，凑在一起干活也不说话，团建时更是各玩各的。

　　教室里的暖气很足，他挽起袖子，露出贴着花里胡哨文身的小臂。

　　"哎，余哥你去文身啦！"女生眼尖，第一个问道。

　　谭栩闻言扭头看了看，又一脸无语地转回去。

　　"没有，昨天朋友有个比赛，喊我撑场面。"余宴川把这事忘得一干二净，又把袖子褪了下来。

　　文身贴都是响哥送的，质量好得不得了，他昨天洗了一晚上没洗掉。

　　一下午的时间叠了一大桶塑料花，谭栩带着几个大一的委员把花儿送去了礼堂，距离跨年还有九个小时，学校里已经是热闹非凡。

　　余宴川留在教室里，用剩下的塑料纸捏了朵花出来。

　　说来也离谱，他一下午没搞定纸片花，没想到换一种材料后一下子就叠成了，塑料纸在阳光下折射出五彩斑斓的光，他把花枝粘好，举在手里转了转。

　　光洁透明的纸面从侧面看流光溢彩，彩光洒落在他的小臂，打在那几块洗不掉的文身贴上。

　　他莫名很想把这朵形状奇怪的花送给谭栩，打破若即若离的疏远，就当是来自老部长的关怀了。

　　只不过从迈出教室的一刻他就没再看到谭栩，发给他的微信也没有得到回音，直到几个小时后才收到一句模棱两可的话。

　　谭栩：我在江滨广场，明天才回学校。

收到信息时余宴川正躺在宿舍床上，在朋友圈里阅览人生百态，有在礼堂看跨年晚会的，有和各自朋友出去逛商场的，还有在步行街路遇无人机表演的。

他的指尖停在了一个学弟的小视频上，视频里录的是人声鼎沸的江滨广场，广场背靠一条热闹的步行街，对面高楼大厦的外墙闪着灯光秀，亮着彩灯的游船与跨江桥下是奔腾的江水。

视频自动循环播放了两遍，他忽然很想去江滨广场看一看。

塑料花被他放进背包里，从学校到江滨广场有半个小时的车程，跨年夜的地铁营业到凌晨，哪怕是晚上十一点多，地铁站里依旧熙熙攘攘。

余宴川在下车后翻开包看了看，塑料花似乎有些散架，不过不碍事，很容易就能重新拼好。

从地铁站出来正对着人挤人的步行街，余宴川抄了一条人稍少的小路，此时距离零点只有半个小时。

他加快了步子，小道出口离江滨广场只有短短十几米，他却在出口旁看到了谭栩的身影。

余宴川完全没想到这里居然能站着一个人，被吓了一跳，下意识止住了脚步。

谭栩背对着他站在那里，裹着一条蓝色方格的围巾，他对面站着另一个男人，十二月里还穿着长风衣。

余宴川认出来了，是谭栩那个很讨厌的哥哥谭鸣。

他们似乎聊了一半，不远处人群喧嚣，他听不清谭鸣说了什么，只能依稀听到谭栩说："爸妈想让我出国无非就是为了走你的老路，但是我不想走。"

哦，在聊家事。

余宴川侧了侧身，发现这里刚好是一家高档餐厅的侧出口，难怪他们会站在这里说话。

那个戴着细框眼镜的男人说了几句话，被风声吹散飘远。

这地方是风口，余宴川耳朵冻得发红，他把帽子戴上，谭栩的话在这一刻清楚地飘来："你用不着操心我，我不会浪费时间在没必要的人和事上。"

之后又说了什么他没再听清，谭鸣推门回了餐厅里。

余宴川平静地转身顺着小路走回去，绕到了另一条道上。

音乐声响亮，广场上摩肩接踵，江岸围栏边站满了人。海风吹过，余宴川站在广场楼梯上，看着大楼的发光显示屏滚动着"新年快乐"。

谭栩似乎没有来广场看江景，零点倒数过后，灿烂烟花从游船上升起点燃夜空时，余宴川都没有再看到他。

记忆停在这里。

现在的谭栩不会再喊他"学长"，也不会知道浴室里摆着的这团被挤得破碎的廉价塑料花，原本是要给他的礼物。

余宴川关上水龙头。从回忆里走了一遭，仿佛又置身那个冰冷的冬夜，推开门，炎热的气息扑面而来，他这才回到暑气蒸人的盛夏。

突然想起那一天晚上，他隐约看到了一些在当时被主观忽略的东西。

说不上是因为他的成长，还是因为他对谭栩的认知加深了。

谭栩说他不会浪费时间在没必要的人和事上——他那时想要的是稳定的、可以预见的未来。像余宴川这样游手好闲的前任部长，好像完美符合"没必要的人和事"。

那是不是可以说，在当初，谭栩对他的未来规划表达不满时，是考虑到未来可能会渐行渐远的人生道路。

那为什么这次合租以后，两人的关系反而向着好兄弟的方向发展了呢？

余宴川套上衣服。

他想找谭栩问清楚，可又觉得火候不到，谭栩自己都不一定知道自己在想些什么。

余宴川走回客厅里，谭栩正抱着电脑坐在沙发上发邮件，桌上放了几块切好的西瓜。

曾经让谭栩最在意的边界感被他亲手打破，可打破完他又非常自觉地退回到自己的窝里。

余宴川忽然有些不痛快，他把放在一旁切西瓜的小刀拿在手里转了转，想了一会儿，问了一个看似很突兀的问题："我的花店，名字叫塑料枝，你知道是什么意思吗？"

敲打键盘的手停了一瞬，谭栩似乎听出来他有话想说，沉默地看着他。

余宴川从他眼中看到了一丝犹疑和闪躲。

他把刀收好，拿起一块西瓜，在西瓜尖上咬了一口，许久后才说："以后再告诉你。"

键盘声没再响起，谭栩愣怔地盯着电脑屏幕，直到听见他把西瓜皮丢进垃圾桶，才低声说："嗯。"

余宴川站在茶几旁，率先打破了安静："你是不是在查林予？"

谭栩垂下眼睛，慢慢按了几个空格键："你看到了？"

"下车时看到的。"余宴川抽出一张抽纸按在手上，他张开手掌，用清水冲洗后凝在指纹上的血迹消失干净，虎口处的伤口已经结痂，靠外的地方微微泛着白。

谭栩咬了咬嘴角，目光始终停在电脑上。

他此时的犹豫与方才似乎不同，余宴川隐约意识到了什么："怎么了？"

"林予的情况……有些复杂。"谭栩终于抬眼看过来，他的语速很缓慢，"余长羽让我查他的出生地，我查了他的学生档案，林予在曼城出生，高二回国，休学一年才读高三，考上安城大学的经管学院，大二转专业到我们院。"

余宴川坐到了沙发的另一头，预感到接下来的内容可能与他有关。

"他有一个哥哥，双胞胎哥哥。"谭栩说着，语气里有些烦躁，"学生档案只能看到这些。"

"双胞胎。"余宴川重复了一遍这句话。

两人不约而同地静默着，他几乎能听到压在空调音之下的室外蝉鸣，但转而又仿佛远去。

不用再去想其他可能了，几个关键点摆在一起，就算是做完形填空都能把事情补全了。

余长羽在曼城查到了"家里的事"，林予刚巧从曼城出生；余长羽一回来就见了母亲，着手调查林予；林予从很久之前就莫名其妙跟踪他，且跟踪一事之后，余兴海一直在试图支走他。

一个答案呼之欲出，可是一切来得太突然，余宴川没有做好足够的心理准备，他居然有些恍惚。

余兴海和母亲是迫于长辈压力才结婚，感情一直不好，因为公司和财产的各种原因拖着没有离婚……倒也不算意外。

但是林予有个双胞胎哥哥。

如果刚刚的推测全部成立，那这个人在哪里？

这个人……是谁？

余宴川反观林予的态度，林予对余长羽那边没什么特别，倒是对他跟踪不断，怎么看怎么不对劲。

余宴川回想起那次在食堂里被麻辣烫包围下的相遇，心念电转间萌生一个猜测。

双胞胎哥哥……不会就是他吧？

仔细想想也不算牵强，林予休学了一年，年纪对得上，异卵双胞胎长得不像也能说通。

但好像还是有点儿牵强。

余宴川直觉事情疑点重重，他被这个可能性冲击得有些头晕，一时间没办法捋顺思路。

他诚然对这些乱七八糟的东西感到无所谓，爸妈是谁并不会影响到他的心情和生活，但突然告诉他有可能横空多出来个弟弟，他实在是反应不过来。

虽说他最爱隔岸观火看热闹，但热闹猛一下落到自己头上，就没那么有意思了。

他弯下腰抓了抓头发，听到谭栩合上电脑放在旁边。

"你想查吗？"谭栩刚刚说得这么勉强，显然也是联想到了这一猜测，他轻声问，"你要是想查下去，我明天就去公司一趟，你要是不想就到此为止。"

肯定要查，不仅要查，还得查个底朝天。

就算他不追下去，余长羽也不会善罢甘休，这不仅仅是单纯的林予身份的问题，这还关系到了公司的财产股份等一连串问题。

余宴川抬起头，提出了第一个质疑："我没有外国户口啊。"

谭栩的话卡在嗓子眼里，有些不明所以地盯着他。

但余宴川的确是在认真地思考："双胞胎……我如果出生在国外，应该是外籍吧？"

这个出发点过于天马行空，谭栩皱了皱眉头："那要看父母有没有绿卡吧……我也不了解，要不要找律师咨询？"

"我的户口在余兴海的户口本上啊。"余宴川顺着这条思路继续发问，"如果我们两个是双胞胎，我这样落户会有纠纷吧。"

谭栩听得头疼："我还是找个律师吧。"

余宴川"嗯"了一声,向后靠在沙发靠垫上,胳膊有些发麻。

这件事在他看来可信度只有千分之一,毕竟许多事并不是想瞒就能瞒得住的,他也不是傻子,如果他的背景真有问题,这么多年不可能毫无察觉。

但他即便再笃定也只是自己心里有数,余长羽不知道会怎么想。

二十来年波澜不惊的生活被扔了石子进来,他只觉得有趣,还对林予的鬼祟目的有了个大致的猜测。余宴川闭上眼睛:"谭栩。"

"嗯?"

他又说:"没事。"

这件荒唐事他们都没有再提起,谭栩说要给他找个靠谱律师,哪怕现在不找以后也得找,结果这一找就是好几天,律师没等来,先等来了谭鸣。

谭鸣把地方约在了海景公寓门口的一家小咖啡店里,这是余宴川第一次单独和他见面。

仔细想想他们也算有点缘分。

那套西装和眼镜一年四季都雷打不动,余宴川每次见到都怀疑他的人生是不是像设定的程序一样乏善可陈,毕竟他无法想象这位和别人谈恋爱吵架的样子。

他的风格一向单刀直入,即便是对着西装革履的谭鸣也是一样:"找我有事?"

谭鸣放下咖啡杯,眉头轻皱一下又很快抚平,看来这里的冲剂咖啡不对他的胃口。

"不算什么大事。"谭鸣依旧是慢条斯理地说着,"你应该听小栩说过了吧,你家里的事。"

余宴川撒了一包糖进去,闻言笑了笑:"我家的事,你倒是挺清楚?"

"小栩关心你，我这个做大哥的跟着操心而已。"谭鸣说。

余宴川用小勺敲了敲杯沿："有话直说。"

谭鸣也不再和他打太极，他放下杯子："我建议你亲自去一趟曼城。你目前接收到的所有有效信息，来源都是余长羽，你没有办法判断出这些信息有没有被动过手脚。"谭鸣用指节推了推眼镜，"得不到一手的消息来源，无论怎样都只能处于被动。"

这段话的弦外之音倒是明确，谭鸣怀疑他哥哥在背地里害他。

余宴川不置可否："你有什么证据吗？"

"如果我能拿到证据，就不会劝你亲自去查。"谭鸣说。

"那不还是空口无凭？"余宴川冷冷地笑着，他胳膊搭在椅子扶手上，懒散地撑着头，"你和我说这些干什么？咱俩关系没到这份儿上吧。"

谭鸣把小勺从咖啡杯里拿出，放在一旁的纸巾上，染出一圈深棕色的水渍。

"如果猜测成立，他同样有财产继承权，但公司董事未必会认可。现在有人搅局，余长羽又态度不明，你的处境不算明朗。"

谭鸣的话已经足够客气了，他今天既然是来提点他提防余长羽的，那就说明在谭鸣看来，余长羽压根不是"态度不明"，而是已经在动手脚坐实余宴川的"林予双胞胎"身份，准备借林予的手干掉他了。

余宴川点了点头，随手端起咖啡喝了一口："不过话说在前，我对此无所谓，也不图我爸的财产。"

谭鸣盯着他，镜片下那双精明的双眼没有半分掩饰："我图。"

余宴川差点把咖啡吐出去。

"小栩如果与你做朋友，你在余家的话语权当然越大越好。"谭鸣说得理所应当。

这是什么歪理，好一副兄友弟恭的画面，他跟这位爷的倒霉弟弟做朋友，不应该他越废物对谭鸣越有利吗？

余宴川像是第一次认识他一样："你哪只眼睛看出来他和我交好了？"

谭鸣最后也没有喝完那杯咖啡，底部沉了一层没有冲泡开的咖啡沫，他放下杯子站起身："我说完了。"

透过玻璃窗，他看到谭鸣手里挽着从来没穿过的西装外套，上了不远处的黑车。

余宴川坐在原地，出神地搅着咖啡。

他不是个听风就是雨的人，他对目前所能查到的林予的消息存疑，也同样不信任谭鸣所说的话。

余长羽这么多年对他的好是装不出来的，倘若现在是他在背地里害人，余宴川确实难以接受，这可远比他扑朔迷离的身世冲击力更大。

不过谭鸣有一句话说得对，他必须有一手的消息渠道，要想在这一场混乱里掌握主动权，只能由他亲自出手。

这个圈子里人人心思各异，心眼一个比一个多，也许谭鸣是在"钓鱼"，也许是故意说出这些话来引导风向，但此时箭在弦上，余宴川也没有选择的余地。

这趟曼城他必须去，还得装作什么都不知道去。

这样反而遂了余兴海的愿，也不知这一去多久才能回来。

一直到咖啡见了底，余宴川才慢慢收回神，看着那把躺在被泅湿的纸巾上的银色小勺。

他本以为会平淡无奇的二十来岁，在今天变得扑朔迷离，他的烦恼突然从花店营业额变成了我到底是谁的儿子。

服务员来到他身边问需不需要续杯，余宴川摆摆手，把丢在座位上的棒球帽扣到脑袋上，推门走出去。

这家咖啡店在海景公寓门口的小型商业街上，余宴川躲在树荫下往回走，看到前面一个熟悉的身影推着一辆共享单车。

谭栩似乎没有找到共享单车的规定停车区域，拿着手机一边走一边四处看。

余宴川跟在他身后，一路走到了超市门口，才见他把车子停到路边。

他不躲不闪地靠近，谭栩停车时就看到了他，一顶白色棒球帽压着顺脖颈垂在肩上的头发，发梢朝着四面八方随意又狂野地翘着。

帽檐盖住了眼睛，他穿着一身宽松的 T 恤慢慢走来，谭栩停好车后站在原地等着。

"跟谭鸣聊完了？"他问。

"嗯。"余宴川手揣在兜里，"去超市？"

谭栩看他神色如常，应该没有和谭鸣争吵："对，家里的盐用完了。"

余宴川率先走进超市大门，迎面的空调冷气终于能让他飞速旋转的大脑降降温。

他家里的事太复杂，胡思乱想也没有用，走一步看一步吧。

卖调料品的区域里各类食用盐看得人眼花缭乱，谭栩随手拿了一袋放进购物车，又被余宴川丢了回去。

"买盐看看成分表。"他事不关己地在前面溜达，"不要含亚铁氰化钾的。"

谭栩一款一款地看成分表，咬牙切齿地说："你倒是跟着一起看看。"

余宴川随手拿了一袋："我一般买这家。"

购物车被谭栩推得稀里哗啦响，烦躁地说："去结账。"

"你就为买一袋盐啊？"余宴川问。

谭栩没有说话，但是给他传递了一个"不然呢"的眼神。

余宴川叹了口气，接过他的车："少爷，冰箱里还有菜吗？"

好像没了。谭栩磨了磨后槽牙，没有搭理他这句阴阳怪气的话。

余宴川心不在焉地扯了几个塑料袋装菜，问道："你跟谭鸣关系怎么样？"

"没话说可以不说。"谭栩说,"我从生下来就跟他八字不合,你又不是没见过?"

"但我看他倒是挺关心你。"余宴川似笑非笑地说。

"我宁可他别管我。"

谭栩对谭鸣始终保持着明显的嫌厌,连带着对这个话题也感到厌恶:"别聊他了。"

"那换个话题。"余宴川话锋转得行云流水,"你期末考完了吧,假期回家还是住合租屋?"

谭栩看着他站在冷鲜柜前挑着火腿肠,叹了口气:"咱俩是不是真的没话说了?"

余宴川拉开柜门,拿起仅剩的最后一捆火腿肠。

如果放在以前,他会说"不聊也无所谓"。

"跟谁不都是聊这些?你要是不住了我还得重新算下个月的水电费。"余宴川说。

谭栩说:"住住住,我不回家。"

"还在跟家里闹别扭啊。"余宴川曲指敲了敲保鲜柜,问一旁正在上货的店员,"这个生产日期怎么被裹住了?"

"这批货都是这两天的,要吗?"店员扯着嗓子回答。

余宴川又掂了掂,思考了一会儿递给他称重。

谭栩前倾着身子靠在购物车上,回答了他的问题:"我家想让我照着谭鸣的老路走,但是我不想。"

"谭鸣的老路?出国啊。"余宴川琢磨了一下,还是没有告诉谭栩他最近也准备往国外跑。

等到一切确定下来再告诉他吧,他还想再探探余长羽的口风。

店员给火腿肠装袋封好,又说:"这儿还有一段腊肠头,你要不要?可以便宜给你。"

余宴川动作一顿："不要。"

等到两人走远，余宴川才撕开层层包装，在火腿肠的密封袋上翻找半天，找到了生产日期。

他叹了一口气，把火腿肠放在了酸奶柜旁的冷鲜回收处。

"不要了？"谭栩扫了一眼。

"他骗我呢，一个小时后就过期了。"余宴川拿起罐装酸奶看着。

谭栩挑起眉，又扭头看了几眼："你怎么突然怀疑他？"

"废话，他最后推销的话全是漏洞，傻子都听出来不对劲了。"余宴川说。

谭栩看着购物车里满满当当的生活用品，忽然有些担心万一他真的独自去留学，会不会因为生活技能全无而活不下去。

收银台的队伍排得很长，两个人挤在中间等了五六分钟，在将要排到时听到手机响了起来。

余宴川和谭栩面面相觑了几秒，才反应过来是他自己的手机。

自从进了六月后他的电话仿佛没有停过，以前用不完的话费现在都不够用，忙碌得好像今晚就要接手余兴海的产业。

来电显示是余长羽。

"我去接个电话。"余宴川从队伍里走出来，对谭栩说，"把账结了啊。"

没听到谭栩的回答，说不定是在心里骂他。

余宴川按下接听键，余长羽温和安静的声音传来："小川，方便说话吗？"

"方便。"

他这边的嘈杂声很容易顺着听筒传过去，但余长羽沉默了一下，装作没有听到："哥有些事要跟你说。"

余宴川长出一口气："见面说吧。"

"不用，事情不复杂，电话里说就行。"余长羽说，"就是之前跟你提过的事。"

余宴川低低应了一声。

"我在曼城出差的时候找到了一些在那边的消费记录，顺着查了查，发现爸在曼城有一套房。"

哟，给人买了房子，怎么这么多年还没过户啊？

"那套房，妈不知情，我又查了些我能接触到的账户记录，现在怀疑爸在国外可能……"

余宴川还是装作惊讶地感叹："能确定吗？"

"初步可以确定了。"余长羽说，"而且应该……还有孩子，可能插手了分公司的一些事，爸想着让你去分公司，应该是要打理他们没处理好的事情。"

这部分倒是涉及余宴川的盲区，插手分公司？林予在安城上着大学，怎么就手眼通天地插手了公司？

难道另有其人？

"需要我做什么吗？"余宴川沉下声音。

"去曼城吧。"余长羽说，"爸一直想让你去，你就去走一趟，先查查那套房，如果真的有私生子在搅局，时刻和我保持联系，可能需要你在分公司搜集一些证据。"

"收集证据？"余宴川心里一跳，"出什么事了？"

余长羽缓声说："暂时没有事，但防一防总归是好的。"

"知道了。"余宴川说。

他默认这句话是余长羽的一语双关，只是没想明白他是在防谁。

他挂断电话，抬眼就看到拎着购物袋的谭栩站在收银台外。

余长羽刚刚没有和他提起林予和双胞胎的事，看来他目前还没找到林予就是私生子的实证。

众多关系网层叠交错，涉事者全都心怀鬼胎。

余宴川抓了抓头发，将这些摸不着头绪的事抛之脑后，现在摆在面前的难题是怎么和谭栩交代他要出差这件事。

谭栩是铁了心要和家里杠到底，转天就回了学校收拾行李，在一批批拉着行李箱离校的人流里推门进了花店。

余宴川正背对着门裁包装纸，小刀利落地划过雾面纸，裁出来的长方形打着卷掉落到地上。

他听到行李箱的轱辘响，抬头从一旁的镜子里看到了谭栩的脸。

"怎么了？"他弯腰拾起地上的几卷纸。

"蹭一下你的车。"谭栩指了指行李箱。

余宴川怀里抱着裁好的包装纸，抽出一只手在柜台上摸到车钥匙，抛给谭栩。

等他走出去后，小风才凑过来："你俩和好啦？"

"合租。"余宴川说完，又强调一下，"我租的时候不知道是他。"

小风"哦"了一声："那不还是和好了吗？"

余宴川想不出来怎么反驳。

他的车就停在商业街后的机动车道旁，谭栩很快就放好行李回来，站在一旁看着他忙碌。

"别在这儿杵着。"余宴川说。

"你什么时候回？"谭栩挪到了不碍事的地方。

"下午。"

谭栩直勾勾地盯着他，半晌才说："你要出国了？"

余宴川手里的塑料桶一滑，他没有扭头："嗯。"

不知怎的，气氛突然变得凝重，谭栩问道："我要是不问，你就打算不说？"

余宴川听着这台词很别扭，他皱着眉头："没要瞒你……本来打算今天跟你说。"

"你准备自己查?"谭栩问。

余宴川把花骨朵上的网兜摘下来:"你别想那么多,我就是过去看一眼,说得好像我的飞机一出境咱俩就断绝往来了。"

小风敏锐地察觉到气氛有一丝不对劲,小心翼翼地从后面走过去,绕去了后门仓库。

谭栩冷冷地看着他。

他俩是朋友,但看起来又像仇人,他们的关系就像一团棉花,摸起来有些虚无缥缈,无论如何也攥不成实心球,无力又易散。

谭栩看不懂他。

余宴川是个很复杂的人,从初见到分别再到重逢,他从来没有读懂过余宴川在想什么。

这种感觉和许多时候他面对谭鸣时一样,看不穿、无法预判,自己反而就像光着膀子站在他们面前。

谭栩觉得不论他在外人面前装得多阳光热情,内里依旧简单透明,也许这份透明源于本性里的"讨厌麻烦"。

说不出是因为他的社会经验太少、不够圆融,还是因为余宴川年长他两岁,见过了更多世面走过了更多路。

余宴川似乎在疏远他,这种疏远并不是距离上的,而是他忽然发现余宴川其实没有他想象的那么……需要别人帮忙。

"好吧。"谭栩把车钥匙放回柜台上,转身走出门去。

地上的网兜被扫到垃圾桶里,小风过了几分钟才探头出来,小声问:"你们吵架啦?"

余宴川把地面收拾干净,坐回柜台后的躺椅上,仰了仰头:"他单方面和我过不去,看不出来吗?"

"没看出来。"小风撇了撇嘴,"你俩都在闹别扭。"

倒也没说错。

余宴川抽出放在抽屉里的塔罗牌，指间一转开始洗牌。

谭栩太过聪明清醒，总能捕捉到某些微妙的情绪改变。

在以前他可以放任自己在谭栩面前展示最懒散颓丧的一面，有话就说，有脾气就发，想做什么做什么。

可毕业后这两年的"成长"，让他没法再维持从前那样随性的状态了。

人和人的关系就是这么奇妙。

余宴川默念了几遍。

他集中不了注意力，无论如何也无法启牌，两只手随意切牌时飞出来了一张，静静落在桌子上。

女皇逆位。

余宴川看了几秒卡面，干脆把一整摞都扣在桌子上，拿着车钥匙起身。

"你去食堂吗？"小风从花丛中发出声音。

"我走了，你盯着点，给你补贴。"余宴川说。

他把何明天喊出来约在了"体彩"酒吧。何明天自从听说了他和罗少爷的事之后，一连发了八条微信表决心，誓要正式和他结拜为兄弟，一听到他的召唤立刻就答应下来。

只是他的豪情壮志还没出口，就发现余宴川这次喊他似乎是为了人际关系问题。

何明天从没见过他为这种问题困扰，外人或许觉得余宴川是个不服管的浪荡少爷，可何明天知道他就是个无欲无求、混日子等死的倒霉蛋。

但无论是哪一种，似乎都不该有这种困扰。

何明天点了两杯不含酒精的饮料："说说吧，你什么情况？"

余宴川窝在沙发里,手里转着一个骰子,沉默片刻才答非所问地说:"我问你,咱俩要是吵架了,你把我送给你的东西扔了,意味着什么?"

何明天奇怪地说:"这得看是什么东西了,值钱吗?"

"花,你上台发言,我例行送上来的花。"余宴川顺手拿骰子砸他。

何明天躲了一下:"我为什么要把上台发言捧着的花扔掉,那我拍照的时候抱什么啊?"

余宴川抬手捂住眼睛,感觉自己在对牛弹琴。

"哦……那得要一刀两断了吧?"何明天猜测着回答道。

余宴川没有答话。上次被他们搞得一团糟的酒吧早就已经收拾干净,碎桌子换上了新的,甚至在桌角贴了防撞护角,全然看不出这里曾经发生过一场惊天动地的大战。

他仍然想通过旁人的嘴得到答案,难得执着地说:"真的要一刀两断吗?"

何明天向前坐了坐,胳膊撑在桌子上,他摸着下巴,斟酌开口:"不一定意味着绝交,但是你能问出这句话,就意味着出问题了。"

在理,一语中的。余宴川朝他竖了个大拇指。

他心里早就已经有答案了。

他与谭栩那天吵架的核心观点只有"未来"两个字,谭栩将他们之间的友谊看得很重,可摆在他们面前的人生路是一个岔路口,他们注定要迈上两条路。

余宴川没有明确的目的地,举着一支手电筒走一步看一步,而谭栩却早已筑造出足以照亮前路的灯塔,将他生活里的每一个时间节点都规划得井然有序。

这个"井然有序"里也包括对他的定位,谭栩不需要无用的社交,就算他看重余宴川,也不妨碍他执行自己的人生计划。

那天谭栩说:"脚底踩不实的日子太虚无缥缈,像我们部门去年折的塑料花一样,看起来与这捧花无异,却没有香气、不能生长。"

余宴川想到了跨年夜时在背包里被压成一团的塑料花。

虽然被挤出了片片褶皱,但捋一捋、捏几下,依旧光鲜。

可塑料枝永远都是塑料,制作得再仿真都不会变成真正的绿枝,看上去是一朵永不枯萎的花,可如果没有人愿意接受它,也只是一堆连养分都化不成的垃圾罢了。

谭栩不喜欢塑料花。

余宴川发誓他在给花店取这个寓意时没有进行联想,但现在看来,这个寓意的诞生本身就是从过往中淬炼而来。

当作是对与他断绝的谭栩的一个暗示回应吧——他在潜意识中从没想过与谭栩决裂,也从来都不想。

余宴川发现原来对过往难以释怀的理解无需什么大事件辅助,不需要生死攸关、心惊肉跳的经历。

"有点后悔。"余宴川坦然笑了笑,歪着身子看向何明天,"毕业以后更交不到朋友了。"

何明天两眼望着他喝了口饮料,喷了半天:"谁啊?"

"你不知道吗?"余宴川反问他。

"啊……"何明天也不装傻了,但这个名字烫嘴一样,他憋了几下才说出来,"谭栩啊?"

"嗯。"余宴川无所谓地点点头。

何明天又喝了两口饮料:"你们现在的交情?"

余宴川两手枕在脑后,右脚腕搭在左腿膝盖上:"还可以。"

"还可以?我看谭栩不太好相处的样子。"何明天又喝了口饮料,煞有介事地分析着,"微信加过好友了吧?"

余宴川思考一下,觉得也没什么不能说的:"我当了他两年多的学生会部长。"

何明天猛呛一口，撕心裂肺地咳嗽起来。

何明天一边咳一边掏出手机，打开了不知谁的聊天记录翻着："我有一朋友昨天偶遇谭少爷。"

他说着点开一张图，递到余宴川的面前。

酒吧里的灯光昏暗，但余宴川还是清晰地看出图片上的人正是谭栩，他身边站着一个穿着浅色西装的男人。

浅色西装手里拿了个文件包，看不清正脸，只能瞥到眼角一抹光，应当是戴了一副眼镜。

余宴川端起饮料。

"我一朋友拍到的……"何明天欲言又止。

这个角度拍得很有技术含量，简直像是摆拍一样完美。

谭栩脸上挂着那张阳光微笑面具，额前碎发被风轻吹起来，很有青春洋溢的优秀大学生的味道。

余宴川眼睛盯着屏幕，喝了一口饮料后伸出手，两指把照片放大。

他们身后的背景板上挂着一个小牌子，什么标志没看清，看样子像某律师事务所。

余宴川风轻云淡地说："这不会是他给我找的律师吧。"

手机自动息屏，何明天讪讪地收了回去，吭哧半天才挤出来一句话："牛还是你牛，我都不敢和谭少爷多说话，我能看出他的笑大部分时候不真……"

"过奖了。"余宴川靠进沙发里，随意地答了一句。被软皮绒毛包裹了许久的他忽然有些倦意，便把空杯搁回桌上，闭上眼睛，对何明天说："我睡会儿，别叫我。"

"你在这环境里能睡得着？"

余宴川没有理他。

他的睡眠习惯很奇怪，非常安静和非常喧闹的两种极端条件下都能睡得不错。

酒吧在白天放的大多是些舒缓的音乐，他几乎是闭上眼就沉入了梦境。

再睁眼时已经是两个小时后，余宴川看着虚空中的某一点愣了几秒，抬头看见何明天还瘫在卡座里摆弄手机。

余宴川没有说话，维持着这个姿势看他。

客观来说，何明天长得还挺有模有样，是高鼻梁、单眼皮那款，人也聪明，除了平时看着不像个好人之外，没什么缺点。

要是于小姐不嫌弃，还真能介绍给她聊聊。

他的目光太炽热，何明天若有所觉，扫了他一眼："醒了？"

"你还没走啊？"桌上摆了新点的饮料，余宴川端起来抿了抿，"我以为您业务挺繁忙的。"

"繁忙个屁。"何明天笑得有些不怀好意，"看看朋友圈吧，罗源出事儿了。"

"哎呦！"

余宴川就料到会有这样的场面出现，他开了个先河，迟早会有人跟着添把火，罗源被迫树倒猢狲散是迟早的事。

这人行事乖张又不计后果，做事不带脑子全靠后台撑着，这个后台但凡有一丁点可诟病的地方都经不住他这样作。

余宴川打开朋友圈，他的好友里圈子内的人不多，但第一条就是于小姐发的含沙射影的话。

他打开被屏蔽许久的安城八卦群聊，在支离破碎的信息里拼凑出了个大概。

罗家的生意做得这么大，早期全倚赖发家时认识的那几条人脉，简单来说就是不干不净。

但与罗家有关系的人太多，哪怕有人戳破了蛛网的一条线，也不伤其根本。

但不知是哪位神仙亲自下手，把罗家老底掀了个遍，毫不在意是否会得罪旁人，无所顾忌地大闹一通。

外界传得热闹，有人说罗家动了不该动的蛋糕，有人说是惹了大人物，还有更邪乎的，说是碰了不该碰的一行。

余宴川看着都不可信，毕竟罗家跟余兴海做过生意，能跟他们有生意往来，那罗家应该也不会玩什么太离谱的东西。

想想也是悲哀，罗源肆无忌惮地做过那么多该死的事情，最后却要通过这种手段才能让他得到应有的苦果。

如果只能靠一山更比一山高来约束他们，不知有多少人仍在逍遥法外了。

"走了。"他活动了一下脖子，"我送你回去。"

"这就走啊，我以为你准备等午夜场。"何明天跟着他走出去，皱着一张脸，"你最近还住在出租屋？实在不行我跟你合租吧，我妈最近开始催我相亲，我是真不想回家。"

余宴川拉开车门："谭栩在跟我合租，你可以租我家楼上。"

他说完镇定地坐进驾驶座，胳膊架在车窗上抬眼看他："上来啊？"

何明天摸了摸头发，失语片刻才说："不了，我坐地铁回去，你赶紧回家吧。"

"上来。"余宴川叹着气把车窗升上去。

说得好像谁想回家一样。

把如坐针毡的何明天送回去，余宴川才不紧不慢地打着方向盘回到海景公寓。

他一直到站在楼道里掏出钥匙时，才想起来谭栩的行李还放在后备厢里，又折返回去拿。

箱子不沉，大概只有一些日常用品，客厅里关着灯，谭栩在自己卧室里。

余宴川拖着箱子，随手敲了敲。

屋里一阵椅子拖地的响动，谭栩拉开门，淡淡地瞥了眼行李箱，接了过来："谢谢。"

不客气。余宴川在心里回答。

"你吃饭了没？"他问。

谭栩把箱子拉到卧室里，对他说："没吃。"

余宴川实在不知道怎么才能把对话进行下去，只好到此为止。

他转身去了厨房，没听到关门声。

走到玄关处时他侧头看了看，门被虚掩上，谭栩又窝了回去。

余宴川久违地感到了无话可说的尴尬。

他拉开冰箱，正中间摆着一个庞然大物。

碗里装着发了一晚上的面团，膨胀着顶起了那层保鲜膜，甚至还有一部分顺着碗边溢了出来。

余宴川把沉重的碗端出来，决定做点馅饼凑合凑合。

这似乎是他们两个第一次一同坐在餐桌上吃饭，一人守着一端，沉默地对着热气腾腾的韭菜鸡蛋馅饼。

余宴川很想叹气，不过谭栩先他一步叹了出来。

这个家从未这般安静。

谭栩很自觉地去刷了碗，余宴川其实并不信任他刷碗的技术，想像往常一样骂骂咧咧地对谭栩说"记得别拿钢丝球刷不锈钢"，但最终也没有说出口。

他在客厅里坐了一会儿，转身回到了卧室。

像他们这么别扭真的能交到朋友？

余宴川在心里嘀咕。

"谭栩。"余宴川叫了他一声。

谭栩关上水龙头："怎么了？"

"有人打你的电话。"余宴川仍然没有从卧室走出来，但没有了流水声作噪音，声音变得清晰许多。

"啊。"谭栩把碗放到一旁的沥水架上，碰撞出一片叮当声，"帮我接一下吧。"

对面沉默了一下，才说："哦。"

余宴川穿过两扇门走到谭栩的屋子里，看到了桌面上的手机。

来电是个没有存的号码，他拿起手机时不小心碰到了一旁的鼠标，敞开的笔记本电脑的黑屏闪了一下。

"您好。"他对电话中说。

余宴川没听清对面回答了什么，目光黏在了电脑屏幕上。

亮起的屏幕出现了一张图片，看来谭栩在吃饭前正在整理一些聊天记录，并且把部分内容截图存了下来。

图片左上角显示聊天记录的对面是林予。

图中的几段对话也有意思，林予一共发了两条消息，前面大概还有几段，只是被截掉，只剩下寥寥无几的部分。

林予说："我回国是为了找我哥哥的。"

谭栩回答："有机会吗？"

林予继续回道："有机会，我已经有他的消息了，就是咱们院的学长。"

余宴川仍然举着电话，对面的人以为他信号不好，反复"喂"了几句。

他无法作答，只是看着那张聊天对话，日期是八月三日，显然是去年的聊天记录。

余宴川头脑乱糟糟一片。

谭栩从去年就知道这件事了？

林予是回国来找他的——谭栩早就知道？

为什么从来没有和他提起，还要在那天装成刚刚知道此事的样子？

电话对面迟迟听不到回答，很快就挂断了。

余宴川有一种自己被当猴耍的错觉。

他想不通前因后果，想不明白他这样做的原因，但就连谭栩都不和他说真话，看来所有人都在瞒他。

余宴川没有再提起聊天记录的事情。

问再多都不如他自己去查，他不信是一群人在陪他玩"楚门的世界"。

更何况谭栩没有瞒他的道理，半年前他们两个甚至绝交，谭栩没有那么闲陪他演戏。

这中间应该有什么误会，余宴川想不出来，也不想再去深思。

目前所摆在他面前的线索无法串成链条，又涉及那么多无关的人，先前是谭鸣，现在又扯上了谭栩，就像一个巨大的未知快递丢在门口，余宴川拿着小刀划开纸箱边角，只能窥探到一些细枝末节。

碰到这种事不能管中窥豹，与其左思右想不如直奔主题，直接找到快递清单来看。

余宴川并不着急，他目前只想知道一件事，那就是林予接近他的目的。

现在已经昭然若揭，林予在找他的双胞胎哥哥，并且林予认为余宴川就是这个哥哥。

那也就没什么好急的，万事有因果，眼下所碰到的所有难题和麻烦的起因都是林予，既然知道了林予不会轻易对他下黑手，其他的事情处理起来也就无需紧张。

121

只是去曼城的行程就不得不提前了。

余长羽的意思是不要打草惊蛇，等着余兴海什么时候来催他再顺势答应下来。

去曼城是板上钉钉了，一旦某个未知时间提前有了确凿安排，中间这一段日子就变得有些难熬，再加上谭栩放假在家，余宴川总是不知该如何与他相处，索性每天赖在花店里无所事事。

期末考试陆续结束，大部分学生都已经离校，花店这几天清闲得很，余宴川干脆在旁边开辟了塔罗牌的业务。

这项业务比卖花还火热，余宴川开始思考如果自己有朝一日被赶出家门能不能借此维生。

也许是他最近过得太颓靡，何明天实在看不下去，约他出来到"体彩"酒吧松快松快。

到了夏日，白昼拉长，余宴川走出地铁站时太阳还挂在天边，他顺路买了张彩票，尾号选了22。

酒吧内灯光缭乱，余宴川穿过舞池，看到穿了一身西装配短裤的何明天。

他挑着眉愣了一下，问道："你这一身什么意思？"

"上午跟我爸去见客户了。"何明天也对这一身装扮感到无所适从，摆着手把话题掀过去，"你什么时候走啊？"

余宴川伸出胳膊揽过他的脖子："就是这礼拜了。"

"明天也是这礼拜，七天后也是这礼拜。"何明天被他拉得弯下腰，嘴里念叨个没完。

"后天吧。"余宴川说完，又把时间精确了一些，"后天凌晨。"

"什么？"何明天惊得喊了一嗓子，"后天凌晨飞，那不就是明天晚上走吗！"

他的声音响在耳边振聋发聩，连聒噪的人声和杂乱的音乐都没能掩盖住，余宴川嫌弃地把他推到一边："我落地了给你发消息，又不是见不着了。"

何明天低低应着，没再乱叫，沉默地到了高脚桌边坐下后才说："我这不就是不习惯吗？"

"你可别，那么多人跟你'花天酒地'呢。"余宴川曲指敲敲桌子，对调酒师说，"尼格罗尼。"

何明天有些沮丧地垂着脑袋："不一样。"

调酒师手中的雪克杯叮咣响，余宴川看着他动作熟练地转着手腕。

"那就得空了来找我。"余宴川说，"我估计得在那边待到年底。"

浅金色的酒液倒入酒杯内，在绚丽的灯光下闪着浅淡的橙红色。

余宴川很少会点除了啤酒之外的饮料，之前和别人出去聚时总被人说不懂酒，但他只是不想在外面喝醉。

不过今天他想稍微放纵一下，毕竟这也许是今年最后一次光顾"体彩"酒吧了。

何明天喝得不多，在一个劲地吐苦水，讲他在公司里四面碰壁，讲到处都是势利眼，还讲他看不上那群见风使舵的人，说一半又点了盘小吃拼盘。

他啃完了三个鸡翅后才消停，看样子是说累了。

余宴川一杯接一杯地喝酒，他靠在吧台上，静静看着那个堆叠炸薯条的拼盘。

何明天对上他的视线，跷起沾了油的手指拍了拍他的脸："你还好吧？"

余宴川微微偏过头躲开，用力闭了闭眼睛。

没有修剪的头发散落在脸侧，昏暗的灯光下半张脸笼在阴影里，多日前打架在眉弓上留下的那道疤，痊愈后仍然留着一道浅淡的影子，从对面玻璃上的反光看起来有些像断眉。

余宴川直直看着反光里的自己，玻璃后人头攒动，在一片光影交错中，他居然看出来了林予的影子。

这个下巴是像，他竟然刚刚发现这件事。

"你今天情绪不太对啊。"何明天说。

余宴川的嘴里还弥漫着金巴利的苦调，他一口将酒杯底喝净，再次把杯子推到吧台上。

"你来真的啊？"何明天突然有些紧张，凑过去说，"你是不是不想走啊？"

"我不想去，但不能不去。"余宴川抓了一把头发，踩在高脚凳上的长腿放下来。

何明天总算知道他今晚为什么一副潇洒人生的模样："你要去管分公司这事儿，圈子里大部分人都知道，你这趟是必须走了。"

余宴川懒得开口，索性随他说。

他喝酒从来不为什么，想喝就喝了。余宴川只是有些憋屈，想做些什么来发泄。

可能是因为发现余长羽和谭栩都在瞒他吧。

余宴川没什么自己的人生规划，向来秉持着走一步看一步的原则，开花店、出国，一切都是顺其自然。

不算太积极的生活态度，但是余宴川很享受。

这不就被赶鸭子上架，白天接了余兴海一个电话，当即就给他订了后天凌晨的机票。

余宴川喝酒喝得太急，后劲返上来时只觉得头晕乎乎的，反应格外迟钝，看着何明天在他眼前比出三根手指问他这是几，他消化了半天才理解这句话的意思。

就像是刚做完全麻手术被大夫推了出来，然后被和蔼地问"你叫什么名字"。

酒吧内嘈杂的声音都远去，他坐在原地，把拼盘里剩下的炸薯条吃光。

等再回神时眼前已经是谭栩的脸。

余宴川的目光像兑了胶水，顺着谭栩的脸和身子瞄了一圈，才看出来这人是谁。

他也没醉到分不清现实和梦境的程度，叼着一根炸薯条转头去找何明天。

何明天站在谭栩身后，带着几分醉鬼都能看出来的心虚。

"你把他喊来干什么？"余宴川问。

"是我去问的他。"谭栩抢过他嘴里的炸薯条，面色不虞，"还能立着走回去吗？"

这是何明天第一次在这种场合见到谭栩，他穿着一身与酒吧格格不入的白色衬衫，短袖袖口在挤过来的路上蹭上了淡淡的一圈酒渍。

往日里一向温和开朗的谭小少爷此时顶着一张臭脸，无比自然地、手劲有些狠地把余宴川从椅子上揪了下来。

"别，头晕。"刚刚静止不动时还好，一动就觉得脑子里像是装了个豆浆机，稀里哗啦地四处搅，余宴川挥开谭栩的手，"我自己可以走。"

何明天默默往后挪了挪。

在他的想象中，谭栩和余宴川之间的相处应该是彬彬有礼的，但看样子他们仿佛要大打出手。

谭栩的语气里藏着一股火："凌晨一点半了，我打扰你通宵了？"

"没有，走吧。"余宴川用力按着额角。

谭栩克制着没有发作，后知后觉想起来何明天还在这里，他没心情再继续装谭少爷，直接拍拍何明天的胳膊，转身走人："这场我请了。"

从酒吧出来后便被热气扑了满面,余宴川身上的酒气变得明显,坐上计程车时司机频频侧目。

但余宴川却一下子老实下来,只是靠在后座上闭目养神,脱离了酒吧的迷乱背景后,酒精带来的就只有头晕眼花。

谭栩本以为他睡了过去,在下车时推了推他的胳膊。

但余宴川睁开眼睛,眼底居然还很明亮清澈,他脚步平稳地走下车,自觉往楼上去,甚至还能对准钥匙孔开门,但一进门就瘫倒在地上,无论怎么叫都叫不醒。

第四章

北纬 53°

第四章 北纬53°

谭栩到在床上,望向天花板。

他在想,是不是偶尔也要学习一下余宴川的人生观,没什么大不了的,遇到问题再解决问题就是了。

对余宴川来说,就算他们俩绝交也无所谓,一切顺其自然就好。如果哪天余宴川想找他了,就会如往常一样来找——余宴川大概正是这样想的吧。

谭栩侧过身子。

他的人生路上从不允许有任何偏差出现,哪怕考试掉到了第二名、邻居随口提一句这孩子调皮,全都不可以。

父亲和母亲对他太严厉,又有谭鸣这样优秀的哥哥压在头上,谭栩几乎从没想过他会和余宴川这样性格的人做朋友。

大概是因为和余宴川待在一起太久,他偶尔也可以出格一些,比如明明第二天上午预约了和律师见面,今天依旧可以熬夜到凌晨,还毫无负罪感。

不知道算不算某种程度上的逆反心理。

青少年逆反心理——从家庭功能理论视域下看青少年交友观的改变。

他默默为自己的生活起了一个论文标题。

这一觉睡得昏沉,手机闹钟不到九点就叫起来,谭栩在刺眼的晨光里惊醒。

今天要去见卢律师,预约十点见面,过时不候。

他暗骂一声爬起来，发现昨晚扭曲的睡眠姿势让他浑身酸痛。

谭栩换了身得体的衣服，开门看到余宴川的房门关着，看样子仍然在休息。他犹豫片刻，还是转身去了洗手间。

收拾妥当后已经九点二十，余宴川依旧没有起床，谭栩急急忙忙地出门。

卢律师是业内很有名的非诉律师，经手了好几件类似的家庭内部财产纠纷的案子。

律师原本是他找好准备介绍给余宴川的，但在这一阶段里，卢律师的主要求证方向是林予身份的真实性，碍于余宴川还挂着"疑似林予双胞胎哥哥"的标签，谭栩顾忌他的情绪，还一直没有和他提。

他从四面八方搜集了许多证据，打印在A4纸上给卢律师带了过去。

"这是林予转专业到我的班里，来之前和辅导员的对话。"大致说明情况后，谭栩把一张聊天记录递过去，"他亲口说了，回国的目的是找他哥哥，这个在后期可以作为证据吗？"

卢律师扶了扶眼镜框："聊天记录可以作为间接证据，但是你这是私自调取他人聊天记录，这是无效证据。"

谭栩沉默了一下："那我如果获取我辅导员的同意之后再调取呢？"

"没有必要。"卢律师十指交叉，表情淡漠，"说服性不高，他也可以狡辩只是随口说说。找些确凿证据应该并不难，户口本、房产证、DNA检测，都可以作为辅佐。"

谭栩"啧"了一声，不快地皱起眉。

"目前的情况我已经了解了，后续我需要跟余先生直接联系。"卢律师的语速端得四平八稳，"不过我有一点需要提醒你，如果这位林予先生没有争抢财产的意愿，回国只为寻亲的话，就要别当另论了。"

"我明白。"谭栩打开手机，准备跟余宴川商量一下事情，谁知刚一解锁就显示电量不足。

他平时都习惯在睡前把电充满,偏偏昨晚全是离奇事,压根没想起来充电的事情。

谭栩把手机丢回桌子上,向后靠着椅背:"我回去再把您的联系方式推给他。"

"好的。"卢律师说着,垂眼看了看他的手机,停顿片刻,"谭鸣先生昨天找过我,托我向您传达一些话。"

谭栩冷下脸来。

"他的意思是,先让余先生自己查一段时间,起码先把林予的身份、余先生他自己的身份都查明白,您再插手。"卢律师说得很委婉,"谭鸣先生的态度是,许多事过犹不及,信息不对等会造成误会,为了防止余先生误会您的好意,在事情尚未明朗前还是少干涉为好。"

他说完这话,从善如流地转移了话题:"需要拿个充电宝吗?律所就在后面。"

"不用,多谢。"谭栩站起身。

这地方离龙鼎酒店不远,谭鸣应该在大楼里上班,他准备过去看一眼,顺便蹭个充电位。

他把椅子推好:"您是我花钱请来的律师,如果听进去了太多旁人的闲言碎语,我会考虑换个人来做。"

卢律师并没有因此而变脸色,一如往常地微笑点头:"好的。"

谭栩没再回答,转身走出了律所。

从律所到龙鼎酒店只有短短五百米的直线距离,但因为临近市中心路况复杂,他不得不绕远一些过去。

谭栩顶着大太阳和一肚子的牢骚杀向公司,刚要过马路,旁侧一辆黑色迈巴赫一个加速,稳稳停在了他面前。

接着后车门滑开,里面坐着一个熟悉的人。

那人鬓角已花白,脸倒是保养得不错,眼角的细纹中藏着逼人的

131

锐气，他穿着一身打理服帖的中山装，侧目看过来。

"小栩，借一步说话？"那人沉声说道。

谭栩不躲不闪地看着他，眼中晦涩不带半分笑意，歪着头想了想，对他打了招呼："罗叔啊。"

余宴川睡醒的时候头痛欲裂。

他是被丢在地毯上的手机叫醒的，余兴海给他打了足足四个电话。

他挪过去，看清此时已经是上午十点多。

不过凌晨三点才睡下，满打满算也就睡了七个小时而已。

"喂？"余宴川又躺倒回床上，含糊不清地说。

"都几点了，怎么还没起床？"余兴海的声音有些急，"收拾收拾，今晚直飞曼城的航班全部取消，长羽给你改签了下午两点的飞机，别迟了。"

余宴川倏然睁开眼睛，一下子坐起身，心底一沉："今天下午？"

"提前点到，别晚了。"余兴海还在揪着早上打不通电话这件事唠叨，余宴川从床上跳下去，拉开房门，发现谭栩早已不在家里。

老爸还在耳边喋喋不休，他走过一地的塔罗牌和塑料珠，连声应着，然后挂断了电话扔回床上，把空空如也的行李箱从柜子里扯出来。

打开拉链摊平箱子后，余宴川才反应过来要先去洗漱喝点水，缓解一下嗓子里冒烟一样的干涩。

他头脑发蒙，弯下腰将水扑到脸上，打湿了额边的头发，冰冷的水珠顺着下颌滑落，他终于从梦境里清醒了半分。

这也算是祸不单行啊。

余宴川咬着刚从冰箱里拿出来的面包，站在厨房里愣了一会儿。

他回到卧室里，拉开衣柜，把衣服全部扯下来丢在床上。

这套房签的是短租，只怕等合同到期时他还身在国外，搬行李都要靠余长羽来代理帮忙了。

他意外地没有什么太激烈的情绪，甚至比昨晚还要冷静。

余宴川把短期内要用到的东西一股脑儿扫到床上，再慢慢放进行李箱内，合上箱子之前他似乎想起了什么，起身太猛，晕了片刻，扶住架子缓了缓。

接踵而至的荒唐事填满了他的思绪，余宴川连喘息的时间都没有，不得不一口气应付掉堆叠在一起的所有麻烦事。

他走进浴室，把置物架上那朵看不出原貌的塑料花拿了下来。

余宴川低头看着，拿在手中随意转了转，塞进了行李箱的角落。

十一点时谭栩仍然没能回家，他发过去的消息石沉大海，直到他坐车去了机场、领好登机牌，都没有收到谭栩的消息。

"聊两句？"罗叔与谭栩平视着，周身绕着不怒自威的气场，鹰钩一般的锐利视线投射过来。

谭栩低下眉眼，声音低沉又冷漠："有话就在这里说。"

他的应对让罗叔出乎意料，好像也被他往日那个听话小少爷的模样蒙蔽了眼。罗叔稍一扬眉："方便？"

"挺方便的。"谭栩无意与他周旋，低头按了按手机开关，已经电量耗尽自动关机了。

烦躁袭上心头，他再次迎上罗叔的目光："想说什么就在这里说，没有我就走了。"

罗叔仍旧纹丝不动地坐在原处："小栩，念你是小辈，叔不与你计较，做人留一线，这话你父亲是教过你的吧。"

长辈就是不一样，求情都要让自己在口舌上占上风。

当初在射击场里，谭栩在罗源面前放了狠话，也并不只是为了过瘾，他是真心要把罗源打垮。谭栩前两天动了不少关系，准备把这位大少爷做过的亏心事抖出来治一治他，没承想做到一半被谭鸣发现了。

他本以为谭鸣会让他适可而止，结果他这赔钱哥哥不仅没断了他的计划，还推波助澜，把事情越闹越大。

如今已是一发不可收拾，他不知道谭鸣在背后做了什么，但是本该出手保罗家的人都没站出来，罗源已经接连被派出所喊去问了好几次话。

罗叔今天在街上拦他，只怕为的就是这事情。

要是放在平时，谭栩倒是很乐意和他掰扯一番，但今天他实在没有心情："我在谭家说不上话，您也不是不知道。"

他说完正要走，驾驶座的门轻响一声打开一条缝隙。坐在后排的罗叔伸手拦住，对着驾驶座低声说了些什么。

车门再次紧闭上，谭栩冷眼看着那扇黑漆漆的防窥玻璃。

"谭鸣，我和他通过电话了。"罗叔语速缓慢，他的嗓音让每一句的分量感都显得很足，仿佛声音从口中蹦出来后砸落在地上，"小栩，做人不能任性。"

哦，这意思是他跟谭鸣谈条件想让他高抬贵手，可惜没谈妥，这才特意跑到大街上逮人。

"我哪里任性？"谭栩不卑不亢地笑了笑，"我没做过什么大事，有时间来找我谈还不如和您的大少爷谈。这事到现在已经不是我能插手的了，更何况我也不会插手。"

他轻飘飘地扫了眼驾驶座，转身要离开。

"你哥哥应该教过你不要感情用事。"罗叔音量没变，但仍能穿过喧嚣的大街直达耳中。

果然罗源在射击馆把他惹急了这事情，罗叔是知情的。

谭栩驻足，转头对他说："叔，我要是真感情用事，在酒吧斗殴的那天晚上，罗少爷就从派出所里出不来了。"

驾驶座和副驾的门应声而开，走下来两个身着黑衣的男人，脸上挂着横肉，罗叔没有再阻止，只是与这两个保镖一样的男人一同沉默地向他看过来。

谭栩适时收敛起脸上的表情，旁若无人地继续向前走，红绿灯刚好跳转到绿灯，他径直走过了街。

直到这一刻他才明白过来，罗叔此行应该不是专门来堵他的，看车子的来处，大概是刚约见了谭鸣，从龙鼎酒店回去的路上刚巧遇到了他而已。

既然如此，也就无需担心什么被人敲晕带上车的戏码了。

走过马路后他假装无意转头看了一眼，黑色迈巴赫已经驶走，连一串车尾气都不留。

能让往日里只手遮天的罗叔亲自来龙鼎酒店，看来这次罗家元气大伤啊。

正是午餐时间，龙鼎酒店内还算热闹，谭栩推门进去，向前台要了充电宝。

谭鸣办公的地点不在酒店大楼内，要穿过酒店小花园向里，走过去还得五分钟左右。

大堂里开了十足的冷气，谭栩一边往里走一边开机，百分之一的电量勉强支撑着屏幕亮起，手机自动连上了酒店的无线网络。

随之弹出的消息框让他猛地停住脚步。

余宴川在两个小时前给他发了三条消息。

他立刻点开消息，在微信缓冲的过程中想到到了无数可能性，但他什么也没捕捉到，只是定定地看着手机。

两个小时前，中午十一点五十。

余宴川问："中午回来？"

下一条是半个小时之后，言简意赅的一段话："空中管制，我今晚去曼城的航班取消了，改签了下午两点的。"

最后一条就在十分钟前，只有短短四个字："不好意思。"

谭栩读了三遍才让大脑运作起来，几乎无法理解这几句话的意思。

余宴川要走了？

"不好意思"四个字没有前言后语，可他居然能够在一瞬间领悟到其中的含义。看来余宴川见谭栩很久没回消息，以为是昨天晚上的事加上不告而别让谭栩生气了。

谭栩想都没想就回拨了他的电话。

不管怎么样，当务之急是不能让这个误会漂洋过海。

谭栩飞快扫了一眼酒店大堂的表，一点五十三，距离起飞还有七分钟。

他不知道余宴川的航班需不需要转机，可就算是直飞曼城也要五六个小时后才能重新联系上。

电话里没有对方已关机的提示音，谭栩几乎是屏住呼吸。他们没有漫长的告别，但是也不能不告而别。谭栩知道，如果他冷处理余宴川的消息，他们好不容易通过合租重新建立起来的关系将消弭在广袤的大洋上。

"嘟……"

"喂？"

谭栩被熟悉的声音拉回现实，电话另一端听上去有些混乱，他长话短说，用最快的语速讲道："我的手机没电，刚刚才看到你的消息。"

对面沉默下来，谭栩怀疑了一下是不是他没有把话讲清楚，又说："不是故意没回你。你现在就要走吗？"

"我……"余宴川刚发出来一个音节，一个女声便盖住了他的声音，"先生，飞机马上就要起飞了，请您关闭电子设备。"

"好的。"余宴川短促地应了一声。

飞机上大概真的很混乱，谭栩自认为酒店大堂已经很热闹了，居然还比不过余宴川那边的背景噪音。

余宴川很快速地说:"我知道了,落地后再说吧。"

"落地。"谭栩低声叹了口气,"你怎么走得不声不响的?"

这句低语顺着听筒传了过去,余宴川居然听得一清二楚,他说:"你不是没人影吗?"

"先生,飞机马上就要起飞了。"空姐再次出现在余宴川面前,声调平稳、字正腔圆,还顺手扣上了行李架的盖子。

余宴川一个头两个大,不得不终止了和谭栩的通话:"我先挂了。"

他没听清谭栩说了什么,直接点了挂断键。

按下电源键的一刻,余宴川仿佛关闭了他与安城的全部联系。

在之前的这几个小时里,他兵荒马乱地赶飞机,还没来得及和这座城市告别。

余宴川很想笑,他看着飞机舷窗外缓缓流动的跑道,不自觉笑了出来。

机舱内逐渐安静下来,起飞过程中过道里没有人走动,更便于他把全部注意力集中在窗外的风景上。

脚下机场的画面逐渐缩小,大片城郊村庄与农田出现在视野中,地面几辆黄色荧光的引导车变成小小的圆点。

余宴川不知道自己在笑什么,连带着坐在他右手边盖着毛毯的外国男人也跟他一同笑着。

如同置身一部荒诞现实喜剧,飞机缓缓上行穿云而上。按照电视剧的常规拍摄手法,此时应该在云层中慢慢浮现几个字,"安城篇完结"。

然后主角带着松一口气的微笑奔赴未知又充满挑战的明天。

余宴川闭上眼睛,仿佛能够看到镜头跟着他们的飞机升高至云海之上,在星球的弧面上划出一道长线,穿过晨昏线直达地球另一端。

一路上未碰到气流颠簸,降落时的曼城仍是太阳西悬的下午,算算时差差不多是安城时间的晚上十一点。

来接机的是分公司的人，据余长羽说是个分公司负责人，手里没有项目，日常工作内容就是指点江山，并且担任了他当时在这边出差时的工作助理。

负责人的名字叫杰夫，不过余宴川打眼一看就知道他是个中国人。

他站在接机的一行人里很起眼，余宴川迎着他的微笑走过去，和他客套地打了个招呼。

杰夫向他颔首示意，接过他的行李箱："余先生，舟车劳顿，我先安排您住下。"

还会用成语，不错。

余宴川应了一声："好的。"

杰夫的个头很高，长袖衫下隐约能见结实的手臂肌肉，将行李抬上后备厢时游刃有余。

他绕到副驾驶上替余宴川把门打开，随后笑盈盈地看着他。

余宴川盯着他的脸。

"今晚先休整，明日我们再去公司里。这是您第一次来曼城吧？余总别墅附近有不少值得一去的地方，如果需要向导，您也可以随时打电话给我。"杰夫说。

余宴川的目光落在他撑着车门的手上，戴着一块很昂贵的腕表。

"好的。"他点点头，坐进副驾驶内。

车子驶出机场，顺着快速路驶向城区方向。余宴川仍旧没能适应右驾左行，车窗缝隙里吹进来的风卷起头发，他从后视镜里看着杰夫的脸。

杰夫若有所觉，与他飞快地对视一秒："怎么了？"

余宴川眯起眼睛，懒洋洋地看着他："你认识我。"

"当然。"杰夫闻言，很夸张地笑了一下，"怎么会不认识？"

138

点到为止，余宴川没再说话。

杰夫对他的态度带着一丝难以察觉的微妙，说不清道不明，但余宴川能感受到，对于杰夫来说，他不是个初次见面的陌生人，也不是简单的"上司的孩子"。

看来之前余长羽和他说"有人插手了公司的事"是真的，不管插手的人是不是林予、插手了哪一方面的事，起码杰夫肯定知情。

余兴海的房子是一栋独院的二层小别墅，从卫星导航上看坐落在城郊处，沿路风景很别致，但余宴川暂时没有欣赏的心情。

四五点的太阳仍旧毒辣，杰夫送到即走，余宴川把院子大门打开，对着小花园里枯死一地的花花草草拍了张照片。

他把照片发给谭栩，"我到了"三个字刚打了一半，一条语音通话的窗口就弹了出来。

余宴川居然有一种接导师电话的错觉，他按下接听，喉头一哽没有憋出开场白。

谭栩似乎也没有想清楚要说些什么，安城此时正值午夜，听筒里静悄悄一片，几乎无法分辨出电话是否接通。

沉默蔓延开，余宴川想打破尴尬，轻咳一声正要说话，对面一阵熟悉的动静先他一步打破安静。

"嗡——"

这声豆浆机的噪音似乎在无形中拉近了他们之间的距离，余宴川忽然感觉尴尬感消散不少，他笑了笑："喂？"

"到了？"谭栩说完，意识到他在说无用的废话，又接了一句，"要待多久？"

余宴川把行李箱搬上几个小台阶，来到别墅门口："估计要到年底吧，圣诞节前后。"

"年底？你不就是去查个底细吗？"

"话是这么说，但明面上是我爸派我来分公司锻炼能力的，干几个月就走人换谁也不答应。"余宴川说。

谭栩再次沉默下来。

良久，他才说："我一会儿给你推个律师的联系方式，你和他联系一下。"

"好。"余宴川打开门，屋子装修得很简洁，白瓷地面一尘不染，客厅沙发上还留了几张收拾好的报纸和笔记本，看上去是上次余长羽留下的。

"我下周要参加一个夏令营。"谭栩说，"但是我不想去，我刚刚买了下周四的机票，早上七点到曼城。"

这次轮到余宴川失语了。

说不震惊都是假的，他站在客厅正中间，在几件事中间摇摆一下，选择先提出一个最客观的问题："那不是隔壁校保研的夏令营吗？"

"我不想去，反正已经保研本校了。那个夏令营本来也是谭鸣逼我去的。"谭栩执着地说，像是怕被他说拒绝一样。

余宴川想不通谭栩的思维方式，不说和不和好，直接甩一张机票在你面前，然后表示出一股执拗。

"你来曼城干什么？"他问。

"溜达。"谭栩说。

余宴川彻底没话说了，他感觉头脑里空白一片。

"我以为你一定会不告而别。"谭栩突然说。

"是吗？"余宴川心想那你不太了解我，"我原本的机票是在晚上，临时改签迫不得已。我没想过不告而别。"

余宴川不准备再挑起话头，他脑子里实在是有些混乱，只好等着谭栩开口。

"因为我看到你把那朵花带走了。"谭栩却说，"浴室架子上的那朵花。"

他问："你知道那朵花是什么吗？"

谭栩说："去年跨年时部门一起叠的假花。"

合着他还真知道，余宴川都要怀疑是自己的记忆出现了偏差，他确定没有在跨年夜把那朵花送给谭栩。

"那你知道我为什么要留着吗？"

谭栩说："不知道。"

余宴川向后坐倒在沙发上，散起了一层细微的浮尘。

谭栩又说："但你会告诉我的。"

余宴川将脚腕搭在玻璃茶几上，将落灰蹭出一小片透明，他安静想了一会儿说："就这样吧。"

挂断电话后，他把行李箱打开，那朵塑料花再次被挤压变形，余宴川用蛮力将花瓣伸展开，翻箱倒箧找出了一个花瓶。

他把塑料花插在花瓶里，摆到了电视柜上。

被强行打开的花瓣慢慢卷曲，顺着折痕萎缩回去，变成了一株将败不败的丑陋假花。

余宴川看着这朵花，有种恍如隔世的感觉，上一次把这朵花从背包里拿出来、用力舒展开的日子——那个跨年夜，仿佛就在昨天一样。

不知是不是跨时区的缘故，他逐渐失去了时间概念，连带着对半年前的回忆都忽近忽远了。

半年前还没和谭栩分道扬镳之前，他手里还有一张走后门拿到的龙鼎酒店的 VIP 黑卡，包吃包住包玩，他都怀疑这张卡变现起码值六位数。

在他们断掉联系后，那张卡被他递到了很多人手里，做慈善一样一周五次变着法地消费。

他们谁都没有先低头，谁都没猜透谁。

余宴川不知道谭栩是什么时候发现了这朵塑料花。

也许很久之前就看到了，但只是把它当成了一片废旧的塑料纸，在那一天他提到塑料枝这个店名后才猛然反应过来。

也许更早，也许更晚，反正他发现了。

当晚余宴川没能睡好觉，屋子里的空调风时缓时急，吹起来很别扭，他整夜游离在半梦半醒间，转天又要强打精神地坐着杰夫的车去公司。

杰夫买好了袋装三明治给他当早餐，公司在写字楼林立的中心区，街道两侧时有典雅旧楼闪过，余宴川扫了一眼轻轨线："这条轻轨通我家？"

"是的。"杰夫目不斜视地开着车，"您如果开车不习惯，可以坐轻轨来。"

这家分公司的外观比余宴川想象中的更气派，他顺着旋转门走入，偌大空旷的一层大厅内只有两位身穿职业装的女士，正站在接待处接电话。

杰夫与她们点点头，按亮了直梯的上升按钮。

电梯上行，透过透明门能看到楼层内各自忙碌的职员，杰夫说："办公室在五层，我已经安排财务把近年流水送过去了，您可以先看一看。"

余宴川抬眼打量着公司内装潢，看起来和安城的差不多，楼层分布也几乎是一比一还原。

余长羽出差时频繁地发与工作相关的内容给他，部分区域和特别值得注意的地方都提到了，余宴川一边走一边将现实对应上，心里总算有了些底。

他终于有种要参加工作的实感，前几年过得太放肆，欠下的债总归是要还的。

从电梯一路行至办公室门前，路上碰到不少抱着公文夹行色匆匆的职员，见到他纷纷点头示意。

余宴川推开办公室的门，整洁的桌面上放着高高的一摞账本，还附带了一沓打印纸。

他连自己的花店的流水都没好好看过，面对这样"浩瀚"的财务报表实在是无从下手。

　　余宴川叹了口气。

　　索性也并不是毫无头绪，他的目的是查林予，可不是查公司的钱。

　　"有需要您再叫我？"杰夫站在办公室门口。

　　余宴川点点头："去忙吧。"

　　他翻出来六年前的现金流量表，逐月核对着。

　　六年前是林予回国的那一年，虽说转学需要一大笔钱，但按余兴海的积蓄来计算，完全不需要动用公司的钱，不过防患于未然，查一查也好。

　　林予回国绝非偶然，正常人不会好端端的高中上一半就跑回来，万事都要有个契机，他猜当年肯定发生了什么事，促使林予选择了回国。

　　他盯着单词和数字看了半个小时，扔在一旁的手机就振动了半个小时，余宴川忍无可忍地合上报表，发现是谭栩发来的消息。

　　是一张照片，照片里的手机躺在一张卫生纸上，纸巾湿漉漉的。

　　谭栩："掉水里了。"

　　谭栩："能开机。"

　　后面还有一串手机落水的实时播报，余宴川眼皮直跳，回复他："把手机搁米缸里。"

　　被谭栩打岔后，余宴川的思路反倒开阔，他刚刚没能从公司财务上挖到什么马脚，只能去查余兴海的账户。

　　余兴海的账户不是他想翻就能翻的，好在余长羽早就把这些折腾出来查过一遍了，前人栽树后人乘凉。

　　余宴川打开电脑，看着存在 C 盘里的余兴海的账户账单，又开始怀疑这是不是只是他明面上的公开账户。

　　他换位思考，如果是他自己的话，拿来打钱的一定是一个私密账户。

把时间点拉到六年前,余宴川核对着表格里的财务收支,这么一看更是巧合,六年前他也在读高二。

阳光从百叶窗内斜斜射入,余宴川皱着眉将鼠标停在了三月份上。

三月份,余兴海提现了十万块钱。

提现了十万块钱?

余宴川拖拽到月总结上,发现没有打错单位。

ATM机上限是两万,超过五万就要向银行申请预约,余兴海一口气提了十万,这些钱他提出来要干什么?

他继续向后查看,没有这十万元再转存入账户的记录。

要么是现金消费,要么是直接存进了其他卡里。

余宴川没能想明白这一举动的意义,他不觉得这是为了防调查,余兴海一个"老狐狸"多的是办法掩盖住转钱的行径,毕竟这些年他们任谁也没发现端倪,没有必要用这种招摇的办法。

手机又响了起来。

谭栩:"它应该没救了。"

余宴川把注意力从满屏幕的数字里抽出来,感叹谭栩生活废物的属性终于完全暴露出来了。通过这些废话,他仿佛能看到谭栩那张臭脾气的脸。

余宴川:"怎么弄的?"

谭栩:"洗菠萝的时候手机掉水池里了。"

余宴川没太理解洗菠萝是什么意思:"什么洗菠萝?"

过了几分钟,谭栩发来一张切好的菠萝的照片。

余宴川:"泡盐水了吗?"

谭栩:"泡了。"

好像在给自己儿子发消息,余宴川本不想操这个心,但他总是感觉谭栩一个人生活迟早把自己杀死。

余宴川:"多泡会儿,把酶杀干净,不然菠萝会把你吃掉。"

对面沉默了。

余宴川端起水杯喝了一口,把桌面上的几页表格最小化,点开了另一个文件夹。

文件夹里是分公司现任全部职员的简历,他直接搜索到了杰夫的那一份。

杰夫是华裔,中文名叫陈杰夫,毕业于曼城本地顶尖院校,在公司干了三年了。

余宴川看着他的初中院校名字,居然觉得这一串英文字母有些眼熟。

是林予的那所学校。

杰夫年长他们几岁,他和林予定不会是同级生,但身在同一所学校已经足够可疑了。

既然杰夫跟林予可能有关系,看来在这里的调查是指望不上他了。

昨天他搭着于小姐的人脉认识了一个本地的大学生,据说闭上眼就能把整座城市的卫星地图画下来,还掌握一手电脑技术,入侵一些防火墙不厚的网站轻轻松松。

余宴川打算晚上去会会这人,只怕日后大有用处。

他走到落地窗前,能够看到侧方的透明长廊上,杰夫正在与一个职员聊工作。他身姿挺拔,头发用发胶固定住,神采奕奕很像个靠谱的负责人。

余宴川活动了一会儿脖子,低头打开手机,点开了某个社交软件。

林予的社交账号并不难猜,他在安城时就很轻易地找到了一个疑似是林予的人。这个账号的一切动态停在了六年前的曼城。

他慢慢翻着这个人的主页,几乎没有露脸照片,也没有带坐标的帖子。

他最后锁定了一条对餐厅食物吐槽的帖子。

原文大意是林予图方便在家门口的小餐馆吃了顿饭,没有想到这么难吃。

余宴川放大图片上拍到的内容,记下了碗边印着的餐厅商标。

他一边在网络上搜索这家餐厅,一边觉得毛骨悚然。

在六年前科技还不甚发达的时代,他们尚且保留一丝隐私概念,发布动态会回避部分暴露身份地点的要素,可如今甚至能够通过一个无意出现的商标定位一户家庭的所在地,未免太恐怖了些。

地图上扫描不到这家饭店,余宴川换到了社交软件上进行搜索,发现了几条带有街道信息的顾客评价,才知道这家店在两年前已经倒闭了。

餐馆的地址是约克街 52 号,在西北角的市郊。

谭栩把菠萝切成小块,重新丢回了盐水里。

他用手机搜了搜,浸泡时间太短,菠萝蛋白酶会分解掉人体内的蛋白质,还会伤害他的口腔内黏膜。

他把砧板放到水龙头下洗了洗。

要被菠萝吃掉了。

谭栩从冰箱里拿了一瓶果汁出来,拧开喝了一口。冰箱上还贴了一个啤酒盖形状的冰箱贴,是上周余宴川从酒吧里兑奖拿回来的,个头很小,贴在冰箱角落里并不起眼。

但是他看到了,就像他注意到了浴室置物架上的那朵花,他一直都知道那是余宴川特意系在上面的。

他原本以为只是一朵普通的花而已,直到那一天余宴川忽然问"知不知道塑料枝的含义"。

他没有迟钝到连这都无法联想到,跨年夜那天的叠花活动并不难回忆起。

满打满算到这个月底余宴川才毕业一年,但他脑海中他们共同的大学生活的场面已经有些模糊了。

寥寥无几能记起来的画面都是在宣传部的工作里,最清晰的一段时间居然是他们绝交前的那一个月。

也许是那时候的茫然太难忘、选择太艰难,以至于虽然遗忘了某些片段,却仍然能够回想起那时候的心境。

他把那束演讲用的花丢进垃圾桶、正式宣告他们两个绝交的前一天,学校正在筹备能力竞赛,任务分摊到各个学院的宣传部,每天都在对接来对接去,忙得焦头烂额。

那时是九月,是余宴川从学校毕业的三个月之后,塑料枝花店开业大吉的第一个月。

谭栩刚刚接手宣传部部长的工作,准备带着几个大二的副部长去礼堂参加彩排。

竞赛的主持人刚好是他所在学院的,落在头上的任务就变成了交接主持人的彩排流程。

他到礼堂里时不少学生正忙碌着,有人在调试场地灯光,绚烂的光亮从舞台上照射下来一扫而过。主持人是一对穿着西装礼裙的男女,正站在观众席第一排最侧边聊天。

谭栩走近了才看到坐在评委桌子上的余宴川,他咬着一根巧克力棒,正和两个主持人聊得开心。

音响里传来了时断时续的音乐声,有测试话筒的学生正轮着"喂喂喂",乱糟糟的声音填补了他们对视那一刻眼里的空白。

女主持人朝他挥挥手:"谭栩,来了啊?"

他错开眼神,看向两个主持人,露出了热情的表情:"排练怎么样了?"

"很顺利,一会儿再过一遍走位就可以了。"男主持说。

谭栩点点头，转头看向在一旁对着大屏幕看热闹的余宴川。

余宴川垂下眼看他，随后又举起手里的零食袋，递到他面前。

"不用了。"谭栩一副皮笑肉不笑的表情，"学长怎么来了？"

余宴川扬了扬下巴，指向还没有布置完善的舞台："主办订了我的花，我来看看。"

舞台上站着明天要登场比赛的选手，有人将他们领到后台去，谭栩没见到熟人，这才收回视线。

主持人的彩排很简单，大部分时间是两个人反复上台退场，再对几遍台词。

谭栩站在舞台正对着观众席的中央位置，余宴川游手好闲地坐在他身后，咔嚓咔嚓地咬着巧克力棒。

"那边那几个，你带来的？"余宴川突然说。

谭栩闻言看去，余宴川的目光落在了舞台侧面，他带来的几个副部长正在帮忙一起挂拉花。

"嗯。"

余宴川舌尖勾着巧克力棒一转，含糊地说："带人出任务也要记得在工作群里发，谁做了什么事都得公开透明，不然等评优评先时有人会心里不平衡。"

"我知道。"谭栩说完转而看着舞台，两个主持人第四次从后台走出来。

他们在正中间的标记点站好，对着空旷的观众席念出了主持词。

"最近谁招惹你了？"身后的人问。

谭栩背对着他，无可奈何地叹了口气："没有。"

"你躲着我啊。"余宴川说。

谭栩这才转头回去，视线好整以暇地扫过巧克力棒："有吗？"

"有。"余宴川向前倾，胳膊搭在桌上。

谭栩静静地看着他，舞台上亮黄色的灯光从余宴川的脸侧滑过。

148

他突然有些羡慕余宴川，但余宴川那样逍遥的活法是他永远学不来的。

身后是来来往往的人群，礼堂内还环绕着断续播放的音乐，他侧过头，收起念头："想多了。"

不知这话是说给谁听的，大概率是说给那时候固执的自己吧。

从合租屋的相遇到再次分别，谭栩突然发现自己很向往余宴川的生活态度，那是他已经被规训得永远都得不到的生活。

谭栩用叉子扎起一块菠萝，对着那枚冰箱贴发呆。

生活里许多时候不用想太多，遇到烦恼时要学会抽丝剥茧，就像背诵名词解释一样，先把中间的定语全都去掉，先缩句再扩充。

偶尔参考一下余宴川的人生态度——"好事顺其自然，坏事努力改变"好像也没什么不好。

不要逃避，也不要给自己找借口。

能够理解并践行这个道理并不简单，好在他终于从牛角尖里爬了出来。

扔在客厅沙发上的旧手机响了起来，铃声是听上去很有年代感的流行曲，谭栩端着泡着菠萝的碗走过去。

电话是谭鸣打来的，他不是很想接。

接通后的第一句是谭鸣问："怎么一直不接？"

谭栩说："手机掉水里了，刚把卡拔出来换到旧手机里。"

谭鸣没有问怎么掉水里了，而是单刀直入地切进主题："夏令营你不去了？"

"不去了。"谭栩倒在沙发里。

"保研本校？"

"不一定。"谭栩无所谓地说，"说不定要出国呢。"

谭鸣罕见地被噎住了，他质疑道："你决定了？爸妈希望你考出国，你为此离家出走到现在，现在确定要妥协？"

"我离家出走是因为我不想成为谁的第二名,我的路我自己走,跟留不留学没有关系。"谭栩说。

谭鸣没有反驳他的话,他对谭栩的不满习以为常,半句不解释地换了话题:"你下周去见余宴川,记得提防他身边的一个负责人,那个叫杰夫的。"

"你怎么不查他啊?"谭栩明知故问。

"如果你不去我就不查,但是你去,就代表余宴川遇到的任何潜在的危险都可能影响到你。"谭鸣说。

说得很道貌岸然,奥斯卡都要给他颁个奖,那么紧张的兄弟关系都能演出来情同手足。

谭栩嗤之以鼻,但白来的消息不听白不听:"那个负责人怎么了?"

"和林予走得近,还跟余长羽接触过一段时间,防一防也好。"谭鸣说。

谭栩不知道为什么谭鸣对余长羽带着那么大的敌意,总是似有若无地怀疑他不是个好人:"你跟余长羽是不是有过节啊?"

"没有,就是觉得奇怪。"谭鸣欲言又止,咽下了后半句,只是叮嘱道,"别跟余宴川直说杰夫的事,别让他以为是你在查他,不太好。"

他说完直接挂断了电话,都没来得及让人问一句余长羽哪里奇怪。

谭栩咬了一口菠萝,打开笔记本电脑。

电脑上早就有他亲自查到的杰夫的详细资料,这人可不仅仅是谭鸣所说的"和林予走得近"。

杰夫进入分公司三年,从去年开始慢慢着手架空公司的部分权力,余兴海当初说分公司出了问题,全部是杰夫的手笔。

这人心思不纯,但余长羽去曼城出差那一趟居然没有把杰夫查出来，还依日让他坐在负责人的位置上。

看来余宴川这一趟是往龙潭虎穴里闯，估计要陷入四面楚歌的境地了。

他不知道如果余宴川查出来余长羽有问题会是什么心情，他从未见过余宴川有失态的时候，也无法预判这种情形下他的反应。

不过谭栩逐渐明白了一些事情，有时候他并不需要根据别人的反应来做事，比如无需因为余宴川"没有想象中那么需要他"而感到怅然，自己想做什么就做好了。

束手束脚了太长时间，偶尔畅快一下也未尝不可。

分公司所在位置很少会堵车，从前在安城住习惯了总是会提前出门，在曼城工作了一周左右，余宴川的通勤变得格外准时，有几次到得比杰夫还早，看上去倒是更像个尽职尽责的公司主管。

他的办公室位于五层，平日里职员不会上来，他一个人在屋里做些什么也算隐秘。

余宴川昨晚去见了于小姐介绍给他的黑客，是个留学在此穿着黑白格子衫的男大学生，名字叫贝切尔，据说在本地的名气挺大。

贝切尔的性格古灵精怪，余宴川跟他聊天总是上句不搭下句，但他看上去还算开心。只不过余宴川怀疑贝切尔只是对自己即将介入一场真假少爷的交锋戏码而激动。

他们交换了联系方式，余宴川安排了他几个简单的任务，其余的调查部分暂时没有交代下去，准备以后能用得上时再用。

这几天他主要查了一番林予家那片的住宅区，产权都是七十年，从中筛出余兴海名下的房产不难，他很快就锁定了其中一套。

挖到这套房子的住户也很容易，但他目前还没有直接下手。

因为他发现这套房将近一年的水电费都低得不正常，这意味着房子常年没有人住。

也就是说林予他妈妈不住在这里，余宴川只能猜测她也回国了，或者住在其他地方。

除了研究这套房，他也没少从公司内部挖出问题来，稍一细究就能发现杰夫明里暗里动过的手脚。

法务和财务方面的事他并不精通，但就连他都可以发现的事情，不信余长羽没有看出来。

余宴川倒时差倒得白天也昏昏欲睡，思维常常跟不上行动，一时间无法对于整件事有合情合理的判断。

他喝了一口咖啡，这是杰夫给他推荐的对面某家饮品店的招牌，但是他喝起来只觉苦涩。

余宴川正准备拍张照片发给何明天吐槽几句，就见手机页面一跳，弹出来一个电话，来电人是谭栩。

差点忘记了，算算时间，谭栩后天就要到达曼城了。

余宴川撕开一包糖粉，不要钱似的往咖啡里倒，在接听的时候顺便看了一眼表，早上九点钟，安城那边应该是下午。

"怎么了？"余宴川说了开场白就准备挂断，"你打微信不行吗，非得打国际长途啊。"

电话里传来什么东西摩擦的声音，像是拿一团揉皱了的纸在耳边划来划去。

"喂？"余宴川动作一顿，"谭栩？"

对面传来一声极低的喑哑声音："怎么没有视频。"

这个状态过于熟悉，余宴川一听就知道他是刚喝完酒："你打错了，你等着我打回去。"

他挂了电话，又拨了视频电话过去。

这一次响了很久对面才接起来，镜头里一片昏黑模糊，还卡顿了几次后才看清谭栩的脸。

好像已经很久没有见面了。

"你喝酒了？"他最后说。

低像素模糊了谭栩的脸廓："一点点。"

有问有答，看来没有多醉。

余宴川端起那杯难喝的咖啡："有什么事吗？"

"有事……"谭栩眨了眨眼睛，欲言又止间眼眶开始泛红。

余宴川"哎"了一声："大白天的我在上班，你非得现在给我打电话？"

屏幕上的谭栩一愣，接着咬牙切齿地用手指着他："就要现在。"

看来还是挺醉的。

也不知是不是新换了环境，余宴川一想到杰夫那一头发胶就心烦，他实在没什么心思陪谭栩说醉话："我在公司里啊，怎么跟你聊，学弟？"

谭栩没有动，仍然只是看着，明明脸上表情没变，却能让人感受到他多了一层不开心。

各种情绪被酒精无限放大，谭栩彻底丢掉了他的所有面具，变成一只被踩了尾巴还偏偏不叫出声、垮着脸等人发现的猫咪。

余宴川换了蓝牙耳机，去把办公室的门上了锁："说吧，遇上什么事了？"

谭栩的声音远比他这副样貌更冷静，听上去又淡又疏远："没什么事……学长。"

余宴川在办公桌前站了一会儿，听到谭栩低声傻笑，对他说："你很开心吗？"他举起手机，对上了谭栩那双迷离的眼睛。

"没有。"谭栩说，"我刚刚从酒席上回来。"

余宴川"嗯"一声："怎么了，在酒席上遇到熟人了？"

"看到林予了……他跟我聊了几句，还提起了你。他说的一些往事……"

余宴川等着下文，但是谭栩没说话。

153

"你是几点的飞机？"

没有回答。

余宴川看向手机，发现电话在两分钟前就挂断了。

喝多了的谭栩终于没撑住，在说了几句胡话后心满意足地昏睡过去。

余宴川气得想笑，他用咖啡润了润嗓子。心想谭栩好像变了一些，虽然看起来没那么明显，但对于谭栩来说，已经是难能可贵的了。

林予的事，不能死磕房子这一条线，他最近正准备向产检医院下手。

谭栩给他推荐的律师极其靠谱，他昨天甚至问了"能否从法律的角度强行调取医院记录"，律师一针见血："要么有病人身份证原件，要么申请法院调取。"

余宴川吓了一跳，只好说打官司就不必了。

余兴海在曼城有自己的私人医生，虽然查公开病历肯定查不出什么来，但漫游一下接诊记录还是很轻易的。

作为余兴海的亲儿子，他多少还是有点特殊权限的，比如和私人医生打通关系获取信任，再在聊天过程中套取一些有用信息。

等到时机成熟，就该让那位时刻准备大显身手的黑客同学出马了。

但这些都是后话。

余宴川只需要一张超声诊断就足够了，林予的身份几乎是板上钉钉的事，但对于他来说，最重要的还是双胞胎这件事到底有多大可信度。

如果确定是双胞胎，另一个孩子的去处也必须要查个水落石出。

一杯咖啡见底，余宴川以半死不活的状态把工作内容捋清，终于收到了来自睡醒了的谭栩的消息。

谭栩说："对不起，没醒酒。"

余宴川眉心直跳，这六个字让他又看到了那个戴着层层面具的谭栩。

"这么快就醒了？"

对面过了一会儿才说："本来也没睡觉，旧手机掉电快，自动关机了。"

余宴川问："怎么在用旧手机？"

谭栩说："我的手机在洗菠萝的时候掉水里了。"

余宴川干巴巴地不知如何继续话题，他很想问这么多天了你难道没换一个吗？又想起谭栩这两天的脾气捉摸不定，生怕他会语出惊人。

他只好说："下次别吃那么危险的水果了。"

趁着他在线，余宴川再次问了一遍："你的航班几点到？"

谭栩说："后天吧，忘记了。"

看上去很敷衍，但余宴川知道他应该是真的忘了。

余宴川点开早上列好的计划清单，谭栩强势地占用了他半个多小时的时间，按照清单上的时间线，他现在应该已经进行到计划第二步了。

他把时间整体后移了一段，不紧不慢地着手推进计划的第一项——光明正大地潜入余长羽的办公室。

两间办公室相隔一个茶水间，余宴川把喝空的咖啡杯随手丢进垃圾桶里，很自然地推开了余长羽办公室的门。

屋内布局都很相像，收拾得简洁干净的办公桌上空无一物，余宴川走近一些，拉开了抽屉查看。

抽屉里放了些不太重要的文件，有几个档案袋的落款甚至是去年的。

余宴川大致看了一圈，没发现什么能够为己所用的东西。

155

他站在桌前，向四周看了一会儿，随即找准天花板某个边缘的隐秘夹角，对着角落挥了挥手。

大约三分钟后，余宴川的手机响了一声。

余长羽发来了一条微信："你在我办公室里？"

余宴川再次抬眼看向那个隐蔽的摄像头，回复道："对，有没有什么我用得上的东西？"

言外之意是你都把查到的好东西藏哪里了？

余长羽比他想象得坦诚一些，并没有瞒他的意思："左边抽屉的夹层里有一把钥匙，是林予家的大门钥匙。"

翻找东西的手一顿，余宴川轻皱眉头，他没再用微信打字，直接开口问道："你希望我去吗？"

声音通过监控收音孔传出去，但余长羽仍旧用冰冷的文字消息回答他："想去就去，但不要一个人去，我不太放心，无论怎样，多个人也多个照应。"

一把孤零零的钥匙安静地躺在夹层里，余宴川垂眼看向聊天框的这行字，又问："你去过吗？"

余长羽回复道："没有进去，杰夫和他住得很近，我上次在门口被看到了。"

如果放在以前，余宴川会坚定不移地相信这段话，可此时他却下意识对这个说辞存疑。

余长羽在他心里的身份已经在不知不觉里改变了，从毫无疑问的"我的阵营"里划到了中立位置，并在他头上标注了一个问号。

余宴川私心里希望一切只是他多想了，可证据是客观存在的，哪怕他再不愿接受也不得不承认，余长羽一定在整件事里扮演了一个立场未知的推动角色。

他没有将这些话说出口，只是说："我知道了。"

他把钥匙收到口袋里，将夹层关好，又趁此机会搜了一遍其他地方,直到确认没有其他隐藏空间的存在后才走出办公室。

拿一把别人家的钥匙开别人家的门,余宴川不敢这么莽撞行事,好在还有卢律师可以咨询。

卢律师几乎成了他的私人客服,余宴川噼里啪啦地打字给他发消息:"我在国外私闯民宅犯法吗?"

半分钟不到,卢律师便回复了他:"是指那栋余兴海先生的房子吗?那是您父亲的房子,您拿着钥匙进去不算私闯民宅。"

挺好,差点忘了这是余兴海的房。

余宴川第一次做这种冒险的事,他不想把这件事拖到明天,生怕自己到了晚上细想觉得不妥就此放弃。

他当机立断联系了贝切尔,约定了中午见一面。

不知道是不是他的表述不够清晰,贝切尔就像打了鸡血一样,将本次行动理解为潜入他人住房偷取重要情报,提前十分钟就到了约定地点。

贝切尔长了一张稚嫩的娃娃脸,于小姐说他已经二十三岁了,但余宴川每次见到他都好像是在带孩子。他穿了一身黑,脖子上挂了一副时髦的墨镜,正抱着一台笔记本电脑坐在余宴川的车子后排,激动地压着声音:"前面十米向左转。"

余宴川打着方向盘,头疼得不行:"我自己会看导航。"

"那不一样,这样更有氛围。"贝切尔向前一扑抱住驾驶座座椅,屏气看向前方,"小心点。"

余宴川踩下刹车,把车停在公寓前的停车位里:"这是我爸的屋子,小心谁啊!"

他解开安全带正要下车,贝切尔连连拍着车窗,递出一对蓝牙耳机:"余!把这个戴上。"

"这是做什么?"余宴川接过来,没等戴上,就见他又从自己的背包里翻出来一个比普通手机稍大一圈的平板。

"戴上这个耳机咱俩可以通话。"贝切尔眼睛亮晶晶地给他讲解，"这个板子你拿着，前置后置都能拍照，有数据接口，不管插上什么设备我这边立马就能解读。要是被人逮到了，你就连按五次关机，可以一键格式化，删得一干二净。"

余宴川张了张嘴，沉默一下才说："你不跟我一起进去吗？"

贝切尔似乎没有想过还有这种选择："啊？技术型人员一般不都躲在幕后吗，在你逃亡的时候给你指路……"

"这是我爸家。"余宴川俯下身，对上他的眼睛，一字一顿地说，"我用不着跑路。"

"我跟你进去也帮不上什么忙。"贝切尔往后缩了缩，换了一副讪讪的笑，"碍手碍脚的。"

余宴川盯了他一会儿，夺过他手中的平板，转身独自走向公寓楼。

"喂喂喂，呼叫余。"他刚走出去三步远，耳机里就传来了贝切尔紧张兮兮的声音。

余宴川被他吵得头晕："闭嘴。"

他空手上阵，端着一个平板就没地方揣手机，余宴川又返回去，把手机顺着窗户丢出去："帮我拿着。"

林予家所在的住宅区都是独栋，他走到院子前敲门，四面没有瞧见来人，门内也无人应声。

他钥匙一转便将门打开，大门发出"吱呀"一声，余宴川缓步走了进去。

"内部情况如何？"贝切尔眼看着他的身影消失在门后，压低声音在耳机里问。

余宴川没有理他。

他不知道该如何表达自己的复杂心情了。

所有的家具上都蒙着一层防尘布，四面窗帘拉得严实，屋里昏暗中除了成片的浅白色半透明的防尘布，什么都看不到。

他低下头,地板上也落了一层灰,看来这个屋子里已经许久没有来过人了。

余长羽说他没有进来,看来是真的。

余宴川摸索到客厅灯开关,发现屋里早已经拉闸,所有电器都用不了。

他打开平板前置的手电筒,强光顿时照射出一个明亮的光圈,说是搬进来了一个太阳也不为过。

"我的天,余,你在里面干什么?"贝切尔忽然说。

余宴川正往卧室走:"没干什么啊。"

"从外面看上去像要爆炸了,你要不……把手电光往下调一档吧。"贝切尔说。

余宴川没拉开窗帘就是为了掩人耳目,谁能想到这手电筒威力如此高,他把亮度调低了一些,照向窗边的一张桌子,减弱的灯光给屋内平添一丝阴森,还真让他有点做贼心虚的意味了。

桌子上有些课本书籍,总算让这个冰冷的屋子里多了一些人味。

他拉开抽屉,里面铺满了各种试卷和草稿纸,余宴川随意扒了几下,试卷上的姓名栏写的是"Lin"。

没有什么可用信息,他有些不耐烦,对贝切尔说:"你能不能扫描出来这屋里哪里有电子设备?"

贝切尔说:"还没有开发出这么先进的功能……你把摄像头打开给我看看呗!里面情况如何啊?"

余宴川不理他,转而去了另一间卧室。

床铺都已经收拾走,只剩下光秃秃的床板,柜子里大多是些没用的杂志,角落里还有几个从首饰上掉下来的珠子。

虽然房间里的情形说是恐怖片也不为过,但余宴川从一进来就没觉得害怕。此时才算回过神来,看着这间空荡荡的卧室,终于从心底涌上些瘆人来。

看样子他们走的时候就没想过再回来，这也算是一个废弃旧宅了。

念头一起，余宴川脚底好像被黏住一样。他站在原地没动，这时候才意识到贝切尔的唠叨是多么重要。

"屋里什么都没有，只有一个不联网的电视，其他的都搬走了，你有办法吗？"余宴川问。

贝切尔顿觉自己有了用武之地，精神百倍地念叨起来："电视有没有接口？你去看看，在电视机后面的地方，有的人习惯把U盘插在那里，说不定会忘了拔。路由器有吗？"

"没有路由器。"余宴川绕回客厅，一把掀起了电视机的防尘布，用强光照着后面乱七八糟的线路。

灯光下只能看到一片惨白，场面有一丝诡异，余宴川不想在屋子里久留，便伸手去摸。

还真让他摸到了一个东西。

余宴川把那枚小小的玩意从电视机接口处拔下来，又觉得这不太像是U盘："有个东西，不知道是什么，我插上你看看。"

他把这个像U盘的东西插在平板上，屏幕上出现了链接中的字样。

"好的好的，是个存储器。"贝切尔的声音很兴奋，"我导出一下里面的东西。"

"里面有什么？"余宴川围着屋子走了一圈。

"目前不知道，我需要点时间……余，有人给你打电话。"贝切尔的声音离远了一些，隐约传来了手机铃声，"谭yǔ，接不接？"

"那个字念xǔ。"余宴川叹了口气，他又搜了一遍沙发，连个纸片都没找出来，"你接吧，跟他说我一会儿打回去。"

"好的。"贝切尔说着，听上去接起了电话，"你好，我是……等等，余！有人来了，有人……到了你门口！Oh, my God, 是户主吗？穿西装打发胶的男人，你认识吗？"

这句慌乱的、中英文掺杂的话比刚刚脑补的鬼故事还吓人，余宴川立刻惊出一身冷汗，关掉了刺眼的手电筒。

几乎是手电筒灭掉的下一秒，不远处就传来了一阵敲门声。

贝切尔非常会找特点，寥寥数语，余宴川就知道敲门的人是杰夫。

作孽啊，这个时间段的工作狂杰夫居然不在公司，想都不用想就知道杰夫是在跟踪他，除此之外他想不到其他解释了。

耳机里的贝切尔还在滔滔不绝："怎么办，我要出手吗？我可以从背后敲晕他，把他塞进后备厢……不过我没有驾照，还是得你来开车。"

"导出完毕了吗？"余宴川打断他。

"没有，文件很大，还需要一分钟左右。"贝切尔立刻回答。

余宴川直接把耳机摘下来放进口袋里，走过去拉开门。

"杰夫？有事吗？"他装出一副诧异的模样。

站在门口的果然是西装革履的杰夫，他的目光越过余宴川落在屋子里，扫视一圈后又回到他脸上。

"居然是余先生。"杰夫同样是满脸夸张的惊诧。

余宴川手指勾着钥匙，在他面前晃了晃："这是我父亲的房子，许久没有住人，他让我来看看情况。"

他都懒得扯谎了，彼此为什么出现在这里都心知肚明，这里又没有外人在，没必要再装下去。

但他跟谭栩待在一起太久，也学会了一些装模作样的本事，演起无辜者来非常从容。

杰夫倒也没有戳穿，陪着他把这出心口不一的戏演完："居然是余总的房子。这里以前住的是我的朋友，好多年前搬走了，刚刚看见了屋里有光，以为是遭了贼，特意过来看一眼。"

看来这窗帘是真不隔光。

"以前的朋友？"余宴川漫不经心地靠在门框上，挡住了杰夫进门的路。

他向那辆停在路边的车子看去，贝切尔已经落下车窗，露出来一个忙碌中神色严肃的侧脸，看来导出仍未结束。

"是。"杰夫理了理衣领，意味深长地扫过他背在身后的手，"既然这样，我就不叨扰了。"

不叨扰你敲门干什么。余宴川腹诽了一句，余光瞥见贝切尔从窗户内探出脑袋，对他比了个成功的手势。

"请便吧。"他在暗处将存储器从平板上拔下来，随手放了门口鞋柜上。

杰夫等到余宴川从屋子里走出来，才说："我就住在附近，余先生下次再来可以坐一坐。"

余宴川不置可否地笑了笑，锁好门径直走向自己的车，背对着杰夫挥了挥手。

贝切尔对于电影大片的刺激情节有别样的追求，在完成任务后非要匍匐在后排，装作车上没人的样子。

余宴川坐进驾驶座，把平板丢到后排，一踩油门将车开了出去。

"什么情况啊？"贝切尔用气声问道。

余宴川伸出一只手，从后视镜看了一眼他："电话。"

贝切尔连忙把手机递给他："还没挂。"

余宴川在拐弯离开的前一刻回头看了一眼，杰夫已经没了人影。

"喂？"

谭栩嘲讽的声音响起："你跟谁在打游击战呢？"

"一个小弟弟。"余宴川说，"怎么打电话来了，终于醒酒了？"

"废话，你问我的律师私闯民宅算不算犯法，不就是为了借他的口让我知道吗？发现什么了？"

余宴川避重就轻："就发现了一个储存卡，其他的都搬空了，小弟弟正在破译。"

他听到后排敲着电脑的贝切尔小声说："我不是小弟弟。"

谭栩沉吟片刻，问了个有些莫名的问题："有没有发现什么与我相关的内容？"

"与你相关？"余宴川愣了一下，这个存储器出现的地方是林予之前的家，这个时间点的林予应该还不认识谭栩。

在余宴川的认知里，林予之所以和谭栩走得近，只是为了借助谭栩的身份接近他而已。

这个认知等同于"谭栩在这一场双胞胎悬疑剧里只扮演工具人的身份"。

但此时这个问题显然话里有话，余宴川追问道："你是不是发现了什么？"

"我不是说过了，今天在酒席上见到林予了。"谭栩说完停顿了一下，似乎是在措辞，想找个方便理解的表述方式，半晌才说，"算了，见面再说吧。你来接我吗？"

恼火，最烦话说一半的人。

余宴川头痛欲裂："我已经问你三遍了，飞机几点到？"

"早上八点。"谭栩说。

头痛更上一层楼，余宴川说："你自己坐地铁吧。"

他本以为谭栩会像往常一样骂回来，没想到对面沉默了下来。

余宴川对于他们两个之间的沉默格外敏感，见谭栩没有说话，下意识地回顾了一遍刚刚的对话。

没等他回顾完，就听谭栩问道："你不来接我吗？"

"我接你也是咱俩一起坐地铁。"余宴川耐心解释着，"机场太远了，我在这边开车还不太利索，暂时跑不了远路。"

"那你来。"谭栩说。

"行。"

余宴川从后视镜里瞥了眼贝切尔,他正一门心思扑在电脑上,看起来没怎么注意他。

余宴川放缓了车速,从镜子里看到贝切尔跃跃欲试的表情。

"结束了?"他问。

贝切尔点着头,语速飞快:"储存卡里只有几部老电影,没有其他东西,但是我定位到了一个相关联的邮箱,争取这两天把邮箱黑掉。"

余宴川听着他风轻云淡地说出这些话,有些惊讶:"邮箱也能随便黑?"

"能的,就是我得一边看教程一边黑。"贝切尔说得很平静。

余宴川噎了一下:"谢谢,这活儿其实没报酬的,不用这么拼。"

"不要你钱,我就是想凑热闹。"贝切尔皱起那张娃娃脸,"有钱人家就是刺激多。"

还有更刺激的呢。

第五章

侦探游戏

第五章 侦探游戏

余宴川向来洒脱，但一想到谭栩要来，他就如坐针毡。

他难得重操旧业，用塔罗牌给自己算了一卦。

魔术师正位，不错的意象，顺其自然吧。

这样的心理暗示并没有奏效，他开始频繁走神，从冰箱里拿了雪糕后忘记关上冷冻门、刷好盘子后忘记放回碗柜，以及拿着手机准备去蹲厕所，结果走到洗手间门口却忘记是要来做什么的。

这种坐立难安一直持续到了谭栩落地当天，余宴川四点不到就自然醒，瞪着天花板再也没睡着。

在去机场的路上，贝切尔给他发了几条语音消息，余宴川都没有心情点开。

谭栩的航班准时到达，他夹在接机的人堆里，目光落在某个男地勤的帽子上。

余宴川开始发呆。

睡眠不足会让两眼呆滞，这是他的论文导师当年每天都会说的话。

谭栩随人流走出来的时候，站在余宴川前面的人刚巧看到了自己家属，激动地喊了一声，吸引到了谭栩的注意力。

他们就这样猝不及防地看到彼此，无比普通，无比寻常。

余宴川对他挥了挥手。

谭栩穿着袖口垂到小臂的衬衫外套，平时能够遮住眉骨的头发修得短了一些，他没有带行李箱，只有一个单薄的背包，手里还拎了一个小手提袋。

等到他走到面前，余宴川才笑了笑："走吧。"

"先用这张坐地铁，有时间带你去人少的地方办一张新卡。"余宴川从口袋里拿出一张交通卡，放在谭栩的手心里。

谭栩环顾了一周，把那个小手提袋递给余宴川。

谭栩晃了晃袋子："何明天要我捎给你的，他说自从你走了以后，他连中了四天体彩。"

余宴川低头看去，袋子里装着一个小盒子，盒子封面印着传统节日风俗图——送穷鬼。

未曾料想到的开场白，他只觉一阵晦气。

盒子沉甸甸的，余宴川知道里面还有其他东西，但现在这个情况不太适合当众打开，只好先放回手提袋里。

"走吧。"他说着，视线略有些飘忽地扫了一眼谭栩，"你有住处吗？"

谭栩用极其无语的眼神看着他。

"好吧。"余宴川闭上嘴。

其实见面并不尴尬，但见了面还打马虎眼装傻最尴尬，没听说过好兄弟来找你玩，还不管吃不管住的。

机场里人流如织，他们穿梭其中，顺着指示标的路径下楼去坐地铁。

因为家里一直试图培养出一个"谭鸣第二"，谭栩的外语在目的性极强的教育下学有所成，但他才刚刚落地几分钟不到，语言系统无法立刻切换过来，看着满眼的外文仍有些别扭。

余宴川走在前面，既不扭头看他，也不伸手拽他，他估计就算自己被人拐跑了余宴川都不知道。

他们站在站台上等待，其间两个人各自沉默地看着黑漆漆的地铁隧道。

地铁卷着一阵风呼啸着进站,随着报站声响起,地铁门缓缓滑开,进进出出的行人都带着沉重的行李箱,难免会拥挤。

谭栩眼睁睁看着余宴川独自一人潇洒上车,他却还被一个带着三个行李袋准备上车的人卡在门口。

对方张嘴说了一串他听不懂的句子,谭栩压根没仔细听,怒视着余宴川的背影。

余宴川被地铁冷风一吹才灵魂归位,终于想起来扭头看看他的好学弟,就见到谭栩被他气得不轻,冷着脸看他。

"你……"他只说了一个字就不知道再说些什么,把挤不上车的谭栩生生拽上来。

面对谭栩时,余宴川总有些局促感,尤其是谭栩沉默的时候。余宴川都快要被这种无所适从的感觉急出汗了,就连当年看到余长羽在写字楼大屏上循环滚动的"小川生日快乐"时都没这么尴尬。

余宴川觉得他再不说些话就要死过去了:"你……准备在这边待几天?"

"一周。"谭栩直直看着他。

"就一周啊,什么时候来不是来,非要赶在夏令营的时候来。"余宴川叹了口气,"你爸妈那个脾气怎么没把你锁屋里?"

"我故意的。"谭栩歪了歪头,"反正我参营了,也未必去考,把机会留给其他人,不好吗?"

挺好的,很伟大。

余宴川不知如何接话,在心里点评道。

住处在市郊地带,地铁开不到那段,坐过几站之后还要倒轻轨,好在轻轨上的人并不多,能混到两个座位。

坐下后谭栩专心看着窗户外的景色,余宴川捏了捏鼻梁,终于得空缓了一口气。

"你一直住在这里吗?"谭栩忽然问道。

余宴川放空地看向前方："是。"

谭栩点了点头，轻轨驶出了几站地后，他语出惊人地说："我爸妈不知道我来了。"

怎么还出现了离家出走的戏码，余宴川的第一反应居然是问："谭鸣知道吗？"

"知道。"谭栩说。

余宴川松了口气："那没事。"

他也不知道为什么会对谭鸣这个和谭栩关系很差的哥产生信赖感，但他起码能够确定，不会出现谭栩被施压回国的狗血情节了。

但谭栩却对余宴川的反应感到很意外。

他说这话只是为了让余宴川减轻些心理压力。

但余宴川的关注点显然与他不同，是在担心他面对爸妈会难办或者怕他被爸妈逼回去。

谭栩自认成熟的做法没能得到理解，他这才发现余宴川这一想法的根源是把他当孩子看待，还是那种叛逆期会被父母教训的羽翼未丰的孩子。

谭栩第一次这样直白地面对他们的年龄差，明明只差了两岁，他蹦一级、余宴川再留一级，他们都能做同班同学。

思来想去，也许是因为他还没有大学毕业，而余宴川已经走入社会。

这种感觉确实微妙，谭栩刚上大一的时候偶尔看到低一届的高三同学，也会产生这样的错觉，好像比他们大了很多一样。

这并不是最让谭栩在意的，他最在意的是他居然到现在才意识到他们之间存在这样一个认知差异。

就好像他俩不太熟一样，仍然还只是一对搭伙过日子的合租室友。

谭栩非常不痛快。

轻轨站在十字路口旁，步行几分钟就到了住宅区，余宴川住的这套小别墅从外面看上去有些潦草，花园还没有好好收拾，杂草丛生。

　　上午的阳光不算多耀眼，但走了几分钟的路依旧让人气喘吁吁，余宴川进门后先打开了空调，他路过那个装着塑料花的花瓶时，状似无意地将它往窗帘后的暗处推了推。

　　但他确定谭栩还是看到了，因为在他回过头后，谭栩正盯着窗帘一角出神。

　　看到就看到了吧。

　　冷风渐渐驱散了暑气，他掠过谭栩向洗手间走去，却被人拉住了衣角。

　　"那朵塑料花。"谭栩声音有些发哑，"是什么意思？"

　　余宴川看着他扣在衣角上的手指，说道："没有什么意思，只是当时做好了想送给你，没送出去而已。"

　　也挺奇妙的，如果他那天成功送了出去，也许这朵花就不会承载这么多含义了。一个物件不会永远珍贵，也不会被赋予那么多珍重的心意，但经历了遗憾的物件可以。

　　"为什么没送出去？"谭栩垂下眼，似乎是在回忆当初发生了什么事。

　　谭栩没能说出话，仿佛千言万语尽在不言中。他的脑子里混沌一片，隐约里记得自己似乎也曾提起过这朵花——只不过他说他不喜欢。

　　谭栩最后只问："那现在呢，现在还可以送给我吗？"

　　他笑了笑："归你了。"

　　余宴川退后半步，靠在茶几桌沿上，不经意将放在桌上的手提袋扫落在地，纸盒子摔开，撒了一地薄荷味儿的方糖。

　　何明天这个倒霉玩意儿！

　　余宴川蹲下来捡洒落在地上的糖果。

　　他们还是没有为当初的那场争吵道歉，但隐晦的和好是开启一段新关系的里程碑,不知道是否算是报复性补偿式的拉进关系,谭栩最近面对余宴川也没那么多坏脾气了。

余宴川那个进家门要换居家服的毛病始终没变,聊了几句后便去浴室洗了澡。

谭栩坐在客厅里,却还要与他搭话:"一会儿跟你讲讲林予的事儿,但不管发生什么,你都要相信我,行不行?"

谭栩的声音被水流声掩盖了七八分,但也足以让余宴川听清楚,他还是愣怔一下:"什么?"

谭栩支吾了一会儿后又说:"没事。"

余宴川还是受不了这种欲言又止的说话方式,问道:"与余长羽也有关吗?"

"嗯。"谭栩不愿多说,"一会儿再给你细讲吧。你相信我吗?"

余宴川从起雾的镜子里看着自己,模糊中只能看出一个大概。他用浴球打好的沐浴露造出几个圆圆的泡泡,说:"信。"

余宴川收拾完毕后领着谭栩到二楼客房。二楼有几间卧室和书房,谭栩看到房间门上挂着一个大号捕梦网:"你怎么把这个也带过来了?"

余宴川闻声驻足,转头看了他一眼:"这是我在这边新买的。"

谭栩没有说话,从他身边挤过,率先推门进去。

他们好像真的不太熟的样子。

他歪身倒在床铺上,眼睛都快要睁不开了:"我好困。"

"别睡,你得倒时差。"余宴川把枕头从他脑袋下面抽出去,"忍到明天就好了。"

谭栩在床上翻了个身,卧室里的布置很简洁,但能看出来近期在慢慢添置一些家具,比如摆在书桌上的伸缩架,一看就知道是余宴川自己新买的。

这是他读书时的习惯了,平日里如果坐着打字要么走神要么颈椎疼，后来干脆买了伸缩架，把电脑抬高了站着写论文，效率翻倍。

看样子余宴川确实要在这边待上一段时间。

谭栩眯着眼睛，困得昏昏欲睡，他漫无目的地伸出手在面前晃了晃，忽然说道："我好像明白你的意思了。"

"是吗？"余宴川单膝跪在床上，从何明天送来的一盒方糖里挑了一枚，塞进嘴里，"说来听听？"

"就是突然明白了。"谭栩说完才转过头，盯着他手里剥落的糖纸，"也许是经历的变多了吧，或者思考方式不是那么简单了。"

余宴川勾起嘴角笑着："是吗？"

要想让一个曾经完全无法理解自己的人突然开窍，也并非是经历变多或者思考变成熟就能完成的，看来谭栩也曾为了这段情谊努力过，起码在努力理解他。

"这样确实很快活。"谭栩说道。

余宴川微仰起头，这个角度看起来有几分居高临下的意味。他像是有些不解，却扯出了一副戏谑的表情："没心没肺，当然快活。"

又不是像"我一定要考上某某学校"一样成为某个既定目标，与人社交本身也并不是为了相处而相处，感情的出现是因为臭味相投，一个完完全全由感性驱使出来的产物要什么目的。

随心就好。

谭栩认真想了一会儿，退开一点，从余宴川的眼睛中看着自己的倒影。

他忽然很想打碎这个倒影。

他们并排坐在沙发上，安静下来时窗外的鸟叫与蝉鸣都变得清晰，余宴川莫名觉得心底空落落的，像踩空后跌在了空中飘着的浮云上，看起来是一大团毛茸茸的白棉花，其实内里全是水汽和浮尘，压根托不住东西。

他不知这种感觉源起于何处，话也说开了，但总还是有点别扭。

173

余宴川侧脸看向谭栩，谭栩坐起身，向门外走去："我听到你的手机响了，你先看看吧。"

"嗯。"余宴川说。

看来谭栩也有同感，甚至别扭到连再多聊片刻都撑不住，找个借口就溜。

余宴川闭上眼睛仔细品味着，他们似乎都没办法很快地适应关系的转变，明明是动不动就要大吵一架的合租室友，正在慢慢成为彼此不可或缺的挚友。

他顿时理解了方才的不痛快从何而来。

这种矛盾的形成过于复杂，没经历过绝交又和好的人还真没法理解。

余宴川有些想笑，这也算是一个独属于他俩的烦恼。

谭栩没一会儿就回来了，带着一身空调吹出来的冷气缩到沙发里，问："谁的电话？"

"贝切尔。"

"这是那天替你接电话的小弟弟？"

他缩进沙发里的动作很自然，看来出去冷静一圈后成功消散了谭栩的别扭。

"是。"余宴川这才想起来，他在去机场的路上收到了好几条贝切尔发来的语音，还一直没有来得及听。

贝切尔一贯活力四射的声音听上去有些凝重，他说："余，邮箱我已经破解了，里面有超级多的内容，有和国内服务器地址时间跨度近十年的通信。"

谭栩在他点开下一个语音之前问道："林予的邮箱？"

余宴川点了点头。

"但从七年前开始，他应该是换了个新的邮箱，我正在尽力破解中，但是新邮箱版本更新太快，墙也很厚，我努力吧。"

七年前，林予高一，正是他从曼城回国的前一年。

"我的天哪，我看了看他们通信的内容，邮件往来从林的小学时期就开始了，对方应该是他的双胞胎哥哥。"

一句话如雷劈下，余宴川和谭栩都钉在了原地，他难以置信地看着手机，一时间居然无法操纵手指挪到下一条语音上。

林予的邮箱里是从小学开始持续近十年的邮件往来，对面是他的双胞胎哥哥。

余宴川实在无法消化这个消息。

从林予的态度和多方面消息来看，他几乎先入为主地接受了自己是林予哥哥的猜测。

但此时这个确凿的、由他亲手搜出来的储存器里，是林予和他真正的"双胞胎哥哥"的通信记录。

余宴川从没给谁写过邮件，那个和林予通信的人不是他。

那能是谁？

他的手居然有些发抖，点开了最后一条语音。

"我把内容发过去了，但文件太大，接收需要时间。"

余宴川暗暗骂了一声："这下有点难办。"

事情完全超出了他的预料，离谱到他的第一反应是思考贝切尔是否可靠。

贝切尔是当初听说于小姐在全国各地认识不少网络高手，他主动去找她搭上的人脉，也就是说，贝同学的出现并非是有人安排，而是他主动寻到的。

再加上之前相处中的种种细节，他认为贝切尔不至于是被人安插来的。

那么现在的问题完全变了样，既然林予的双胞胎哥哥另有其人，之前的所有推论就都要推翻。

这个局面太混乱，他连猜测都无从下手。

他正望着屏幕出神,谭栩拍了拍他的肩膀:"有没有可能,压根没有这个双胞胎哥哥的存在?"

"不可能。"余宴川心乱如麻,下意识否认,"如果是假的,没必要从林予小学就开始用邮件布局,我已经让贝切尔去查余兴海私人医生当年的出诊记录了,再等等吧,如果有存档的检查病历就知道了。"

他到此时才想起来,从几天前的电话再到刚刚的浴室,谭栩一直在提林予的事。

"你之前说有事要告诉我。"余宴川问,"是什么事?林予在国内的事情吗?"

谭栩认真地看着他:"我其实感觉林予自己也不知道他的哥哥是谁。"

"什么意思?"余宴川的手机响了一声,是贝切尔传输来的邮件接收到了。

"就是字面意思,所以我才会猜测会不会根本没有这个人存在。"谭栩说,"不然怎么会通信这么多年还不知道是谁?"

余宴川皱紧眉头,认真打量着他,半晌才说:"他是不是找过你?"

余宴川问"他是不是找过你"时的表情有些严肃,但他心里其实还算放松,毕竟谭栩给他打过预防针,他对接下来将要听到的内容有一定的心理准备。

谭栩抓了抓头发,翻出来一件新的常服穿上:"去楼下说吧,边看邮件边说。"

又来了,又是话只说一半。

贝切尔发来的文件太大,余宴川只好用笔记本电脑接收,点开后却并不是邮箱内的链接,而是很多张扫描图。

贝切尔细心地编好了号码,以年份为单位分成了几个文件夹。

他在点开图片之前,对于身份莫测的"双胞胎哥哥"还有猜测,他甚至连邮件另一端是余长羽的可能性都想好了。

他点开了第一封邮件，开篇直接将他所有模棱两可的猜测全部推翻。

按照时间来推算，写下这封邮件的林予只有七岁。

七岁的林予中文写得非常流畅，小孩子的陈述里没有委婉和绕圈子，信件的第一段开门见山："你好，我叫林予，现在在曼城给你写信。我给你写信，我的妈妈不知道，如果你是我的哥哥，请不要告诉其他人。"

谭栩两指触屏将图片放大："他这段话是什么意思？"

"字面意思吧。"余宴川长出一口气，"所以林予自始至终一直知道自己的身份是私生子，也知道自己有一个从小分离的双胞胎哥哥。"

"这个时候的你也是七岁，余长羽十一岁。"谭栩掰着手指算道。

余宴川点了点头："继续看吧。"

这封信格外短，第二段只有不到五十字："妈妈说你被爸爸带回安城了，她不许我联系你，也不许我联系爸爸。"

没有落款。

余宴川点开了安城发给林予的回信，他先注意到了邮箱的地址很陌生，他从未见过。回信只有短短五个字："是漂流瓶吗？"

第一回合的交流结束。

谭栩立刻翻出来平板，拿笔画了一个思维导图："记录一下，这位哥哥在最开始时没有认下林予，并且看上去像全然不知情。"

"很正常，如果是我，我也不会告诉他还有一个在国外的亲弟弟。"余宴川的头有些发疼，"你让贝切尔去查这个邮箱，看看我爸到底有几个流落在外的儿子。"

谭栩切出分屏，顺势加上了贝切尔的好友。

余宴川滚动鼠标，看到林予在收到了这封意味不明的回信后，依然坚持陆陆续续发了五封邮件，且这五封全部没有得到回信。

他们潦草地看了一圈，林予在这几封邮件里详细讲了他的生活，并且能够从中勾勒出林予妈妈的大致形象。

一个爱挥霍金钱又随性潇洒的女人。

余宴川从字里行间感受到了女人对林予的恨意。

他无从得知这种恨意从何而来，也许是因为林予的降生而给她的生活带来了负担，也许是因为她被迫无法回国只能定居于曼城……

第六封信发送于林予九岁那年，这一封信终于得到了"哥哥"的回音。

"停，仔细看这封信。"谭栩好像发现了什么。

余宴川后背泛起了冷汗，他的目光死死钉在屏幕上，简单的中文字居然总也读不顺。

林予在信里写："哥哥，我看到了博客，你的哥哥考上了最好的初中，我今天的考试也拿了第一名，你会为我高兴吗？"

这句话里的"哥哥"出现了两次，听上去有些颠三倒四，但余宴川意外地看懂了每一个字，他连呼吸都停滞住，荒谬感在心底翻涌。

这一年，余长羽十三岁，考上了安城最好的初中。

所以"你的哥哥"指的余长羽。

毋庸置疑了，这些信确确实实就是写给他的，写给余宴川的——至少在林予的认知里，收信人就是余宴川，是"哥哥"。

谭栩同样沉默着，思维导图已经画不下去了。

至此几乎能够得出结论了。

第一，林予认为他的"双胞胎哥哥"是余宴川，并且以为已经和他通信了将近十年。

第二，和林予通信十年的人其实并不是余宴川。

像哲学悖论一样的结论出现了，余宴川仰着脑袋，血液都凝固一般，整个人死气沉沉。

他甚至不知道自己到底是不是余宴川了。

"继续看。"谭栩的思路比他清晰，他强行把思维导图推进下去,"对面是在收到这一封之后才回信的,说明这封很特别,我标注一下。"

余宴川深吸一口气,将光标移到回信上。

回信只有三个字:"好厉害。"

余宴川几乎要晕倒了:"这一看就不是我能说出来的话,这像你哥说出来的,冷冰冰的。"

但冷冰冰的回信让林予格外激动,毕竟持续了那么久的单向倾诉,就算换来个标点符号都很不容易。

他们迅速看向后面的信件,回信的字数逐渐多了起来,这位神秘人也开始慢慢和林予讲一些在安城发生的事情。

如果只当作两个网友来看,一切都是正常交往。

在点开最后一个文件夹前,谭栩再次打断了他的动作:"等等,我们再捋一捋。"

余宴川并不觉得还有捋一捋的必要,但他没有反驳,只是静静地听着谭栩问道:"我们现在初步锁定回信人的身份,你觉得是谁?"

余宴川近乎麻木地冷笑了一下:"余长羽。"

他垂下眼,看到谭栩早就已经在思维导图上打出来了一个大大的"余长羽"。

毫无疑问的答案。

这几十封回信他没有仔细看,可即便是随意扫了几眼,也能看出来信里所讲述的"爸爸"就是余兴海,余宴川看到很多生活琐碎小事时能够回忆起相关部分。

可以如此细致地描述出一个人和一些家常事,一定是真正经历了这些的人。

这个人不是他,就只能是余长羽。

这让余宴川无法接受。

余长羽早就知道林予的存在,并且装作他的身份和林予聊了十多年的邮件。

　　这让一切都变得极其合理，甚至能解释为什么余长羽在第六封信时才开始回信。

　　因为在此之前，林予从来没有明确提到对面的人应该是"余宴川"，余长羽大概一直误以为林予找的是自己，直到"你的哥哥考上了初中"这段话的出现，他才意识到林予的对话对象是"余宴川"。

　　为什么？

　　余宴川点开最后一个文件夹。

　　出乎意料，里面只有一张图。

　　是林予给余长羽写的，内容很简洁，前面几段讲了林予年轻的母亲病死在了平安夜。

　　他说："我不想活下去了，哥哥，好像这个世界上没有人需要我，没有人在意我的死活。其实当年那封告诉你我考了第一名的邮件，是我决定发给你的最后一封，如果你没有回复的话，我可能那时候就离开了，但是你夸我'好厉害'。"

　　余宴川有些发抖。

　　在看到这封信之前，他仍然觉得这些误会不是死局，哪怕和林予当面摊开讲明白也无所谓，反正网友之间友谊不算深厚，没见过面的双胞胎又能有多少亲情呢。

　　但这一段平铺直叙的话里的感情太沉重了，沉重到能够承载一个生命。

　　他在不知情时成了林予全部感情的寄托，一个从小被抛弃在国外、不被人疼爱的孩子的救命稻草。

　　"没有了。"他嗓子发哑，一遍遍刷新着文件夹。

　　谭栩一把将电脑推开，用力锤了锤他的胸口："没事，你看着我。"

　　有什么难以言喻的情绪堵在喉咙口，余宴川从没感受到过这样如山倒的压力。

"后面他换了新的邮箱,贝切尔说正在破解,不要急,我们还没有看到事情的全貌,不要把压力揽到自己身上。"

余宴川没办法说服自己:"可是事实已经摆在这里了,我的哥哥瞒了我那么多事情,我还变成了另一个人生命中如此重要的部分。"

他感知不到任何情绪,麻木感主宰着身体,甚至连四肢都开始出现了实质性的发麻:"余长羽,他这些年……是怎么看我的呢?"

谭栩看到了他眼中一瞬的无措,压下了本来想说的话,沉默地低下头,拍了拍他的肩膀。林予的事情看似就此水落石出,其实其中还有更多更大的疑点,甚至有一部分和他息息相关,这是他原本想今天讲给余宴川的,但现在实在说不出口了。

先让余宴川接受目前已知的部分就需要很长时间了。

"去吃晚饭吧。别想了,吃完出去逛逛。"

谭栩把余宴川拖出家门,拽进了车里。

"饭总要吃的。"谭栩系好安全带,"这是我到曼城的第一天,不能亏待兄弟吧?"

余宴川一言不发地踩下油门。

他的脑子里一团乱麻,过去种种往事在眼前飞速闪过。

突然出现的插曲颠覆了他的生活,原本平坦无碍的前路被蒙上一层迷雾,他置身其中,向前看不清道路,向后又记不起来处,只能茫然地站在原地。

他仿佛是自动开启了心理防御机制,将接踵而至的真相隔离在了意识之外。

他现在不想再去深思任何有关林予的事情了。

还有余长羽、杰夫,全部被他打包丢出了脑海。

"我们现在去哪里?"谭栩问。

余宴川定了定神,从后视镜中看着他:"去市中心。"

不要再想其他的了,把明天的烦恼留给明天。

电影中最常见的公路飙车并没有出现，余宴川的车刚刚起步没有行驶多久就停了下来。

他叹了口气，把车掉头开回家里车库："坐轻轨吧，我不认路。"

如果不是余宴川今天遭遇了这么多事，谭栩是要鄙视他一番。

这个时段轻轨上的人不算多，他们抓住扶手，看向窗外闪过的建筑群。

天色仍未暗下来，金灿灿的太阳西悬，将半边天空染成橙红色。

夕阳斜射入轻轨车里，透过车窗，落在靠窗乘客怀里的公文包上，落到谭栩的白色衬衣上，偶尔路过的街灯与路牌挡出一片阴影，他们站在变幻的光影中，随着车子缓缓向前。

余宴川看到地面上散开了一段彩虹光，他顺着源头寻去，发现谭栩的手腕上戴了一条黑色细绳，中间串了一颗透明的珠子。

透明珠子将夕阳折射出五彩斑斓的光束，映照着小半个车厢。

就像当年他折的那朵塑料花，他曾经也像这样在阳光下举起来，转动着看透过花瓣映出来的一地光彩。

他看着谭栩的手腕，那颗珠子他太熟悉了，失语了一瞬："什么时候戴上的？"

谭栩举起手，转了转那串手链："不好看吗？你不是之前和学弟学妹们说，那些珠子都已经请过愿开过光？"

"我说着玩的。"余宴川说，"这是我批发来的塑料珠子，你玩过史莱姆吗？这个一般是当史莱姆填充物的。"

"是吗？"谭栩又仔细看了看，"但我觉得很好看。"

广播中传来了报站声，余宴川站在原地，愣了片刻，忽然拽着谭栩的袖子，在车厢门关闭的前一秒跑下了车。

谭栩被拽了一个趔趄，但没有问他要去哪里，只是跟着他跑下去，这一站到了市中心的区域，周遭人来人往，他看到车站前方是一座跨江大桥，轻轨顺着轨道驶上桥，下一站在江对岸。

余宴川拉着他快步走，上了桥后又奔跑起来。

夏日傍晚的风不似白日那样裹着热浪，江上更要凉爽一些，风自耳边哗啦啦吹过。

余宴川扎得松散的头发脱离了发圈，随风扬起，他们从桥面人行道上的人流中穿梭，最后跑到了大桥的正中央。

这个位置视野开阔，落日沉在江流尽头，将江水染成一片金黄，水天相接处被夕阳光模糊，江岸两侧的建筑也在余晖下变成灿烂的一片。

大桥一端有卖艺人正吹着萨克斯，悠扬音乐遮盖住机动车道上的噪音，随着滚滚江浪传遍江面。

长桥对面是中心商务区，能看到高楼上的彩色电子屏还未启动，是光秃秃的灰色面。

奔跑后仍有些喘息，他还没有平复下来。

落日的光芒洒在脸侧，余宴川轻轻推了推谭栩，问道："怎么样？"

"还好……你下次能不能先打个招呼？"

他们看了一会儿江面，金色的阳光逐渐变得通红，夜幕悄悄爬上了天际。

余宴川笑了笑，拿出手机，对着一片橙红的江面与将要被淹没的夕阳拍了张照片："日落我经常看，日出我好像还真没看过。"

谭栩满脸嫌弃地吐槽道："早上八点的课你从来没准时到过。"

照片定格在了这一刻，余宴川静静地看着取景框。

"影子好长。"谭栩忽然说。

余宴川转过身，他们的影子一直拉长到车道的中央，看上去像地面上藏了一面哈哈镜。

谭栩抬起手，细长的影子便跟着抬起来，他动了动手指，摆出了一只小兔子。

"好幼稚。"余宴川一边笑一边跟着伸出手，但是动作笨拙得没能

183

摆出什么成型的动物,"我不会。"

谭栩说:"我还会小鸡和蝴蝶。"

他们慢悠悠地顺着大桥向前走,余宴川问道:"你还会这些啊?"

"谭鸣教我的。"谭栩伸了个懒腰,沉默一会儿才继续说,"小时候教的。"

余宴川"嗯"了一声:"你跟谭鸣关系那么差,但我看他还挺关心你的。"

江风吹起额前的头发,谭栩踢着小石子,低声说:"可我觉得他不喜欢我。"

"为什么?"余宴川问。

谭栩低下头:"他对我比我爸妈更严,做什么都有高要求高标准,他一点也不像我哥,倒像我爸妈请来的老师。"

也许是小时候教手影的回忆太过遥远陌生,谭栩的声音有些落寞:"我在我爸妈面前装得很乖很阳光,但在他面前总是想刻意地表现出很烦躁的样子。他一点也不会生气,好像我变成什么样和他半点关系也没有。后来我也懒得和他闹别扭了,就一直僵持下去了。"

谭栩童年的大部分时间都浸没在高压之下,他常常怀疑自己经常在余宴川面前表现出的幼稚面,全都源自于没能有个玩得尽兴的倒霉童年。

说话间桥洞下行过一艘观光游轮,余宴川侧过头看了一眼,叹了口气:"说起来……其实之前罗家倒台的事,我知道是你带头做的,前两天我和于家那位小姐打听了。"

谭栩挑了挑眉。

"谢还是等回头吃饭再谢你。我是想说,我问了具体是怎么回事,根据目前的圈内传闻,罗家去找谭鸣的时候,谭鸣只说了一句话。"余宴川说,"他说,谭栩要坐实做死的事,我一定给他办成。"

他余光看到谭栩的表情有些诧异和不自在,补充道:"罗家的事要费不少心思,且对他来说没什么好处。我觉得,他应该是真的很在乎你这个弟弟。"

谭栩彻底没话说了。

他突然意识到了这个话题的敏感性。

余宴川那边还上有哥下有弟,而且兄弟们对他的态度都不明朗,他还非得提起自己的哥哥,怎么想怎么不合适。

谭栩含混地敷衍了一句,想把话题掀过去:"回头我问问他……他什么心思也不说,谁能猜出来?不说他了,一会儿吃什么?"

"大餐。"余宴川说。

下了跨江大桥就是一条繁华的长街,夜幕四合,街灯还未亮起,街侧商铺的霓虹灯牌先一步齐刷刷地点亮。

余宴川走向了一家餐厅,在推门进去的时候忽然说:"我想起来了一些事情。"

"什么?"谭栩立刻问道。

"就是在你说以前和谭鸣学手影的时候。"余宴川对迎上来的服务员点了点头,跟着领路的人走向餐桌,"我想起来,余长羽就是从他上了初中开始,突然频繁地教我很多没用的防身术。"

他说着有些想笑:"我的射击就是在那时候学的,还有花拳绣腿的几招跆拳道什么的。他那时候说,家里毕竟家大业大麻烦多,要是以后有什么危险,说不定用得上。"

他那时候还在想能有什么麻烦找上他?余家谈不上多家大业大,他一个老二,理应沾不上什么事。

破碎的线索连在一起,余宴川有了一个全新的推测。

他忽然觉得,按照一个初中小孩半成熟半幼稚的思路,有没有一种可能,余长羽发现了林予的存在后,是怕对方来者不善,故意假扮成他一直和林予保持通信,其实是为了保护他呢?

这个想法弯弯绕绕又牵强,是在电光火石间钻进脑海里的,但余宴川越想越笃定。

哪怕事实并非如此……起码他可以先这样欺骗自己。

餐厅的装修风格古典优雅，木质地板踩起来有轻微的吱呀声，服务员将餐盘放到桌子上的动作很轻巧，刀叉摆在一旁，没有发出丁点碰撞声。

桌上摆了一株颜色粉嫩鲜艳的花，谭栩拨弄了两下花瓣："这是什么花？"

"蝴蝶兰。"余宴川随意扫了一眼，继续专心地把羊腿肉从骨头上切下来，"快吃，凉了就膻了。"

谭栩在进门时注意到这是一家波兰菜餐厅，他料到了分量会很足，只是没想到可以这么足。

闷烤羊腿裹着酱料躺在打底的土豆泥中间，烘烤后散出来的香味令人垂涎欲滴，旁边一道菜是挤在碗中满满当当的鸭腿，和奶白色的芝士土豆并排躺在酱汁中，表皮烤得酥脆。

谭栩举着叉子，没来得及说出话，服务员又捧了一盆摆得高高的炖牛肉，顶部还装饰了一朵小花。

桌子快要摆不下了，谭栩问道："还有吗？"

"还有一道甜点。"余宴川拿着餐刀，在指间转了几圈，"你喜欢的巧克力。"

"是你喜欢吧。"谭栩戳了一块牛肉。

他本以为余宴川会领着他去一家雅致的西餐厅，没想到余宴川一上来就给他上了三道硬菜，这个羊腿他都怀疑他们两个啃不完。

很难说余宴川到底是个浪漫主义者还是务实派，不过两者也确实不冲突。

这家餐厅的生意红火，不出十分钟便坐满了一层，服务员开始往楼上领人。

"好久没有这样一起吃顿饭了。"余宴川说。

"嗯。"谭栩舀了一勺土豆泥，上次他俩一起吃饭，似乎还是在合租屋里吃那一顿令人讨厌的韭菜馅饼。

　　合租屋的记忆一经唤起，谭栩猛然想起了什么："我走的时候好像没关家里窗户。"

　　余宴川已经对他的生活自理能力不抱希望，淡然地咬着鸭腿："没事，没什么值钱东西。"

　　谭栩犹豫了几秒："但安城最近在下大暴雨，我让房东去关一下吧。"

　　"别。"余宴川制止了他掏出手机的动作，"不用找房东，我让何明天去。"

　　他说完这话才有一种和过往生活接轨的感觉。

　　林予邮箱中那些邮件所带来的冲击太强烈，让余宴川产生了一种割裂感，好像他一直生活在两耳不闻窗外事的井底，有太多他不知道的事情正在看不见的地方同步发生。

　　幸亏还有何明天这个好兄弟陪他一起当傻子，让他不至于有一种被全世界瞒着的感觉。

　　甜品布朗尼蛋糕送上桌来，巧克力酱裹着糖霜落在盘子里，谭栩眼看着余宴川操刀而上，把蛋糕一分为二，自己铲走了一半。

　　入夜后的城市与白日里全然不同，缓缓而过的电车鸣笛声淹没于人群里，昏黄路灯连成一片，沿街商铺的橱窗亮起灯，大写的英文字母拼出售卖和打折的字样。

　　他们走上长桥，江岸高楼的滚动屏终于亮起，播放着一条运动饮料的广告，点点星光自天际蔓延至江水两岸，灯火明灭。

　　沿着长桥慢慢走，清凉的江风吹起衣摆，空气不似白日那般干燥，让人格外舒爽。

　　余宴川一边走一边给谭栩讲了自己和于小姐的相亲经历，谭栩像抓住了什么似的,反复念叨着:"我找机会跟谭鸣也说一声,我看他总想给我搞包办婚姻那套。"

余宴川心想,那不会,谭鸣应该没那么爱多管闲事。

他看向桥下,游轮闪烁着灯光,慢慢破开江面驶过去。

游轮越来越近,船上放着悠扬的音乐,不少人正站在甲板上观景,谭栩看了一会儿,忽然问道:"你想不想坐?"

余宴川正吹着晚风走神,被这个问题问得一愣:"什么?"

"游轮。"谭栩说。

余宴川笑着说:"下次吧,下次咱们在船上吃晚餐。"

说话间口袋里的手机振动了几下,他条件反射一般迅速拿出来,见来者并不是贝切尔,居然是谭鸣。

谭鸣这还是第一次给他发信息:"谭栩到了吗?"

余宴川看得连连叹气,这个时间的安城已经是深夜,还有一个操心自己弟弟的"口嫌体直"的哥哥,因为迟迟收不到弟弟的消息而难以入睡。

恐怕是担心他们两个万一闹矛盾了,人生地不熟的谭栩没地方去吧。

余宴川笑着晃了晃手机:"谭鸣宁愿绕一大圈来问我,都不主动给你打个电话。"

"他说什么?"谭栩的态度软化了一些,没有之前那样抵触这个名字了。

"他问你到了没有。"余宴川说。

他本以为谭栩会让他代为回复,没想到谭栩点开手机的拍照功能,拍了一张两人站在长桥上的照片,然后发给谭鸣。

谭鸣再也没有回复他,估计是心满意足地睡下了。

这张照片拍得不错,照片里的人生动鲜活,有着二十岁出头的年轻人特有的活力。

回到家的时候已经晚上十点。余宴川没想到谭栩居然有一天也能如此坦然地享受半天的闲暇,他曾经一度以为他们老谭家是一个模子里刻出来的"傲娇",人前装相,背后冷脸,没啥温度。

余宴川从冰箱里拿了一罐可乐,扯开拉环倒在杯子里,气泡争先恐后地翻涌而上。

今天的经历称得上是大起大落,对于一个时差还没倒明白的人来说更为致命,谭栩的精气神只够支撑他洗漱完毕,便径自爬到卧室倒在了床上,彼时余宴川的可乐都还没有喝完。

余宴川已经习惯了夜猫子生活,夜晚十点多钟对他来说还属于大好时光。

一夜无梦,清晨的闹钟准时响起,睡在客厅沙发的余宴川被吵醒后决定旷工一日,按掉闹钟又睡了个回笼觉。

回笼觉睡到了日上三竿,等到两个人磨磨蹭蹭收拾完,准备吃早饭时已经是十一点多。

余宴川这才想起来查看邮箱,发现贝切尔在凌晨四点就给他发过一封信,大概是他的技术活干得太疲惫,发完邮件就睡了过去,一直到现在都没有再和他联系。

余宴川对着邮件标题愣了一会儿,没有点开。

贝同学也是累糊涂了,直接在标题上打出了邮件内的内容简述:"我终于窃出了那位私人医生的出诊记录,你先看着吧,其……"

后半段的字被折叠,从首页无法查看。

余宴川喝了一口温水,把电脑推给谭栩:"你帮我看。"

"什么?"谭栩没有反应过来,"你不看吗?"

"我去做早饭。"余宴川按着太阳穴,心情又回到了昨日那种漫无边际的麻木,"我整理一下心态,你先看吧。"

其实没什么可整理的,余宴川这两天就连做梦都是一片沧桑的荒原，他放任自己听天由命，情愿被命运的洪流推着走。

他煎了两个鸡蛋，又拿了一些速冻的培根和香肠出来，在装盘时瞥了眼客厅，谭栩仍然维持着刚刚的姿势，神色凝重地抱着电脑。

余宴川八百年不灵验一次的第六感出现，带来了一丝不妙的直觉。

他把盘子端到餐桌上，往谭栩面前推了一份："概括一下？"

谭栩迟疑一下："不太好概括。"

"那我现在的精神状态能接受吗？"余宴川换了一种问法。

谭栩认真盯了他一会儿，才说："不太能。"

刚刚煎好的培根仍在滋滋冒着油，香气飘出来，却仍然没能将客厅中冰冷的氛围解冻半分。

余宴川心一横："你说吧。"

没什么不能接受的了，要么压根没有双胞胎的存在，要么他确实就是林予的哥哥，两种可能性他都做好了面对的准备。

"林予的母亲叫林晓茜，怀孕那年二十六岁，怀的的确是双胞胎，几次产检都显示是双胞胎。"

余宴川高悬的心落下半分，他喝了一口牛奶。

但谭栩说："但是只生出来了一个，另一个孩子早夭了。"

余宴川顿住。

"双胎输血综合征。"谭栩轻声说，"另一个在子宫内就没了，林晓茜只生了林予一个孩子出来。"

一个完全出乎意料的答案。

余宴川机械地切开盘子里的鸡蛋，说不出一句话来。

林予没有双胞胎哥哥，他们所有人都想错了，从一开始就错了。

为什么会这样？

"妈妈说你被爸爸带回安城了，她不许我联系你，也不许我联系爸爸。"

这是七岁的林予写下的第一封信里的内容。

就连林予也被困在了骗局中，所以是……林晓茜？是林晓茜告诉林予，他有一个双胞胎哥哥。

她为什么要这样做？

为了让林予以后去争抢家产，还是为了给林予一个好好活下去的希望？

余宴川想不下去了："我死了算了。"

"你要不要看一看？"谭栩拍了拍手边的电脑，"林晓茜……怀孕这段时间，治疗得很苦。"

余宴川拿过电脑，浏览着邮件中的扫描图，专业名词和超声检查报告他看不懂，但诊断和治疗方案都写得直白明了。

他只是看着文字就感到难言的苦楚和疼痛。

其中一条在诊断中明确写着胎儿存活率只有百分之八十不到，但林晓茜仍然坚持要保住一个。

"即便要忍受长达几个月的治疗，也要把孩子生下来。"余宴川有些胸闷，"这些事情林予都知道吗？"

谭栩替他把盘子里的香肠切好，又拧了一些黑胡椒粉末上去："应该不知道。"

这几份冰冷的报告，单字里行间所写出的林晓茜，就与林予在邮件中勾勒出的母亲形象截然不同。

"她在林予高二那年病逝了，是为什么？"

谭栩摇了摇头："这里面没有那部分内容。"

牛奶已经放凉了，余宴川出神地喝着，梳理了一番目前已知的全部内容。

林晓茜骗了林予，鉴于他们两个的相处模式尚且无从得知，欺骗的原因只能去问林予本人了。

但这件事又不能真的让林予知道。

不管林晓茜的目的是什么，但他清楚"哥哥"在林予心里的分量。

一个能撑着他生活下去的希望。

林予没做什么伤天害理的事,余宴川也没有打碎别人幻想的爱好。

谭栩切了一半煎鸡蛋,递到余宴川面前。

余宴川咬了一口,手里忙着给贝切尔发消息。

他想问问除了这几页外是否还有其余就诊记录,也想问林予新邮箱的破解进度。

他非常急切地想知道在最后那一年里,林予都和余长羽说了些什么。

"别着急,把饭吃了。"谭栩又强行塞了他半块煎蛋,"你的生日也应该没有作假,你们不是同年生。"

"还有,你……能接受现在的所有信息了吧?"谭栩突然问。

余宴川心里再次咯噔一下:"怎么,又有新线索?"

"不算新线索。"谭栩从余宴川手里夺过鼠标,打开了之前他画的思维导图,"我一落地就想跟你说了,但是当时局势太混乱,现在终于清晰了一些,跟你讲比较好理解。"

"现在的局势清晰吗?"

谭栩说:"听我说完就清晰了。"

余宴川的大脑彻底停止了工作,他向后一靠:"你说吧。"

鼠标在思维导图的几个问号上转了转,谭栩说:"其实现在的疑问基本都迎刃而解了,林予没有双胞胎哥哥,只是我们所有人都陷入了误会而已。那么就只剩下一个问题,那就是余长羽为什么要冒充你和林予对话,对吧?"

"对。"余宴川说。

谭栩盯着他:"你有没有仔细看过那几封邮件?"

"还没有。"

谭栩将邮件扫描图打开,直接圈了几个细节部分出来:"我早上起来仔细看了一遍……"

"早上?"余宴川完全不知道谭栩什么时候醒了,打断他,"你起床怎么没喊我?"

谭栩被他一打岔,思路有点接不上:"我生物钟……你先听我说,你看这里。"

他用下划线指出来信里的几句话。

"你看余长羽的描写,勤奋好学阳光少年,不爱运动不喜甜点,还有这几个着重提到的样貌特征。"

余宴川在看到第一处时就隐约猜到了谭栩的弦外之音,他的手指骤然收紧。

"这些描述,不是你,也不是余长羽吧。"谭栩说,"这是我,余长羽在邮件里塑造出来的这个人,其实是我。"

千头万绪挑不出个第一第二来,余宴川在无数个疑问里,选出了最想问的一个问题:"我那个时候认识你?余长羽也不认识吧,顶多知道有谭家小少爷的存在。"

谭栩看着他的眼睛:"知道存在就够了,我是小辈里和林予年龄差不多大的人。但是你再看这段啊,'我上个星期去参加了画展,我的画被展出了,下次给你拍照片',这个写的也不是我。"谭栩的手指点在屏幕上,画出了一个圈,"我们之间没有人喜欢画画吧?"

"还有这里,'我买了新的架子鼓',虽然你长得很像玩乐队的,但咱们确实没有人会打架子鼓。"

"所以?"余宴川尝试将自己代入余长羽的角度,剖析他这样做的目的,"他以你为雏形,又凭空捏造了一些其他性格,或者说又融合了其他人的性格,构建了一个和我完全相反的形象?"

"对。"谭栩再次打开思维导图,给他展示了结论,"就是因为余长羽的瞎掰,所以林予回国后根本分辨不出你到底是不是和他通信的人。"

余宴川沉默了片刻,他总觉得这里面有什么多余的地方:"可是……林予第一次自我介绍的时候,我没有反应,不就已经可以说明我不是这个人了吗?"

谭栩也跟着沉默了下来。

余宴川捏了一个小西红柿吃,看着谭栩慢慢皱起的眉头,觉得事情愈发好笑起来:"你不会没有想过这个问题吧。林予应该早就知道那个人不是我,根本不用分辨。"

不过谭栩所提供的思路应该是正确的。

余长羽在信里刻意捏造了一个虚构的人物——无论后续的新邮箱里有什么内容,这一点都不会有所改变。

结合余长羽那段时间忽然神经兮兮地教他防身术,基本能够确定这个思考方向也没有错。

余长羽不信任林予,想以此骗过他,为防止未来把火烧到余宴川的身上,于是随便挑了个圈子里的同龄人做模板,编造了一个假人。

他应该不会想到有一天好弟弟会跟这个"模板"的生活有所交集,甚至还成了朋友。

余宴川忽然想起那次哥哥去曼城出差回国,他开车去机场接人回公司,余长羽在路上无意中提起了谭栩。

记忆中,哥哥在那时候问"爸说你跟谭栩关系挺好的",他回答"一般般"。

不知道余长羽当时是什么心情。

余宴川吃掉盘子里最后一点食物,后知后觉想通了林予总在接近谭栩的原因,也明白了他为什么一直在跟踪自己却不点明。

林予找不到他的哥哥了。

"你打算怎么办?"谭栩问。

余宴川把餐盘收拾干净:"直接去问他。"

"跟他直说?"谭栩扬起眉毛。

"迟早的事。"余宴川把盘子放进洗碗机,两手撑着橱柜深吸一口气,"有些事情他需要知道。"

是他一贯的行事风格。谭栩捻着一颗小西红柿,若有所思:"你准备怎么办?虽然他挺惨的,但毕竟……你爸是不是没打算认下他?"

"不知道,走一步看一步吧。"余宴川说完,取下了衣帽架上的衣服,"跟我去公司一趟。"

"少爷,你今天不是准备旷工吗?"谭栩问。

余宴川心乱如麻:"只有公司的电脑有高级权限,我去查那个于小姐。"

"于清?"

"对,贝切尔有问题。"余宴川头疼得厉害,"他查东西查得也太顺利了,这些消息都像是在守株待兔,就等着上门来查。"

他在几天前还信誓旦旦地认为于小姐没问题,理当是个清清白白的局外人,可一旦余长羽也牵扯进事情里,于清这个"余长羽好朋友"的身份就变得耐人寻味了。

还能是谁在守株待兔?用脚指头也能猜出来是余长羽!

他可以相信余长羽最初让他和于小姐相识并不是在布局,但他一定在后来借机推波助澜过。

余宴川好歹也和哥哥一起生活了二十来年,几乎能想象到余长羽诱导他一路查下来的原因。

估计那把林予家门的钥匙也是他刻意留在柜子里的。

造孽了,余宴川觉得自己真像个被唬得团团转的傻子。

谭栩带来的换洗衣服不多,他随意挑了件衬衣穿,两人一同乘轻轨去了公司。

轻轨站就在公司的街对面,那家超难喝的咖啡店旁边。

一起床就遇到这样猛烈的头脑风暴,能量消耗太大,余宴川的胃口里有些发慌,准备去店里买些面包。

"你先过去吧。"余宴川说,"我的办公室在五楼,一上去就能看到。"

谭栩眯起眼睛,迎着阳光看向公司大楼:"环境挺好的。"

环境确实挺好,门口绿植茂盛,玻璃门也擦得一尘不染,谭栩推门进去,宽敞的大厅窗明几净。

他正要去按电梯,就被接待处的女孩喊住了。

女孩问他找谁,谭栩说他找余宴川。

女孩说余先生今天没有来上班,谭栩说他知道。

女孩又问你有没有预约,谭栩实在不知如何解释,只好说"当然有"。

还没等对话进行下去,身后便传来了一个男人的声音。

谭栩转过头,看到来人的那张脸,都不用思索就和记忆里的某张证件照对应在了一起。

这是杰夫,那个他曾经在档案里见过无数遍的分公司负责人。

"您好,这边坐,是找余先生有事吗?"杰夫笑吟吟地指了指一旁的沙发。

谭栩上下打量着他,这人浑身上下所散发出的伪善气息快要冲破屋顶,他终于找到了比谭鸣还能装的人。

"不必了。"他站在原地没动,看了一眼门外,余宴川买个面包仿佛是从亲自种小麦开始,到现在还没有回来。

接待处的女孩和杰夫打了招呼,接着就缩回了柜台里面。

"余先生今日没有来公司,如果急切的话,我可以打电话给他。"杰夫笑着说,"您是他的朋友吗,或者同学?"

谭栩的注意力被这句话吸引过去:"你们很熟吗?"

"谈不上熟悉,只是工作关系。"杰夫也不离开,就这样站在他的身边,语气平稳,"还是第一次见有余先生的朋友来公司呢。"

谭栩漫不经心地说着,眼睛瞟向门外:"是吗,那以后应该经常会见。"

他终于捕捉到了余宴川的身影。

余宴川抱着一个塞得满满的纸袋，三步并作两步走进了大厅，风尘仆仆地走近，视若无睹地掠过杰夫，对谭栩说："怎么站在这里？"

"她要我预约。"谭栩指了指接待处。

余宴川脚步没停地走向电梯，百忙之中抽空对那个女生说："以后如果他来可以直接去我的办公室。"

女生连声应着，余宴川转头又看了一眼，这才注意到了杰夫："嗯？有事吗？"

杰夫脸色有些奇怪，但依然矜持地微笑了一下："没事，刚巧遇到，陪这位先生聊了聊。"

"哦。"电梯门打开，余宴川掂了掂沉重的纸袋，头都不回地走进去，"这是我朋友，你们稍微认识认识。"

杰夫噤声了，谭栩对他微微点头，在电梯门将要关上之前丢下了一句："你好，我是他朋友，谭栩。"

门十分应景地关闭，将杰夫失语的表情定格在了最后一秒。

一路上行，纸袋里不知装了什么，余宴川的小臂绷起青筋，但看表情不似有多费力。

五楼门开，他迅速走出去，一脚蹬开办公室的门，把纸袋丢到地上。

"买了什么？"谭栩扒拉开看了一眼，只看到一个黑黢黢的硬壳子，看上去像电脑主机。

余宴川松了松手腕："电脑配件，前几天送到咖啡店隔壁的修理店了，一直忘记拿回来。"

谭栩是第一次来到这间办公室。办公室装修得很简单，纯白色的地板和墙面，黑色的办公桌和沙发，线条利落，落地窗外是繁华的街道和高楼，余宴川的背影看起来随性潇洒，站在其中显得格格不入。

197

倒像是为余长羽量身打造的。

谭栩没有和余长羽深交过，只是浮于表面的"认识"，印象中的这位哥哥是个脾气温和的人，穿着暖色的西装，笑眯眯地坐在远处，举手投足都透着不紧不慢的稳重。

但因为最近发生的事情，余长羽的这一形象也变得模糊了。

人际交往的确是个演戏的过程，正如他刻意展示给大家的阳光热情又单纯的少爷形象一样，余长羽也展示出一个温柔稳重的形象，如果他们不想，外人也许永远无法窥见皮囊下的一角。

谭栩觉得最难捉摸的就是余长羽这样的人了，真心对一个人时尚且如此，要是他真的想算计余宴川，只怕换谁来都无力回天。

谭栩走近一些，站在余宴川的面前。

余宴川向后挪了挪，顺势坐在了桌沿上。

谭栩垂下眼睛看向他："你来之前有没有想过，你哥如果要害你，怎么办？"

"想过。"余宴川歪了歪头，"我不图家产，真心待他那么多年，他要想害我也不用动手，直接跟我说一声，我滚蛋就是了。"

"不争吗？"谭栩问，"有些东西是你应得的，为什么不争？"

余宴川只是淡淡地说："是应得的，但不是我想要的，不想要的东西也没有必要变成赌气相争的筹码。"

谭栩没办法理解这个思维："不想要就不争吗？你看着本应属于你的东西落入别人手里，难道不会不服气吗？"

余宴川久久地看着他，扯出了一个不带着什么情绪的笑："谭鸣真是好手段，养出来个完美的接班人。"

办公室的门被人敲响，谭栩猛地从放松的状态里抽出。

余宴川在他的肩膀上拍了拍，走去开门。

敲门的是个眼生的男人，递给余宴川一沓文件，两人低声聊了一会儿工作。

谭栩用力按了按眉心。

他提出的假设是个无解难题，余宴川之所以说得出如此洒脱的话，是因为余长羽这些年不掺杂念、无目的的关怀和照料，倘若余长羽动机不纯，不可能在日复一日的相处中不出纰漏，也就不会形成余宴川如今这样的性格了。

递文件的男人离开，谭栩问："你的办公室平时都不锁门吗？"

"锁它干什么。"余宴川淡淡地回了一句。

谭栩看着他的反应简直无奈："你也一点都不担心这屋里有监控吗？"

"担心啊。"余宴川把文件放到抽屉里，坐在椅子上转了半圈，"反正我光脚的不怕穿鞋的。"

乍一听没什么不对的地方，但谭栩脑子转得飞快："你觉得你很有道理？"

"没有。"余宴川转移话题有一手，"去把那个机箱拿过来，我把这个台式电脑修一修。"

谭栩气结，又无从发泄，闷声去搬来了黑色机箱，顺手连好电，对着花花绿绿的电线挑拣着："你会修吗？"

"不会。"余宴川打开了自己的笔记本电脑，"我搜搜教程。"

谭栩叹了口气，蹲在桌子下面："不用了，我会弄。"

办公桌是正常尺寸高度，他不得不调整好姿势才能挤在桌下，光洁的大理石地面在空调房内透着寒气，膝盖着地硌得微微发疼。

余宴川打开笔记本电脑，一边浏览一边说："这位于小姐跟我哥真是关系匪浅啊。"

谭栩不满他的分神："以前没发现你这么爱工作。"

"于清有海外留学背景，难怪认识这么多留学生。"余宴川坚持把这句话说完，低头看向谭栩，"你说，谭鸣会不会早就知道了这些？毕竟他是第一个建议我亲自来曼城的人。"

199

谭栩跪得有些累，换成了坐姿，重新研究起散落一地的电线："谁知道，那个老狐狸。"

他把插头挨个儿归位，办公室内只剩下敲打键盘的声音。

沉默中，谭栩止不住地想叹气，他不可能在曼城久住，何去何从总归需要重新规划，可一旦涉及规划他就头疼。而且这事和余宴川说不着，他们俩一个太想把未来五十年都计划出来，一个连晚上吃什么都现想。但除了余宴川，他好像也没有什么值得托付的朋友。

今天……最迟明天，他必须挑个时间和余宴川把事情说清楚，最起码下半年的行程要心里有数，最好能把明年后年也确定下来，这关系到他是继续在安城读研还是考到国外。

台式电脑的年头也不长，他很快便把机箱连接好，拍干净手上的灰，从桌子下钻出来。

"你要是没事干来帮我看几个图表。"余宴川说。

谭栩怀疑地看着他："这东西是我能随便看的？"

话音刚落，桌上的座机电话响了起来。

余宴川单手将笔记本转了一圈，给谭栩展示了一下密密麻麻的数字图表，顺手接起了电话。

"余先生？"是接待处小姑娘的声音，"这里有一位先生要找您，姓林。"

平淡无奇的一句话如狂风卷过，在余宴川心中掀起滔天巨浪，他立刻坐直，扶了扶额头："杰夫呢？"

女生说："杰夫带林先生去旁边的休息处坐了。"

这俩人果然认识。

林予居然找上门了。

"让他上来。"余宴川说。

电话刚一挂断，谭栩立刻问："谁来了？"

"林予。"余宴川简单收拾着桌面，"也不知道什么时候来的，你飞过来的时候他还在安城?"

"在。"谭栩也跟着收拾，但桌上的摆件寥寥无几，也就是重新拿起来又放下。

直到门被敲响，杰夫带着林予站在门口，余宴川才像惊醒般抬起头来。

林予来了。

四个人相顾无言，杰夫将人送到后便转身离开。

应该要说句开场白，但他们谁都没有先开口，默契地沉默着。

余宴川倒了一杯水放在沙发前的小桌上，比了个请坐的手势。

不知林予是不是刚到曼城，他穿着浅灰色的短袖，外面套了一件单薄的防晒衣，戴着一双镜片很厚的无框眼镜，与余宴川曾经见过的样子不太一样，没有了一贯灿烂的笑容。

也有可能是这段时间发生了太多事情，他无法再用曾经的心态面对林予了，因此怎么看怎么觉得他变了模样。

林予出现在这里的原因不用再问，他显然已经知道了余宴川正在调查他，也就无需再隐瞒身份。

"坐下说吧。"谭栩说，"什么时候来的?"

林予看了他一眼，坐在了最靠边的沙发角落。

动作很轻缓，余宴川感受到了一丝紧张和失落。

"为什么要来?"余宴川问。

"昨晚到的。"林予端起那杯温水，"你应该有话想问我。"

余宴川看出他的疲倦，知道这是不愿周旋的意思，也不再顾左右而言他："是有一些事情想问。"

"那就问吧。"林予抿了一口水，"我就是为这些事来的。"

谭栩忽然起身，指了指门外，是问余宴川自己需不需要回避的意思。

余宴川本想说不用，但考虑到林予还坐在这里，他未必想让其他人听到这些事,正要点头,就听林予说:"没事。"

没事就没事吧。

谭栩走到办公桌后的转椅上坐下,挑选了一个距离他俩所坐沙发不远不近的位置。

余宴川给自己也倒了杯水:"我的问题很多,你先问吧。"

水流自壶嘴流出,倾泻入水杯,溅出零星两三滴水珠,哗啦啦的声音在一片鸦雀无声中格外突兀。

林予像是浑身都紧绷着,话语中能察觉到他的声带也极不自然,喝了一口水润了下喉咙,才说:"你是不是一直不知道我的存在?"

这是个很关键的问题,余宴川没法说谎骗他:"是。"

像悬挂的提线木偶被剪断了绳子,听到这句回答后,林予整个人慢慢松懈,肩膀也垮下来,无力地靠在了沙发上。

紧绷已久的绳子被割断,对木偶来说……说不出究竟是解脱还是难过。

林予没有再说话,余宴川也没有再说话。

气氛并不算降到冰点,而是处于一种所有人都疲于开口的僵持状态,他们能够清晰感受到彼此没有敌意,但也仅限于此。

谭栩不好插手他们之间的事,胳膊支在转椅扶手上撑着头,拿起余宴川买的另一份面包,打开包装咬了一口。

包装纸发出刺啦刺啦的声响,成了这间屋子里仅有的调和剂。

余宴川在脑子里过了一遍大学时候看过的《如何与人顺畅沟通》,选择了一个并不尖锐的问题做开头:"你其实早就知道了吧,我不是那个和你通信的人。"

"知道。"林予低声说,"只是想再确认一下。"

"你不止确认了我一个吧。"余宴川若有所指,暗指他一直在接近谭栩的事。

林予扫了眼坐在办公桌后的谭栩:"为什么这样问,你已经看过我的信了？"

"只看过一半，是你换邮箱之前的那部分。"余宴川说，"这个真相对我来说也很重要，很抱歉没经你同意就看了。"

这声抱歉的分量太轻，多少有些廉价了。

林予摘掉眼镜放到圆桌上，没有拒绝也没有接受："没事，反正我这段时间也没少打探你的事。"

明人不说暗话，林予的冷静态度在余宴川的意料之外，但也方便他们把话说开。

"既然你提了，我就问一些我想问的，你一直在跟踪我，对吧？"余宴川偏过头看他，"半年前你剐了我的车，为什么？"

"你知道是我？"林予勾起嘴角笑了笑，眼里仍没有笑意，"是为了引起你的注意，顺便借机告诉余兴海一声我回国了。"

"你高二就回国了，六年，余兴海一直不知道？"

"也许知道，也许不知道。"林予机械地摆弄着眼镜腿，"不来这一出，他会一直装不知道。对你有威胁了，他才会重视。"

余宴川饶有兴趣地笑了笑："威胁？"

"让他误会我对你有威胁。"林予改正了措辞，对上他的目光，"我知道余兴海那时候准备让你出国，我还没有确认清楚，所以不想让你走。不过这一招确实奏效了，不是吗？你为了我在国内多留了半年。"

走了一招险棋，好在他赌赢了。

谭栩坐在较远的地方，看着林予侧脸的冷笑，居然在这个侧脸上品出了余宴川的影子。

早该想到的，不单单是样貌，林予的姓名便是母姓与父姓合在一起，这个"予"字取得妙，不知林晓茜当时究竟是将这个新生命当作老天爷赠予她的礼物，还是当成旁人给予她的痛苦。

林晓茜的相关问题处于敏感地带，余宴川不方便问，反倒是局外人更合适开口。谭栩见两人没有再聊下去，便插了一句话："方便问吗，你有一个哥哥这件事……是你母亲告诉你的？"

"对，你们不是看过邮件了吗？"林予提起母亲时的语气很放松，平常得仿佛在说一个毫不相关的人。

"后来她去世了？"谭栩咬住这个关口继续问，他知道一旦错过这个契机就很难再提起了，生死总归是沉重的。

"去世了。"林予看着虚空中的某一处，有一瞬间的失神，"在澳洲。"

余宴川给他重新斟了一杯水。

其实他心中的好奇快要溢出来了，恨不得把林予拎起来，把所有真相都抖出来。

"我知道的不多。"林予说，"我六岁之后，林晓茜就和余兴海彻底断了，应该是幡然醒悟了吧，好言好语地哄骗，谁会一直信？"

说得好，余宴川在心底为他鼓掌。

"赡养费会定期打过来，林晓茜拿那些钱环游世界，后来查出来了肿瘤癌变，她不治。最后一段时间她去澳洲看草原，就再也没回来。"

他说得很平静，短短几句话概括了林晓茜的后半生，但这后半生里没有他这个儿子的参与。

"就这样，我能说的都说完了。"林予站起身活动了一下双腿，站到落地窗前，背对着他们，"现在该轮到我问了吧。"

谭栩在他有所动作时下意识坐直，随即反应过来林予应该不会在公司里有什么过激反应，但仍不敢放松地紧紧盯着他。

但林予似乎只是不想被他们看到表情，虽然表面装得平静，但重提起林晓茜仍让他的心情有很大起伏，许多过往放在此时再回味，总能琢磨出一些不同的味道来。

他问："我其实没有哥哥，对吧？"

又是一个早已心知肚明的答案，但他还是宁愿再问一遍。

余宴川说："是有的，只不过并没有生下来。"

他不知该如何去慰藉林予，一切话语在用了近十年时间建立起的信任下苍白无力。

良久后，林予才说："我应该猜到的。"

谭栩置身事外，旁观者看得更清，立刻想通了这句话背后的意思："你换了邮箱后，和余长羽都聊了些什么？"

没有回答。

也有可能是答案太难以启齿，因为余宴川看到林予流露出了难过的表情。

说不定他们在后来吵了架。

林予忽然转过头，直视着他："他是为了保护你，九年半，他和我聊的每一句话都不是真心的，只是为了保护你。"

余宴川说不出话来。

林予的情绪看起来依旧稳定，连这番听上去极其痛苦的话也说得平静，没有任何怨怼和嫉妒，反常的平稳让余宴川有些担心他会撞开玻璃跳下去。

"是我的真心看上去不值钱吗？"林予茫然地低头看了看。

余宴川站起来，朝他的方向走了几步："你接下来有什么打算？"

"没什么打算。"林予说，"回安城，去见余长羽，然后一切随缘。你不是会看塔罗牌吗？看看我的运势如何。"

"唬人的把戏罢了。"

余宴川皱起眉，林予现在的状态很不对。

"你这几天住哪里？回家？"

"嗯。"林予点了点头，目光在两人之间流转，最后定在余宴川身上，"我不需要你们的同情，你们也没有义务收留我，我不想再欠你们什么了。"

好像在说"放过我"。

"未必是出于同情。"谭栩朝他扬了扬下巴，"余长羽这人嘴软心也不硬，那么多年下来，就算是素未谋面的网友也该聊出感情了，你不用太……妄自菲薄。"

"那我要怎么样?"林予紧跟着说,"我从哪里来的底气和你们争?我甚至只敢发一封邮件,只敢站在远处看着。"

余宴川头疼地按了按额角。

谭栩有时说话很直接,这得亏是林予性格不急躁,换个人听见这话得跟他吵一架。

"他的意思是,你在找余长羽对质的时候,可以稍微底气足一点,这事情……的确很难定性,但你毕竟是被欺骗了。"余宴川简单找补了一下。

林予听进去了他的话,刚刚燃起的争执的苗头又快速熄灭,他默默将圆桌上的眼镜拿起,放到胸前的口袋里。

他向门口走去,余宴川生出了一丝于心不忍:"别想太多,错不在你。"

办公室的门被拉开,杰夫等在不远处,不知是什么时候来的,又等了多久。

看到林予走出来,他快步上前,顺着门缝与屋里的人对视片刻,自然地关好门,拍了拍林予的肩膀,将人带走了。

谭栩转着椅子,看了几眼门外,又看了几眼余宴川:"心里的石头落下了吧。"

"嗯。"余宴川疲倦地倒回沙发上。

这种事最难的就是开口,一旦开个头,后面便好办了。

他的心情很复杂,甚至无法调整出合适的态度面对林予。

许多时候的是非曲直并非一成不变,站在不同人的立场上会看到不同的世界,余宴川没办法评判孰是孰非,余长羽没有错,林予也没有错。

千错万错都是余兴海的错。

越想越心烦意乱,余宴川心头无名火起,一面恼火这些破烂事,

206

一面对这般费心劳神而倦怠。

他倏地站起来,还没等他说话,敲门声再次传来,杰夫在门外说:"是我。"

烧了一半的火被兜头浇灭,余宴川差点一口气没提上来,急火攻心,当即就想开门炒了这个男人。

杰夫还算有分寸,自报家门后等了一会儿,直到屋里传来"进"之后才推门进来。

身材高大的男人穿的深蓝色西装起了皱,齐刷刷拢到后面的头发也耷下来几缕在额前,他手里空空,看样子不是来聊工作的。

谭栩跷起二郎腿,坐在椅子上,一副主人翁的做派:"有事?"

"一点小事。"杰夫在一个交谈起来比较舒适的位置站住,"与林予有关。"

余宴川向后靠坐在办公桌上,好整以暇地看着他:"你是以什么立场来说这件事?"

杰夫没有被他的气势唬到,不卑不亢地点了点头:"他的朋友。"

那就行,可别说出什么不知哪里冒出来的"他的哥哥"或者"他的弟弟"。

余宴川拿起水杯喝了一口,他算是彻底对哥哥弟弟这些字眼产生了恐惧。

"你准备接他回国住吗?"杰夫问道。

"这事儿我做不了主。"余宴川晃着水杯,"何况我看林予也并不是很想跟我回去。"

谭栩站了起来,两手撑在桌上逼问杰夫:"你不想他回去?"

"没这个意思。"杰夫简单扫他一眼,再次将目光定在余宴川身上,"我只是想说,如果他最终要留在曼城,我会照顾他,所以你们不必因为看他独自漂泊海外而心生愧疚,就勉强自己将他接回去。"

余宴川不紧不慢地把水杯放回去:"想多了,我们就算要接他回去,林予也未必会跟我们走,他回国找余长羽只是为了讨个说法而已。"

他并不了解林予是个什么样的人,在安城见过的短短几面,林予都像个最普通的性格外向的大学生,丢到人群里他都不一定能再挑出来。

但通过刚刚的几段对话,余宴川倒是觉得林予的真实脾气跟自己挺像的。

就两个字——死倔。

这种人最厌恶的就是别人的怜悯,哪怕前路坎坷,也不会接受任何人出于同情的施舍。

看来杰夫很了解他,才会来说这些话。

"这些年一直是你照顾他?"谭栩问道。

"是。"杰夫笑了笑,"别多想,我也并不是图什么钱财,我们从小住得近,只是真心把他当弟弟。"

余宴川眼前一黑。

这个世界上的感情多种多样,也不必非得是兄弟情。林予的哥哥们都快能凑出一个梁山了,同父异母的、名存实亡的、空有人设的、住在隔壁的……

杰夫也并不是为了得到什么回答,他说完话正要走,忽然想起了什么,在门口驻足,回头说道:"有件事情,还是要告诉你们一下。"

他说得又快速又坦然:"你们楼上那家总在夜里用豆浆机的,是我父亲一家,上个月我姐和姐夫带着孩子回国,去住了一段时间。听说你们已经见过我姐夫了?总在夜里吵到你们,我替他说声抱歉。"

谭栩沉默了,余宴川也震惊得不知该说什么。

杰夫轻咳一声:"这个是……真的巧合,完全是巧合,他们已经在那里住了几年了。我姐一家昨天回来了,我听他们聊天才知道这件事。"

余宴川怒从心中起:"你那豆浆机能不能买个降噪的?公司可以给你补贴。"

"好的。"杰夫恢复了工作中的状态,应答利落,答完就走。

杰夫刚走，谭栩的手机又嗡嗡响起来。

余宴川快要被折磨得没脾气了，看来这间屋子的风水就不适合聊闲天。

"你看。"谭栩笑了起来，他拿出手机，来电者居然是谭鸣。

"接吧，八百年不给你打一次电话的好哥哥，可别错过了。"余宴川再次靠在了办公桌上。

谭栩按下接听键："喂？他在……开免提？"

他瞥了眼余宴川，把手机放到桌子上，点开免提键："他说有话要跟你讲。"

"都在？"谭鸣的声音透过扬声器有些失真，但依旧沉稳冷静，一听眼前就仿佛浮现出了那张挂着金丝眼镜的扑克牌脸。

余宴川微微弯下腰，凑近了一些。

电话中的谭鸣用汇报工作的口吻说："余家最近有动作，余长羽背着余总干了不少事，好像是在逐步收权。"

这倒是个有用的消息。

余宴川和谭栩对视一下，问道："你怎么一天到晚盯着我家看，你自己没有酒店要管吗？"

电话里出现短暂的安静后，谭鸣说："我之前和你说过，安城商界近年变动太大，你只要坐稳继承人的位置，谭家也算多一条退路，但你要是被余长羽踢出局了，我不会搭手帮你。"

余宴川不明白他到底为什么对余长羽持否定态度，好像认准了他不是什么好东西一样。

但仔细想想也不算无缘无故，谭鸣的消息来源广，当初特意提点让他飞曼城一趟，说不定就是捕风捉影知道了什么消息。

还能是什么事，林予接近谭栩的过程细究起来非常刻意，又是转专业又是进学生会，只怕谭鸣已经知道余长羽拿谭栩当模板写邮件骗人这件事情了。

谭鸣继续说："还有，你的分公司自己上点心，财务有人在和人事谈恋爱，调走。"

"你怎么连我的公司里谁在谈恋爱都知道？"余宴川大声惊呼。

谭鸣似乎是被突然的大喊噎到了，生硬地换了个话题："你那边的事情查得怎么样了？"

余宴川回呛他："你不知道吗？"

"那个弟弟，要回来分财产吗？"谭鸣问。

跟他吵架果然没意思，像一拳打在空气里，余宴川叹了口气："不知道，估计不会。"

谭鸣说："好的。"

下一秒电话就被挂断。

谭栩硬是连一句话都没插上，他对着手机结束通话的界面愣了愣，才说："你们两个就一起喝过一次咖啡，怎么喝出这么多人生忠告？"

"就几句而已。"余宴川一抬腿，脚踩在椅子上，"我去打印一些资料，印完就回家。"

"嗯。"

余宴川顿了一下，说："你是不是该走了？明天带你去海边转转吧。"

第六章 落日飞车

第六章 落日飞车

从他到曼城的第一天开始,余宴川就经常提带他去海边这件事,但因为始终抽不出空,只好无限期拖延下去。

如今事情处理得差不多,总算有心情能出去转转了。

谭栩再次对余宴川的预判出现偏差,他本以为等待他的会是什么海鲜大餐、沙滩派对,结果没想到大早上四点多就被余宴川从床上拉了起来。

他困得要命,被余宴川收拾一番扔进了车里,一脚油门奔着快速公路而去。

谭栩打开了车窗,晨风灌入车内,吹得他神志清醒了一些。

"看日出吗?"

"嗯。"余宴川按开了车内音响。

天色蒙蒙暗,公路之上平坦空荡,道路尽头的地平线亮着一抹浅光,将交际处的天空染上了一层红色霞光。

金红至深紫再渐入黑,丝丝缕缕的云层透出片片浅灰的阴影,为日出铺垫出一片情绪饱满的朝霞。

这辆独行于公路上的车响起节奏轻缓的音乐,四面车窗大开,与逐渐爬上天幕的霞光一同唤醒了沿途的风景。

等到心情放松得差不多,余宴川才慢慢关上窗,将呼啸的风声阻隔在外。

"好了,到吵架环节了。"他从后视镜里扫了眼谭栩,"为了防止吵完不欢而散,所以我把这个环节放在了看日出前面。"

"你……"谭栩气笑了,"很有自知之明。"

但他却不自觉松了口气。

不怕吵架,怕的是拒绝沟通,只要两个人都奔着解决问题而去,偶尔吵一吵也不算大事。

"我先说,我好像知道你这次叛逆来曼城是为什么,反正我还没对未来做具体打算。"余宴川说,"我昨天想了想,如果你想向我学习,欢迎,可我觉得你永远成不了我这样。"

"我的事我有分寸。你自己想想你要做什么,是以后自己管分公司,长留在这边,还是回安城发展。"谭栩说。

这话真是和半年前他们吵那一架一模一样,余宴川叹了口气:"我没有强烈的要做什么的欲求,对我来说,过得自在才是我想要的,我不想迁就。"

他说完,又对这番话做了个总结:"咱俩思考问题的方式不一样,你是目的为导向,我是心情为导向。你是自我掌管,我是本我掌管,我这样说你能理解吧?"

谭栩脑瓜有点疼,但比上次吵架时好多了。

仍然感觉在鸡同鸭讲,可他这次居然能够理解余宴川的想法了。

看来合租生活真的是增进彼此了解的重要途径。

"我知道你的意思,"谭栩从口袋里摸出一块薄荷糖,撕开包装塞到嘴里,"我想说的是……你现在可以来去自如,想在哪里发展就在哪里发展,但是几年后你想过没有?"

余宴川松了松油门:"我想过,也许是我们的出发点相反吧,对你来说一切都是从后向前倒推,比如你想要实现一个目标,就会在最开始斩除掉所有可能会阻挡目标实现的因素。你读研、留学,也是为了实现接手公司的目标,对吧?"

他看到谭栩没有反驳，便继续说："但我的生活是从前往后推，是顺其自然，如果有必要，我就在分公司干几年，如果公司的事没那么紧急，我就直接回去经营花店，这些选择对我来说都一样，没差。"

谭栩斜斜靠在椅背上，歪着头从后视镜里看他。

就在余宴川以为他会一直沉默下去时，他忽然说："但我觉得，你会耽误自己。"

"为什么？"

谭栩一眨不眨地盯着他："因为我知道你的能力不比余长羽差，你可以做得很好、走得很高，如果你选择走哪条路只是因为当时的心情，挺不值的。"

这是谭栩第一次当着他的面说出这些话。

余宴川握着方向盘，半天才吭哧出一句话来："为什么要这样想？值不值是我说了算，选择是我心甘情愿的，我又没失去什么。放手不管公司只是因为我懒得管，开花店也是因为我愿意……"

谭栩侧过脸瞪着他。

余宴川抽出一只手，给了谭栩后脑勺一巴掌："我有自己的生活方式，你觉得是迁就的事情，对我来说只是我乐意而已。什么时候遇上了难以抉择的事情，我应该会跟你直说的。"

也不知是不是错觉，车行至此，前方隐约能听到海水翻涌的声音了。

谭栩觉得自己有些别扭，明明羡慕余宴川的生活态度，又有些似有若无的不服气。

走过一个岔路口，就到了公路尽头——海岸礁石堆出来的一小块高地。

余宴川把车停在一旁，两人走下来，再向前几百米就是礁石高地的边缘。

高地之下是礁石与泥沙交错的过渡地带，杂草在岩缝里长得茂盛，纵身一跃便能跳到下面，向前是广阔的一片沙滩，沿海岸线望去一望无际。

远处只能看到零星几个摄影师，正坐在各自的板凳上举着长枪短炮，曙光铺满了天际，太阳顶在海平面下，将要破土而出。

海风带着潮湿清爽的水汽迎面而来，余宴川眯起眼睛望了望碧蓝色的汪洋，转头看向谭栩。

"还以为赶不上了。"谭栩小臂搭着他的肩膀，一起向沙滩的方向走着。

礁石堆叠，走起来有些硌脚，他们相互搀扶着走过这段坎坷的路，跳到了大片细沙上。

"怎么会赶不上，我掐好时间的。"余宴川向破晓晨光眺望，缓缓升起的旭日露出一圈金边。

风将发丝吹起，早上本就没有打理好的头发被吹得凌乱，余宴川潦草地向后抓了一把，专心看着日出。

刚冒头的金色边缘散发出耀眼的阳光，打在波光粼粼的海面上，落在并不汹涌的浪花里，随着波浪潜入海底。

徐徐海浪声配合着日出，余宴川抬起手臂，对着洒向曼城的第一缕阳光挥手。

"如果我坐着飞机永远追着太阳跑，我的世界里就永远没有明天。"

"明天只是一个时间概念，日升日落是这个概念里的衡量尺度，哪怕看不到日落，日子也在一天天流逝。"谭栩说。

余宴川转头看着这个煞风景的人。

海面在金灿灿的晨曦之下映起星星点点的光，他们没有再说话，在这一刻心有灵犀地保持着沉默。朝霞照在他们脸庞上，眼里也闪闪发光。

余宴川微微扬起头看向远处，一轮初升的金红色太阳悬在海面上，又是新的一天。

"喜不喜欢看日出？"

"还行。"谭栩笑着，"要不要再散散步？"

他们刚要走，余宴川用余光看到他们的来处——那块并不算高的礁石高地上坐了一个摄影师，手中托着一个看上去就价值不菲的相机。

见到他看过来，蓄着长胡子的摄影师先一步用英文跟他打招呼："How are you！（你好啊）"

余宴川感到他有话要说，便走近了一些。

摄影师步履笨拙地从礁石上爬下来，给他们展示了他拍到的照片，画面背景是壮丽的海上日出，两个年轻人仰着头看着远处的天际，能看到余宴川的飘逸头发，还有谭栩手腕上的那个闪着银色光亮的塑料珠。

照片上是朝气蓬勃的青春。

余宴川看到这组照片的刹那有种难以说出口的情绪。只觉得千言万语挤在嘴边，却无从表达，头脑里空白一片。

盖将自其变者而观之……

余宴川按捺不住这种动容，把图片截了一半，只留下风景部分，发到了朋友圈，文案是：拍卖。

安城此时是下午，何明天作为第一个响应的人，直接出了五十元天价，得到了这张珍贵的照片。

过了一会儿何明天说："就这？"

余宴川决定以后绝不带何明天看日出。

谭栩回国的时间定在了下周四的早上，余宴川提前给他订好了机票。两人逛街时一起买了倒数日的日历，余宴川回国的时间也定下来了。

"元旦前一天我就回去。"余宴川这样说。

这一日过后，杰夫也回到了往日里一丝不苟的状态，除了工作上的事以外，从不多说一句话。

余宴川抽丝剥茧地摸到了杰夫安插在公司里的眼线，把他拢到手中的权力一点点剥离回来。

林予应当是准备过完暑假再回安城，但余宴川没有问他这段时间一直住在哪里，不过想想那间铺满防尘罩的屋子，光是打扫卫生就够他忙的，他猜林予大概住在杰夫家里。

不过已经与他无关了……应该。

谭栩离开时买了好多纪念品，说是准备带给谭父谭母的，他来时只背了一个双肩包，走时的行李却塞满了一整个箱子。

余宴川送他去了机场，临别时谭栩说："我发现我还有点喜欢上这个地方了，我准备来曼城读书，虽然这里没有他们给我选的学校。这次回去我就和家里说。"

"再等等吧，你也不急这几天的，先让你爸妈做好准备，毕竟来曼城读书，在你爸妈眼里你就是放弃自己了。"

谭栩点了点头，从余宴川手里接过行李。

余宴川问："你爸妈……是不是从来没见过你叛逆的模样？"

"是啊。"谭栩闷声说，"他们老古板，说不定会有些极端。"

机场周围人熙熙攘攘，余宴川拍了拍他的肩膀："我觉得，你家要变得热闹起来了。"

在曼城上班的日子很无聊，余宴川开始撕倒数日历。

林予在八月底离开了曼城，走之前也没有来公司见他。

他通过谭栩知道了安城的详细情况，林予约见了余长羽，两个人不知聊了什么，但分析余家后续的一系列动作，应当是没有要认回林予的意思。

余长羽还是照常发来一些关心生活的微信，问他过得怎么样、吃得怎么样，或者问问公司情况如何，但偏偏闭口不提林予的事。

余宴川当然好奇，但他最近听到了业内风声，说是母亲终于准备和余兴海结束这段名存实亡的婚姻，他摸不准这事是否与林予有关，如果有关又是哪些方面的利益牵扯，可也不好在电话里多问。

他知道问也是白费口舌，余长羽如果想告诉他会主动说，如果想骗人，隔着一根电话线当然也能瞒过去。

也正是因为如此晦涩不明的态度，余宴川猜林予的事并不会到此为止。

反观杰夫老实了很多，不再偷偷摸摸地在公司里做手脚，甚至工作有些懈怠，全然不似从前那副野心勃勃的精英模样。

不过杰夫收了手，对于余宴川来说是利大于弊，起码他能更好地掌控公司内部情况。

九月秋季开学，谭栩开始准备留学事宜。

"但我还没有告诉他们。"谭栩说，"万一没考上，就装作没有报名的样子。"

"你还会考虑这种事啊。"余宴川笑着说，"我以为你做什么都一往无前。"

谭栩强调："这是策略，做人不能鲁莽。"

在与哥哥的争锋中学会了运用策略，看来成长了。

余宴川催促道："你明天去巡视一下我的店，看看这段时间营业额如何。"

谭栩答应了。

十月时小风发了消息来，说谭栩像是微服私访，每周三都要来店里翻账，最近还开始指点江山，让她进了几种新品种的花，结果收益甚微，于是谭栩自己把余货全买走了，还非要以明天的名义买，说是当作正常客户来记账。

余宴川说："随便他吧。"

小风说："希望我不会失业。"

日历一页页翻过，曼城入了冬，谭栩把出租屋的租期续到了年底。

十二月初，林予忽然来了曼城，余宴川旁敲侧击地问了杰夫才得知，大雪那天是林晓茜的忌日，林予每年都要坚持飞回来，哪怕是在国内读高三时也雷打不动。

月底是国内的考研笔试，余宴川听说了林予不参加考研，便在咖啡店约见了他一面，问他打算什么时候回国。

林予的态度不再像夏天时那样强硬，他捧着咖啡看了一会儿街景，说："你什么时候走？"

余宴川说："元旦前一天。"

林予若有所思地眨了眨眼睛，最后说："那我留下来，到时候和你一起走吧。"

余宴川答应了。

临近圣诞节，谭栩每天比他还要急切，让人分不清这是在急着等他回来，还是在急着等学校的录取通知书。

年底的票不太好买，余宴川买到了最早的一趟航班，天没亮就要出发。

街侧商铺都换上了圣诞节主题的装饰，他站在这个往返过无数次的轻轨站旁，乘车去往机场。

林予比他到得早，只背了一个小号的背包，半张脸裹在围巾里。

"吃早饭了吗？"余宴川坐到他身边。

"吃了。"林予说。

余宴川掏出手机给谭栩发消息，又顺手从羽绒服的口袋里拿了个毛绒玩偶，递给林予。

巴掌大的玩偶，林予愣了愣，拉开了玩偶屁股上的拉链，弹出来几颗糖果。

"新年礼物。"余宴川解释了一句，气氛有些尴尬。

林予捏了几下玩偶的胡子，许久后才笑了笑："谢谢。"

检票口很快就开放，余宴川和谭栩有一搭没一搭地聊着，谭栩回复得很慢，似乎是正在忙碌。

余宴川看着检票登机的队伍，问道："你在忙？那回头再聊吧。"

谭栩隔了半天才发来两个字："不芳。"

连字都打错了。

因为他父母正站在他面前，神色凝重。

在十分钟前，他刚和怒火滔天的爸妈在电话里吵了一架，现在这对模范夫妻找到了学校，准备把他带回家冷静一段时间。

有人告诉他们小儿子与余家那位二世祖混在一起，谭总对此人有偏见；再加上谭栩这半年愈发难管教，他们便把这些改变一股脑强加在了余宴川的头上。

最让他们生气的是，他们发现谭栩填报的大学根本不是他们期望的，而且谭栩还瞒着不说。

这个告密人是被逼到绝路无力回天的罗源，罗源没有对自己的邮箱做太多加密，很轻易就能查出来。

但谭栩并不在意是谁在背后告密，他只在意这一切发生在了这个关键节点上。

他不能被带走，说好听了是冷静一下，其实就是想把他控制起来而已。

他的父亲谭云锋的态度强硬，不留给他半点辩解的余地，母亲许泉则是进入了喋喋不休、声泪俱下的说服阶段，张口闭口是"你哥怎么就没这个毛病、你怎么不跟你哥学"。

也许是谭栩这么多年一贯懂事乖巧、阳光上进，此时的叛逆形象更加令人难以接受。

最听话的小儿子不光做了违背他们意愿的事，还和他们大吵一架。

看上去的确很像被余家那个不争气的二少爷带坏了。

谭栩冷眼看着他们两个，余光瞥向手机屏幕。

"你是不是在跟他聊天！"许泉把目标对准了余宴川，挽得高高的发髻也松散着垂在脸侧，学校南门口不时有人路过，他们勉强撑着不拉下脸来，但声音还是尖利。

谭栩没工夫理她，手机振动两下，发出了电量过低的提醒。

"跟我们走。"谭云锋冷硬地说，"你这一周都没有课，还在学校里做什么？"

谭栩对他说："不关你的事。"

他们仍然无法接受儿子的性格突然变得恶劣，语气更严厉了一些："走！"

谭云锋上前要拉住他，谭栩反应迅速地后退半步，转身迅速跑进了校门。

他听到爸妈在后面高声喊着他的名字。

但预想中的画面并没有出现，比如七八个保镖从天而降，或者一辆黑车横在面前，把他强行拖上去……

看来谭云锋和许泉在来之前还很笃定能把他带走。

保安没有拦他，他一路畅通无阻地跑进去，扫了辆距离最近的共享单车，一边骑一边回消息。

余宴川问他要不要来接机，谭栩刚打出来一句"当然"，手机突然黑屏，直接自动关机。

谭栩在冷风里快速穿过校园，没有戴手套的手指被吹得一片麻木，耳朵也生疼，但他一分也不敢减速。

这个时间段学校只有两个门开放，他但凡再慢几分钟，谭云锋就能开车到北门来堵他。

他只能希望校外那条大道再堵一点。

寒风如利刃割过脸颊，谭栩蹬车蹬得腿酸痛，仿佛刚刚结束了一千米体测。

心脏狂跳起来，说不出是兴奋还是紧张。

他快速穿行在道路中央，把车子骑出了残影，路过教学楼、图书馆、篮球场，横跨整个校园，直奔北门而去。

北门的出口处要刷卡，谭栩掏校园卡时手指都在发抖，几乎无法弯曲，哆哆嗦嗦地刷了卡，出门便把单车丢在了一旁。

他直接拉开门坐上最近的打表出租车，卷着一股寒气，不等司机反应过来就说："师傅开车。"

"你去哪？"

"你先开车。"谭栩喘着粗气，通红的手按着开机键，但手机仍旧无法启动。

司机看他急得要命，一抬手挂起打表器，踩着油门把车子启动，汇入了马路的车流中。

谭栩弯着腰，焦急地抓了把头发："师傅，你有充电宝吗？"

"没有。"司机咂咂嘴，"你去哪里啊？手机没电？"

谭栩的脑子也仿佛被冻僵，寒风吹得他头疼。

"去那个……"他用力回忆着，抱着脑袋想了半天才从记忆里拎出那个地名,"去鹤响科技,写字楼那一片。"

司机是本地人,立刻绕了条不堵车的捷径。

车子开出大学城后,谭栩才坐直身子,向车窗外看了几眼,没有发现谭云锋那辆车的踪影。

受冷后的手指慢慢肿了起来,谭栩仰头靠在车座上,开始缓慢地思考对策。

他才意识到没必要急匆匆地骑车,他完全可以先回宿舍拿上充电宝,再随便找个地方翻墙出去。

沸腾的热血淹没了理智。

但事已至此,再怎么后悔也没用了。

他先要去机场把人接回来,这是他答应过余宴川的。他还要去曼城读书,这是他答应自己的。

鹤响科技坐落在体彩酒吧旁边的一片高楼内,离安城大学太远,哪怕司机走的是最近的道路也开了将近二十分钟。

车停在大楼下,依稀可见公司的标志挂在闪闪发光的外墙上。

谭栩拉开门,把学生证递给了司机:"师傅,我手机没电,我去喊我朋友下来付钱,学生证给你先押着。"

司机忙不迭应着:"哎,不用,你快去快回就行。"

谭栩三步并作两步跑进大楼里,喊声响彻全楼:"何明天!"

谭栩索命一样的呼唤回荡在楼里,把前台的小男生吓了一跳。

没多久便看到何明天从消防通道里走了出来,半边脸上带着压出来的红印,看上去刚刚正在午休,满脸不可思议:"你找我?"

谭栩没时间跟他废话:"帮我付钱。"

"付钱?"何明天一副没睡醒的样子,被他拽着从楼里走出去,押到了司机面前。

司机递了个收款码出来:"四十一块。"

"这么贵？你把这车买下来了？"何明天出来时只穿了一件单薄的毛衣，被冻得直打哆嗦，连忙扫了码。

谭栩拿回学生证，又推着何明天走回楼里："上去再跟你说。"

"你有病吧？"何明天莫名其妙地说，"你给我打个电话不行吗？"

一语中的，谭栩这才想起来敲了敲前台的桌子："有充电宝吗？"

他气势太猛，小男生手忙脚乱地翻了一阵子，又小心翼翼地扫了何明天一眼。

"给他给他。"何明天恼火地说。

小男生又翻了根线出来。

谭栩接过来，给脆弱的手机充上电："谢谢。"

屏幕显示当前电量百分之零，他咬牙切齿地想下次一定要换个续航时间久的手机。

两人乘电梯上楼，何明天问："你又怎么了？逃学被爸妈抓了？"

"我爸妈正天罗地网地抓我，到你这里躲躲。"谭栩把前因后果说了一遍，然后打开手机，低头发着消息。

何明天目瞪口呆："真的假的？你诓我呢？你不是出了名的乖孩子吗？"

谭栩叹了口气："我也不想这样，太累了。"何明天听出他是认真的，也跟着叹了口气。

电梯打开，鹤响科技内部的装修风格与名字很相配，干练简洁，这一层比楼下要更安静宽敞，途经的几间办公室的门上贴着看不懂的技术名词，不知里面有没有人。

何明天推开一扇玻璃门："进来吧，这边是我的工位。"

谭栩走进去，这间办公室面积不大，但配置倒是很全，办公桌正对着一排电脑的外接显示器，桌上摊了几沓厚厚的打印纸。

谭栩把外衣脱下来挂在衣帽架上，瘫坐在沙发上："你刚才在这里就能听见我喊你？"

"怎么可能！"何明天转头骂道，"我刚睡醒，在二楼茶水间想偷点零食吃，你一嗓子把我喊暴露了！"

"不好意思。"谭栩敷衍道。

"你来找我帮忙也没什么用，我也瞒不过你爸妈。"何明天倒了两杯柠檬水，"你要在这里躲几天？"

"就半天，我晚上去机场接余宴川。"谭栩接过水杯喝了几口。

说得也太风轻云淡了，何明天支吾了一下："我七点就回家了。"

"你走你的，我一个人在这儿就行。"谭栩说。

"别啊，那我爸要是看见了……"何明天不解地看着他，"你去机场旁边的麦当劳坐着不行吗？"

谭栩化身恶犬："我不吃你的不喝你的，在这儿歇歇脚又不碍你事。"

何明天不甘示弱："你喝了我一杯柠檬水，加上车费，四十五，转账。"

谭栩吃人嘴短拿人手软，恶狠狠地转了五十块钱给他。

办公室里的中央空调吹出暖风，终于驱散了两人带进来的寒冷气息，何明天心满意足地收下钱，坐到办公桌后打开了电脑。

谭栩拉黑了谭云锋和许泉的电话，手机终于安静了一会儿，他百无聊赖地四处看，何明天的手指在键盘上灵活操作着，很难让人不怀疑他是在打游戏。

过了十几分钟，何明天忽然说："你爸妈在余长羽家。"

谭栩心下一惊："你能看到？"

"简单定位了一下。"何明天把颈椎环套在脖子上，指了指屏幕，"不太准，但起码十分钟以内他们去过。"

谭栩走过去看，曲面屏上是放大数倍的安城卫星图，两个红点跳跃在某个路口上。

"你这屏幕看着不眼晕吗?"他真诚地问道。

何明天再次对他露出了震惊的表情:"你看着晕?"

谭栩适时跳过这个话题:"怎么定位的,教教我?"

"黑科技,不外传。"何明天敲出一个代码框,"再看看你哥的?"

谭栩正要说可以,放在一边的手机又响了起来,只不过这次的来电人不再是他爸妈,而是谭鸣。

看来不用定位了。

谭栩指了指门外,拉开门去了空旷的大厅,按下接听键。

接通后两人齐齐沉默了一会儿,谭鸣开了个头:"在哪里?"

谭栩说:"不劳费心。"

他踩着地砖的黑色缝隙走了几圈,听到另一端的谭鸣背景音很安静,应当是在室内。

"你自己的事情自己收场。我只是来提醒你,爸妈也不想把事情闹大,但是你如果迟迟不出现,余宴川的家里人一定会知道,别让两家起了争执。"谭鸣说。

谭鸣现在给他打电话只是为了提个醒,这就说明谭云锋还没有疯到去找余兴海的程度。

谭栩静静看着墙上的鹤响科技的标志,低声说:"帮我一回吧。"

谭鸣收了声。

看来这人果然吃软不吃硬,谭栩头一次尝到服软的甜头,开始得寸进尺:"帮我一回,别让他俩找到余兴海头上。"

良久,谭鸣才说:"我尽力,但我只能做到这里,其他的要靠你自己。"

"好。"

他的尾音还没落下,电话便被匆匆挂断,颇有些落荒而逃的意味。

谭栩在外面溜达了几圈，再次回到办公室里时，何明天正面色凝重地看着电脑，全然不似几分钟前悠闲的样子。

　　"怎么了？"谭栩问。

　　何明天"啧"了几声："不太好，但是……算了，可能是我想多了。"

　　他说得语焉不详，谭栩的心思没放在他身上，也就没有追问。

　　何明天倒是非常贴心，谭栩不问他就不说，一来一去把这个无人在意的插曲抛之脑后。

　　直到谭栩晚上到了机场后，才隐约明白了何明天那句感叹的意思。

　　航班原本是晚上十点左右到达，到达大厅里有不少等候接机的人。

　　谭栩养成了时刻带着充电线的习惯，电量刚掉到七十之下就赶紧插上了充电口。

　　这一等就是二十分钟，直到他专心去听广播时才发现不对劲。

　　谭栩走到电子显示屏下，国际航站楼的航班信息表上红了一大半，从东边过来的航班不是延误就是取消，且全部是途经一处天气恶劣地区的。

　　余宴川的航班上写了个备降。

　　预计到达时间：空白。

　　人生无常，迟早都要经历一些离谱又荒唐的事——谭栩是这样想的。

　　其实余宴川也是这样想的。

　　在氧气面罩弹下来时，余宴川手心里出的汗都快能淹死一条鱼了。

　　飞机被裹挟在气流中，能明显感受到忽然提速的上升与下降，虽然看舷窗外看不出有什么不同之处，失压也并不明显，但机舱内处处透露着"很危险"的意味。

　　一个空乘服务人员语速飞快地告知大家飞机即将备降在哥城机场的消息，请所有乘客不要走动，不必惊慌。

　　这种情况下惊不惊慌不是理智所能控制的了。

余宴川耳膜有些疼，他实在是和飞机旅行犯冲，这次更是拉上林予一起倒霉。

他跟林予倒是缘分很深，不求同年同月生……

他瞥了眼林予，发现他看上去比自己更冷静。

余宴川说："别担心。"

说了三个字，自己一个字都没听清，耳鸣时有时无，他索性闭上嘴，照着指示趴在了前面的椅背上。

飞机降速稍快，但没多久就再次恢复了稳定，机身不再剧烈摇晃，广播中再次详细解释了飞机即将备降的缘由，是前方天气状况恶劣，大面积雷雨风暴无法绕飞。

余宴川清了清嗓子，发现听力也跟着恢复了，转头看向窗外，这个高度已经隐约可见大片连绵起伏的山脉，是全新的风景。

机舱内的旅客部分人仍处于慌乱中，但都紧张地坐在座位上。

林予正越过他看着窗外，小声说："我们是不是要在这里住一天？"

"不知道，看看安排吧。"余宴川看了一眼前方，液晶屏幕刚刚被收了回去，此时再次缓缓降下来，继续播放着航班飞行图，终点变成了哥城机场。

他有些发愁，谭栩估计要接个空了。

飞机平稳落地，地勤将乘客引入候机大厅，余宴川并不熟悉哥城的语言，只能跟着人流找地方坐下。

哥城已经入夜，他打开手机，先点开了谭栩的对话框。

余宴川先报了个平安，又说："可能要明天再飞了。"

看样子一时半会儿无法再次起飞，如果超过了六个小时，只怕他们要在哥城过夜了。

谭栩回复得很快，直接发了语音条过来："安全就行，有飞行信息了，同步给我。"

紧接着是第二条："等安顿下来了，我有些事情和你说。"

余宴川最怕听见这种话，从小到大他都活在"我有话和你说"的阴影里，说话的如果是老师那一定是他考得一团糟，说话的如果是余长羽那一定是他又闯了祸。

候机室内的椅子并不多，一部分人没能找到座位，站在过道里四处张望。

哥城机场看上去很大，但他语言不通也不敢四处乱跑，身边挤过了几个穿着地勤工作装的人，余宴川拉着林予往旁边躲了躲。

半小时后，广播里响起了英语播报，指示这一航班的旅客从B口出去，有大巴车将他们接到旅店内。

候机室里的人纷纷动起来，也许是受惊后仍没能平复下来，哪怕乌泱泱一群人也并没有混乱。

但经历这样不平常的事情，难免会有些情绪上的兴奋，率先走出去的几人脚步都很快，飞速从余宴川的身边掠过。

余宴川生怕自己和林予被冲散了，揽着他的肩膀夹在人群里走着。

他还能抽空给谭栩发消息："我最早也要明天才能到，机场安排住宿了，我们现在去酒店。"

谭栩问："林予呢？"

余宴川说："我俩一起。"

说到这里，余宴川才想起来一个重要的事情，发消息说："糟了，我的行李都托运了，今天晚上没法睡了。"

谭栩回复道："你穿着衣服就不能睡？"

余宴川低声笑了起来。

谭栩的语言风格太强烈，短短一行字就仿佛能看到他无语又恼火的表情。

与他们一起上楼找出口的还有一群飞机被取消的哥城旅客，B口出去后能看到好几排大巴等候在那里，已经有人开始搬行李。

余宴川时刻警惕着林予别走丢了，两人找了个靠前的位置坐下。

他顺着窗户看去，才发现哥城在淅淅沥沥下着小雨，空气潮湿，与安城的寒冷干燥相差很大，还有些不太适应。

接着就是余长羽的电话不要命一样连着打了进来。

余宴川脑袋疼，才想起来自己居然没想起来跟他报个平安。

来电显示亮在屏幕上，林予不经意间看到了，也没有说些什么，转眼看着另一端。

余宴川硬着头皮接通："喂，哥，我那个……"

"落地了？"余长羽先一步发问，语气难得有些咄咄逼人，"准备去睡觉了？没想起来跟我说一声？"

"没有，刚准备给你打电话。"余宴川的气势弱下来，好声好气哄着，"刚才机场太乱了，我人生地不熟，没来得及嘛。"

林予见了鬼一样瞥他一眼，看样子是没见过他这么和声细语地讲话。

但余长羽不吃这一套："来不及给我发个短信，就来得及跟别人聊闲天？"

好一个和别人聊闲天！

余宴川错愕了一秒，这才思考起来余长羽是怎么知道他"准备去睡觉"的。

这话很明显是从谭栩那里得来的信息，但他的好哥哥是什么时候知道他跟谭栩有联系的？

难不成谭栩口中那件一会儿要跟他说的事，就与此相关？

"下次有事先跟家里说一声，我很担心，你一个人在外面……"余长羽说到这里，猛地想起余宴川并不是一个人，不知如何继续讲。

但这对余宴川来说是天时地利人和，他想问余长羽和林予之间的事情很久了，一直苦于不好开口而没有细问，如今是个恰到好处的契机。

可是林予就坐在身边，他实在无法提起这个话题。

两人憋了许久，最后余宴川说："我到酒店再给你打电话。"

余长羽说："安顿好之后再打。"

这一辆大巴车很快坐满，司机站起来点了点人头，随后关上了车门。

"好。"余宴川说。

几辆车几乎是同时发车，窗玻璃上铺了一层水雾，余宴川拿纸巾擦出一片可视区，看到车子从特定路线开出机场，上了一条快速路。

快速路并不长，很快便能看到沿路附近出现了小型建筑。

行驶大约半个小时不到，大巴车齐齐开进一栋高层楼房的园区内。

这里看起来并不像酒店，但走进去后的确是酒店的布局，排着队在前台登记开房后，乘电梯上楼找房间入住。

余宴川在登记时顺便看了一眼林予的护照，他的生日在六月。

"房间在三楼，走吧。"林予接过房卡，"明天早上酒店会打电话叫我们起床。"

电梯在三楼缓缓打开时，走廊内的场面简直精彩纷呈，几乎每间房的房门都大敞着，有正忙碌地搬行李箱的，有敞着门疏通空气的，还有一家几口开了两间房正隔着门交流的。

余宴川和林予夹在其中，他们的房间并不难找，刷卡开门，内部是平常酒店标准房的样子。

余宴川推开窗户，把随身的包放在一旁，他没心思查看房间布置，现在全部的注意力都丢在了谭栩身上。

他在微信上问道："我都好了，现在有空，发生了什么事？"

为了不显得太过刻意，他甚至抽空对着房间拍了张照片发过去。

几分钟后，谭栩说："是这样的，有一些好消息和坏消息，你先有个心理准备。"

第二条信息也很快发来:"坏消息是我爸妈不仅反对我去曼城读书,更反对我有你这么一个朋友,好消息是你爸现在还没被卷进来。"

余宴川心脏大起大落了一下。

谭栩的消息还在发来:"还有一个坏消息是我爸妈准备把我锁回家里,好消息是我跑出来了,他们没找到我。"

这条还不算太意外。

谭栩那边的消息接二连三:"下一个坏消息是我爸找到了你哥哥,好消息是我让谭鸣拖住了我爸妈,没有继续发酵。"

余宴川舒了口气,那没事,余长羽能处理好。

谭栩最后说了一句:"我虽然跑出来了,但是因为你现在回不来,我不确定自己还会不会被我爸抓到,万一我被抓回去了,就没办法去机场接你了。"

余宴川感觉现在的心情比在飞机上经历了气流还刺激,他坐在椅子上,居然不知道如何回复。

"你现在要用浴室吗?"林予从洗手间里探了个脑袋出来。

"不用。"余宴川回神,他宁愿不洗也不想洗完再穿回脏衣服,"今晚都不会用。"

"好的。"林予缩回洗手间,把门关上。

窗外细碎的雨点顺着窗户缝飘进来,落在肩膀上,余宴川挪开了一些。

楼道里依旧很热闹,叽里呱啦也听不出来都在说什么,开关门声、行李箱轮子滚动声、聊天声混合在一起。

慢慢又多了浴室里的水声。

余宴川本想再给余长羽打个电话聊聊林予,但眼下他还是多关心关心自己吧。

见他半天没有回答,谭栩又发来了语音:"我这边的情况都可以应付，你不用担心，我就是跟你说一下，让你心里有个底。"

余宴川也发了语音："我知道了，没事，不用特意来接我，咱俩谁跟谁啊，回去后一切都视情况而定，没事。"

浴室里换成了吹风机响，没过多久林予便走了出来，头上盖着一条自己带来的毛巾。

他穿的还是今天的那件外衣，坐在床沿上擦着没有吹干的发梢："怎么了？"

余宴川犹豫了片刻，还是说了实话："回去可能会遇到点儿麻烦。"把谭栩说的情况告诉了林予。

林予擦头发的手顿了顿："哦，你家里也知道了吗？"

他说的是"你家里"。

余宴川不合时宜地走了会儿神，看来无论余兴海认不认下林予，他本人都彻底不打算回来了。

"迟早的事，余长羽已经知道了。"余宴川说得很自然，他见林予也并没有什么特别的表情。

"哦。"林予点了点头，语气很平淡地说，"很麻烦吗？"

"不知道，应该没什么大事。"余宴川耸了耸肩。

林予把毛巾拿下来放在腿上，叠了几下："要我帮忙吗？我可以跟你一起回家，把场面搞乱一些，余兴海就顾不上你的破事了。"

余宴川张了张嘴，失语了一秒。

他想问这是不是有点太损了，不太合适的样子。

鉴于安城情况未卜，余宴川没敢再打电话骚扰余长羽，只是在微信上草草聊了几句，试图从他口中套出一些话来。

但余长羽的几句话接得天衣无缝，很难从中得出什么信息。

窗外小雨渐停，余宴川查了查新闻和航空信息，飞机明天应当能照常起飞。

这一夜他睡得不太安稳，认床只是一方面，更主要是心里惦记着事情，总也放不下心。

转天早上是刺耳的电话铃叫醒了他们，床头柜上的座机震得屋子都地动山摇。

余宴川从光怪陆离的噩梦里被吵醒，眯着眼睛一把接起来电话，"你好"还没出口，就听到对面传来一个女声。

听声音是昨晚给旅客开房间的前台，告知他们在八点钟之前收拾好行李到大堂集合。

走廊里十分热闹，其实余宴川总觉得门外这一晚上都没消停，也不知是不是他的错觉，还是因为有人倒不过来时差。

在他的记忆里林予也没睡着觉，在夜里半梦半醒间似乎看到过林予床上的手机屏幕闪光。

行李背包几乎没有动过，他们随意洗漱收拾好后便背着包下了楼。

余宴川先给余长羽发了事无巨细的行程信息，以免他再像老妈子一样打电话过来。

接着是向谭栩汇报一下，准备回机场了。

过了一会儿，谭栩回了一条很短的语音。

等候上大巴的旅客不止有他们一个航班，几百来人堆在楼下，就算全都不说话、只是每人喘一口气都很热闹，余宴川怕戴上耳机会漏听管理人员组织上车的消息，先点了语音转文字。

结果转出来一堆奇怪的字符。

他只好开最小音量放在耳边，听到了谭栩气喘吁吁的声音："一路顺风，我在被我爸追杀，可能接不到你了，有机会再联系你。"

听上去在奔跑。

余宴川属实有些震惊，看来"追杀"这个动词并不是夸张，只怕是写实手法。

谭栩的确在被追杀，并且是兴师动众的、不达目的不罢休的追杀。

昨晚他从机场回来，本想回出租屋住，但又怕出租屋这个地点已经暴露，思考之下还是潜回了鹤响科技。

写字楼里已经熄了灯，从外面瞧上去昏暗一片，何明天给了他一串能打开后门的密码，他独自钻进了公司里避难。

只是谭栩没想到谭云锋那么老奸巨猾，早就确定了几个关联场所，其中就有何明天这个狐朋狗友的鹤响科技。

谭云锋倒是沉得住气，一直耗到鹤响科技的公司所有人都上了班才赶来捉人。

这一招把何明天逼得里外不是人，但好在他讲义气，跟老爸一通装傻充愣，又到谭云锋面前胡说八道，给谭栩留出了充足的逃跑时间。

谭栩观察了大楼的所有出口，发现处处都有谭云锋的人在堵着。

这一瓮中捉鳖太狠了。

虽然何明天义薄云天，但他老爸何总非常识大局——眼看事态严重，不是其他人能掺和得起的。

何总不想跟谭云锋结下什么怨，何明天也不是拎不清的人，就算他继续瞒下去，一查监控也就全都露馅了，一时间有些为难。

三人对峙在大厅中，谭栩就在这时光明正大地走了出来。

步履稳健，看上去是迎难而上出来自首，其实只是刚刚看完其他的出口发现无路可走。

何明天瞪大了眼睛，目送他走到谭云锋面前。

"就为了把我带走，下这么大功夫？"谭栩静静地看着谭云锋。

何总还在场，谭云锋不想把局面闹得太难看，只是沉着脸，冷声对他说："回去说。"

谭栩余光扫了一圈大厅里不明真相的围观人群，跟在谭云锋后面走了出去。

谭云锋昂首挺胸走出去，公司门正对着的是一条开在绿化草坪中的夹道，谭云锋的车堵在夹道与大路接口处。

短短十几米的距离，父子两个没有说话，谭栩假装无意地绕到了车身外侧。

他刻意放慢动作，看到谭云锋坐上了驾驶座之后，猛地向后撤了一步。

紧接着一辆白色小轿车从后面飞速驶来，"嗤"一声猛刹在他身边。

谭栩动作飞快，拉开门坐进去，车门还没来得及关上，小轿车再次启动，擦着谭云锋的车边飞驰而去，卷起一阵扬尘。

谭栩听到谭云锋恼羞成怒的叫喊。

"多谢。"他看向驾驶员，是个浑身肌肉的猛男，大冬天的也只穿了一件薄衣，将手臂绷出了结实的线条。

这人是何明天找来的第二计划，专门针对眼下这种迫不得已、被谭云锋揪出来的情况，是半路劫人的下下策。

今天是元旦，能抽空来出演速度与激情的人不多，何明天问了一堆朋友，最后才找到了这位。

据说姓周，在对面那栋楼当健身教练，今天刚好休假。

谭栩从口袋里摸出一根取卡针，戳在手机卡槽的小孔上，在颠簸中极力稳住身子，把电话卡取了出来。

没等他有进一步动作，车身骤然一个急刹，他忙撑住前排座椅，看到几辆黑车横在前方的路中间。

小周反应很快，立刻向后倒去。

"吱呀"一声又是急刹，谭云锋的车从身后顶上来。

他们被团团围住，就连谭栩也没见过这么壮观的场面。

知道的是谭云锋抓儿子，不知道的以为他把龙鼎酒店给炸了。

下下策以失败告终。

谭云锋面色铁青地走下车,手砸上车门发出"咣"的一声,谭栩都怕他把门拍掉了。

"怎么办?"小周声音有些紧张。

"没事。"谭栩拍了拍他的肩膀,走了下去,"问就说你是我雇来的,什么都不知道,别把何明天供出来。"

小周更紧张了:"还逼供?"

谭栩潇洒下车,外套也敞着,在寒风里镇定地直面谭云锋。

谭云锋穿着一身笔挺的长风衣,紧蹙着眉,面露嫌色地伸出两指挥了挥。

挡在小周面前的几辆黑车缓缓挪动,让出来了一条路。

"走吧,雇你的钱回头打给你。"谭栩低声说。

小周头也不回地踩着油门走了。

路尽头围了几个在一旁公交站等车的路人,纷纷让出一条路,神情肃穆地望向白车去处。

这下插翅难飞,谭栩不得已只能跟着回家。看来姜还是老的辣,他还是斗不过他爸。

到家时,许泉正坐在一楼客厅,脸上挂着明显的黑眼圈,面色疲惫地看过来。

"是不是有点过了?"谭栩开口说出了第一句话。

"过?"谭云锋站在楼梯上,居高临下地转过头,声音中听不出喜怒,"你读几年大学读出来这样的结果,你自己没有反思过?"

又是同样的话术。

谭栩牢牢钉在原地,直视着他:"有必要把我锁在家里吗?你们觉得这样可以达成你们想要的结果?"

"我们想要什么结果?"谭云锋反问他。

谭栩没有说话。

谭云锋的目光冷冷地划过他的脸,转身继续踱着步向上走:"我知道余家那个小子要回来了,你急着往外跑,是为了去找他?"

这句话如同昏昏欲睡的人被抹了一脑门风油精,点醒了谭栩敏锐的神经,他突然能够理解一些谭云锋的心理了。

说白了就是在跟他较劲,他越跑,谭云锋越要锁他,跑多远都必须把他抓回来。

但这样的态度反而让谭栩松了口气。

谭云锋的关注点放在了不能忤逆他的权威之上,似乎没有过多在意这件事本身。

"冷静几天,等我处理完事情回家,我们好好谈谈。"谭云锋站在房间门口,"手机拿来,最近学校的事情都交给你哥处理,好好准备期末考试。"

关禁闭是小学时候的把戏,谭栩想说他都快大学毕业了,这一套对他不管用了。

但看着谭云锋那张凌厉认真的脸,他还是老老实实把手机交了出去。

关门落锁前,谭栩看到了站在楼梯下叹气的许泉。

谭栩在门前站了一会儿,确认谭云锋走远后才从口袋里拿出电话卡。

他在书架前蹲下,翻出来一个废旧手机。

是当初那个掉到了洗菠萝的水里、后来没有成功救活的旧手机。

谭栩又在口袋里摸索了一遍,突然发现那枚细小的取卡针不见了。

他把所有口袋都翻开,确认应当是在混乱里丢在什么地方了。

糟糕,这下巧妇难为无米之炊了。

他尝试手动把卡槽抠出来未果,又在屋子里找了一圈别针一类的东西,最终居然连个针头都没找到。

谭栩看向孤零零的电话卡和废弃的旧手机。

天有不测风云，要想联系上外界，恐怕需要他发挥一些智慧了。

谭栩一年到头没几天时间住在家里，暑期住校外的那段时间把大部分日用品都搬去了出租屋，剩下的常用物件都在宿舍里。

他挨个儿抽屉翻找着，手里动作没停，心思不自觉飘远了些。

也许谭云锋这次爆发是怨气积累太久了。

毕竟他变得叛逆也不是一日两日，原定的暑期夏令营说拒掉就拒掉，还一声不响地跑到曼城，暑假更是宁愿在学校旁边租个出租屋也不回家住，如此看来这些事应该早就让谭云锋不满了。

这半年里是谭栩的面子工作做得好，才让谭云锋找不到发泄口，好不容易抓到点把柄，看样子是铁了心要治治他。

谭栩翻出了一身汗，他把毛衣脱掉，换了一身薄一些的衣服，其间还在衣柜中查看一番，仍然毫无收获。

他想上网搜搜有什么办法能巧妙代替取卡针，谁知这屋子里除了那个死沉的旧手机，居然没有其他电子设备了。

失算了，这下不好办。

谭栩在书桌上扫荡了一圈，只发现了一根自动铅笔，他试着戳了戳，结果铅笔芯断在了孔内。

最后一丝耐心也被耗完，他干脆直接强制启动了手机。

开机过程很缓慢，手机提醒显示没有插入用户身份识别卡，屏幕上还是四种故障颜色在跳跃，像手机里面藏了个迪厅灯球，闪得眼睛疼。

他试图联网，家里的无线网需要验证设备，看样子是指望不上了。

谭栩推门走到阳台上，开始尝试连接其他无线网，无意中扫描到了只有一格的便利店的网络。

只有站在阳台最角落的地方才能勉强连上。

谭栩咬着牙，借着这一星半点的网络，打开了微信。

新设备登录，需要旧设备扫码验证。

240

旧设备不在身边，需要朋友担保验证。

谭栩火冒三丈地关掉了微信，扫视一遍手机桌面上的所有软件，飞速思考着哪个软件可以成为代替社交的工具。

他把能想到的手机软件挨个儿点了一遍，齐刷刷全都需要登录验证码。

谭栩维持这个姿势太久，手都有些僵硬，他稍微转了转身子，打开了音乐软件。

天无绝人之路，音乐软件有游客模式。

谭栩顶着一串随机号码，凭借记忆输入了余宴川的账号名称。

这个用户名还是他曾经和余宴川在宣传部共事时得知的，某次筹备学院晚会，余宴川用自己的手机连接了音响设备试验，手机屏幕被投射到了背景板上。

谭栩无意中瞥到了他的名字，毕竟用户名叫"哥品味不一般"，想不记住都难。

万幸余宴川一直没有换掉这个"高雅"的昵称。

谭栩点开了他的聊天框，生怕余宴川看到了以为是什么陌生人骚扰，先在开头亮明身份。

"我是谭栩，至于为什么在这里和你对话，情况有点复杂，回头再细讲，收到记得回复我。"

他为了自证身份，又举着手机想要自拍一张照片，转身找角度时，意外发现这阳台的架构很神奇。

两层楼之间架着一个牢固的凸起，谭栩探头研究了一会儿，发现那里原本是要建起一圈围栏，作为半露天阳台的外围。

但这栋房被谭云锋改造过，阳台变成了内包式，这几处基点也就没有用处了。

刚好可以踩着跳到一楼。

谭栩当即制订了一个完美的出逃计划，只待时机到来。

自拍一事被他遗忘在了一旁，最终发送给余宴川的便只有一条自称是谭栩的不明消息。

余宴川看到消息时已经是几个小时之后了。

飞机按时落地于安城机场，在这条看上去亲切许多的跑道上滑行着，广播里放起了舒缓的音乐和欢迎来到安城的双语播报。

十几分钟后舱门打开，旅客接连踏上长长的到达连廊，正式宣告这趟跌宕起伏的旅程结束。

余宴川疲惫得半步路都走不动，夹在人流里走到行李传送带前，等着取下托运行李。

他原本没叫任何人来接机，但是余长羽非要来，他也拗不过。

林予跟在他身后，在到达大厅停住了脚步："我跟你们不顺路，我坐地铁走吧。"

余宴川知道他的顾虑，犹豫了一下："不碍事的。"

"不用。"林予戴好帽子，对他笑了笑，"我先走了，新年快乐。"

"新年快乐。"余宴川不想自讨没趣，没有强硬地挽留。

他看着林予的背影淹没在进站口，又出了一会儿神，才拽着行李箱上了楼。

余长羽说是在地面停车场等待，但余宴川没走出多远就见到了站在出口处的人。

两人四目相对的一瞬，一阵不自在的尴尬蔓延开来。

余宴川极力忽视这种尴尬，走近一些，主动开口："怎么在这里？外面怪冷的。"

余长羽一言不发地接过他的行李箱，转身前看似漫不经心地望向他身后。

"林予坐地铁走了，他说和我们不顺路。"余宴川说。

"不顺路？"尾音向上挑起，余长羽像只是提出了困惑他的疑问，没有丝毫其他的含义。

余宴川有点卡壳，亦步亦趋地跟在后面："我也不知道他住在哪里，应该在学校附近吧。"

失败的接话。

余长羽没再说下去。

车子从机场驶离，顺着熟悉的街道向市中心的方向而去。

"回家，还是回出租屋？"余长羽问道。

这问题里仿佛有龙潭虎穴，余宴川不知道怎么回答，思忖片刻："你建议呢？"

"这时候想起来问我的建议了？"余长羽看着他，往日如沐春风的笑脸此时冷冰冰的。

余宴川干巴巴地笑了笑。

"先回家看一眼，你要是还想回出租屋住，就把行李箱放后备厢，空手上去。"余长羽说。

"不用。"余宴川立刻改口，"回家住。"

他这段时间得在家里盯着，万一余兴海那边有什么风吹草动，他也好及时应对。

余宴川打开了微信，谭栩还是没有回复他的消息。

他百无聊赖地支着脑袋，看着比果酱更黏稠的路口。

一个绿灯，直行和左拐的车交错着开走几辆，转眼间就又变成红灯，九十秒，八十九秒……

余宴川突然想起来应该问问林予到家没有。

排成长串的十字路口，连成片的车尾灯，从远处看像洒满了辣椒面烤得亮晶晶直冒油的羊排……

林予说他刚刚到家，又问余宴川"到了没有啊，现在晚高峰"，余宴川则回复说"没有",他还在堵车。

车子又向前挪了几米,这个角度能看到站在路口中间的交警了,肩膀上挎着闪光灯,和两侧灯火辉煌的高楼相映成辉……

余宴川打开了蓝牙,连上车载音响,准备放些曲子听听。

他打开了音乐软件,发现私信里有一条未读信息。

发信人的 ID 是一串乱码,对方说他叫谭栩。

余宴川愣了愣,回复了一个问号。

乱码几乎是秒回:"到哪里了?"

一句稀松平常的问话,但余宴川莫名从中读出来了熟悉的味道,当即就能断定这确实是谭栩本人。

用户"哥品味不一般"回复道:"在堵车,你手机被收了?"

谭栩回复他:"见面再解释,要不要出来过元旦?"

久违的兴奋感被激发出来,好像上学时约定一起逃课一样,余宴川问道:"现在?"

谭栩说:"现在。"

余宴川本就不顾后果,他对余长羽说:"哥,我今晚不回家了。"

"不回家?"余长羽皱起了眉头。

"你跟爸说我明天早上的飞机。"余宴川从口袋里翻了块糖出来,是在哥城机场买的当地特产,"就这一次,哥,就一次。"

余长羽拿他没办法:"你那好朋友被谭总关家里了,他怎么出来见你?"

余宴川也不知道谭栩要怎么出来,但是既然他许诺了,就一定有办法。

谭栩确实有办法,只是这个办法很原始。

实在是太原始,他都有些担心万一被人看到了会尴尬。

谭栩收拾好东西,穿上了厚外套,一把拉开阳台窗户,踩着凳子准备往外爬。

他盯着落脚点，顺利地踩了上去。

在被关在家的这一下午，他已经将这一幕在脑海中排练了无数次，笃定此法可行，只要他落地时不被家里人发现，就能顺利逃离出去。

谭栩踩稳一只脚，正要把另一只脚也跨出去，就听房门咔嚓几声响，有人开锁准备进来。

他不上不下的，不知是赶紧跳出去还是赶紧收回来，正当此时，房门被人一把推开。

冬日傍晚凛冽的风吹得人动作僵硬，谭栩没能反应过来，僵在了原地。

谭鸣就这样站在房间门口，看见谭栩一副要跳窗的模样。

他走进门时正拿着丝布慢条斯理地擦着眼镜，见状愣了片刻，慢慢把眼镜架到了鼻梁上。

"你……先下来。"谭鸣说。

谭栩没有料到谭鸣会出现，视线越过他的肩膀看向门外，谭云锋没有一同过来。

"有事？"谭栩维持着这个姿势，毫不示弱地问道。

谭鸣把擦眼镜的丝布叠好，放入口袋里："下来，跟我走。"

"去哪里？"

"你不是要跑吗？"谭鸣侧过身靠在门框上，"爸妈都不在家，从正门走。"

谭栩狐疑地看着他，总感觉有蹊跷。

谭鸣低头看了看腕表，催促道："我八点半要出席一个晚宴，快一点。"

他说完这句话后便转身离开，像完成了任务一样，头也不回地走下楼梯。

谭栩当机立断，一抬腿翻回屋内，把窗户关好，快走几步跟了上去。

谭云锋和许泉果真不在家里，一直锁住卧室的那把钥匙被谭鸣放在门旁鞋柜上。

谭鸣对他这个弟弟好像毫无兴趣，看都没看一眼，从衣帽架上拿起大衣搭在胳膊上，开门就走。

"咣当"一声，屋子内空荡荡只剩下谭栩一个人。

谭栩从谭云锋留在茶几上的订书机上拆了一个订书针，利落地把它掰直，把里面的铅笔带出来，又将掰直的订书针插到卡槽内。

卡槽轻微一弹，终于成功打开，谭栩将电话卡放了进去。

这一瞬间仿佛从原始社会一跃步入了信息时代。

音乐软件内无法发送定位，余宴川只说自己在某路和某路的交界十字路口，谭栩导航了一下，发现那地方离市中心还有一段距离。

这条路是从南边进内环的必经之路，一到晚高峰时段就堵得要命，他们沟通协商了许久，聊到最后才想起来，其实没必要一定要找到对方，直接约在某处见面就可以。

最后还是余宴川一锤定音："去金紫广场吧？听说那里很热闹。"

谭栩说："那就在步行街入口的麦当劳见面吧。"

消息发送成功。

谭栩查看了从家里到金紫广场的路况，导航上的路线一整段都是红色的，仿佛今晚整个安城都堵得水泄不通，看来地铁是最快的交通工具。

谭栩跑进了地铁站，一路上全然感受不到迎面的刺骨寒风，剧烈运动下一颗心跳得激烈，在胸腔内四处碰撞着。

与此同时，何明天慢悠悠地随着人群往金紫广场走去，作为"谭栩出逃计划"中出力最多的人员，他也荣幸地收到了邀请。

金紫广场是安城最中心区最繁华的街，谭栩跟随着人流走出地铁站，正对面就是把守在步行街入口的麦当劳。

人海茫茫里，他一眼就见到了坐在花坛边的余宴川。

围着一条浅棕色的围巾，头发剪短了许多，看样子一个皮筋已经扎不起来了，得用发卡才行。

谭栩穿过挡在面前的人海，向他跑去。

余宴川很快便注意到了他，站起来掸了掸衣服上的灰尘，顺便拍了拍蹲在一边的何明天。

谭栩很快就到了他们面前。

余宴川看着他被风吹乱的头发说："这么久没见，怎么好像变胖了。"

谭栩当然不肯承认："胡说，上次见还是秋天，现在我多穿了件羽绒服。"

"走吧，走了。"余宴川同时搂着谭栩和何明天的肩膀，"咱仨站在这里很挡路。"

他们一起走入步行街中。

今晚出来逛街的人很多，大部分是来凑热闹的。

街上有巡游花车，车头架着一个麋鹿装饰物，鹿角亮着彩灯，一直延伸到小火车的车尾。一人一票，游车从入口出发，一路行至步行街另一端。

"要不要去坐？"何明天问道。

谭栩瞥了一眼争相上车的人，多半是拉扯着小孩的家长。

"一年仅此一次。"余宴川提醒。

"去，买票。"谭栩叹了口气，三个人挤在一群小朋友中间，挑了个小车厢坐了进去。

这小火车从外面看很袖珍，但三个成年人并排坐进去也不觉得挤，两条腿都能伸展开。

游车发车前还会按响麋鹿脖子上的铃铛，谭栩听到前后车厢里有小孩子兴奋的叫声。

游车缓缓起步,由于步行街上人潮汹涌,车子行进起来并不顺畅,速度缓慢,比行人的步行速度还慢半档。

余宴川一只胳膊架在窗口上,笑着问谭栩:"说说,你怎么从家里跑出来的?"

"本来想翻窗的,后来谭鸣回来把我放出来了。"

"我以为你被锁在什么鬼地方了,连手机都没有。"余宴川说。

谭栩晃了晃手中的手机:"给你表演一下。"

他按亮锁屏键,手机立刻放射出五彩斑斓的故障光,照亮了这方小小的空间。

余宴川被吓了一跳:"这是你之前被水泡坏的那个手机吧?还能用啊。"

"不太能了。"谭栩给他演示,"我如果想点这里,要用两个手指把屏幕固定住再点。"

余宴川又笑了起来,这次笑了很久。

他似乎很久没有这样笑过了,放松的、无所顾虑的,一转头能看到热闹的人群,一抬腿就能踢到谭栩和何明天。

他从口袋里拿了一块金币巧克力:"补偿给你。"

"这是什么?"谭栩接过来,看到金币上印着一个"吉"。

"等你的时候在步行街活动处那里免费领的。"余宴川偏过头,吹着夜风,"今天应该下点雪。"

"曼城那边是不是不会下雪?"谭栩剥开巧克力,咬了一口。

余宴川弯起眼睛:"偶尔……一年会下一次吧。"

外面的人群太喧闹,他们这时才依稀听到小火车内播放着幼儿园儿歌。

游车慢慢吞吞地开向步行街尽头,这一端更为热闹,街中央架着一个高高的舞台，不知在搞什么活动。

何明天欢呼着拉着他俩跳下了车，钻进人群中，在舞台上颇具感染力的音乐声里四处逛着。

这个时间段找地方吃饭不是易事，他们慢悠悠地转了两个商场，终于找到了一家还有空位的餐厅。

看来九点多才吃晚饭的人不在少数。

"你没听刚才出去的那几个人说，夜生活才刚刚开始。"何明天咕哝着说。

余宴川翻着菜单："那吃完饭我们去江边吧，估计谭栩还没有试过在外面玩到凌晨吧？"

"没有。"谭栩转着笔，勾了一连串的菜，"我是十一点准时熄灯的好孩子。"

但在余宴川的带领下，谭栩终于在"叛逆"的过程中尝到了青春期没敢体验一把的"肆意妄为"。

非常大胆，非常痛快，是被谭云锋知道了要气歪鼻子的那种神清气爽。

谭栩在心里悄悄宣布，在和老爸长达二十多年的较劲中，自己终于取得了一个回合的胜利。

自己想做的事情就去做，他不想再为了所谓的争强好胜而拘着自己了，他已经想通了这点，谭云锋却还没有。

凌晨的安城同样热闹，江岸广场上人头攒动，若不是看到了矗立的电子钟上显示已经午夜十二点半，说这场面是刚刚入夜也不为过。

出租车停在江边，余宴川的手机在下车时响起。

他掏出来看了一眼，来电是余兴海。

看来余长羽没有替他瞒过去，余兴海已经知道他落地不回家这件事了。

"接不接？"何明天问道。

"不接。"余宴川等到来电自动挂断，接着按下了关机，"有什么事都等明天说。"

他们走到护栏边，江风伴着寒冷的夜风吹来，余宴川背过身子，深呼吸着清爽的空气。

江岸广场最外围的高大建筑亮着橙红色的灯光，光亮落在他们的身上，拖出一条条长影子，一半落入了滚滚江流里。

余宴川喜欢这样的感觉。

谭栩两手撑着他身后的护栏，正要抬起头说话，那个迪厅灯球一样的破手机响了起来，声音还有点卡顿。

谭栩快速拿出手机查看，发现是一串他没存过的号码。

"余兴海，没事，关机。"余宴川草草看了眼，就把手机按了下去。

背后那栋建筑的彩色电子显示屏到了熄灭的时间，笼罩在江岸广场上的大片橙红色亮光消失，广场融入黑夜之中。

谭栩托着下巴眺望，江水将远处黯淡的灯光糅入水波，亮着细碎的光。

漆黑的夜色终于变得纯粹，没有人造光的干扰，空中在飘着细小的雪花。

雪花稀疏零落，轻盈地四处飞舞，他伸出手想要接一片，但雪花片还太小，掉入掌心的瞬间便融化不见。

"下雪了。"谭栩抬着头。

另外两人也跟着抬眼看去，邈远天幕下飘扬着几星洁白的雪花，雪片落入地面不留痕，只有向上瞧才能看清。

他举起手扬起一阵风，将雪花带得四处飘飞："真给面子啊。"

入夜后气温骤降，下起雪来倒是没有觉得更冷，他们站在江边看了一会儿风景，谭栩才说："走吧，去海景公寓？"

余宴川把围巾系紧了一些:"房子租期快到了,该搬家了吧?"

"以后的事以后再说。"

何明天家离得不远,道别后徒步走回去了。

"我叫个网约车。"余宴川用冻得通红的手捧起手机,"咱们应该开车来才对……哦对,我没有回家。"

看着弹出来的未接来电,他终于想起来余兴海那几通连环电话,催人都催到了谭栩头上,看来不仅仅是发现了他落地后不回家的事,还知道了他俩的交情。

余宴川眼前仿佛浮现了余兴海打电话时气急败坏的模样。

网约车来得很快,余宴川坐到后排,试着联系了一下余长羽。

他本以为这个时间太晚,余长羽应该睡下了,没想到车子刚刚开出去一个路口,微信就收到了回复。

余长羽说:"没事,就是他去龙鼎酒店出席晚宴,他的助理看见你们几个小辈在步行街上了。"

紧接着又是一条:"明天再说吧,明天你直接来公司找爸,爸不会在外人面前把你怎么样。"

安城真小啊,龙鼎酒店就和金紫广场隔着一条街,按理来讲也得是谭云锋遇到他们,没想到这"好事"落在了余兴海头上。

"什么情况?紧急吗?"谭栩凑过来,小声问道。

"应该……我说不准。"余宴川想了想对策,但左思右想,除了厚着脸皮以外,几乎没有其他解决方案了。

肯定少不了劈头盖脸一顿骂,不知道余兴海对此的态度如何,不过余长羽说"没事",情况大概还不算严峻。

正想着,余长羽那边又发来一条消息:"爸最近在和妈协商婚姻的事,那边的情况有点复杂,牵扯到多方利益,离不离婚还有待商榷,但是爸最近准备把林予那边的事了结一下。"

余宴川没明白为什么话锋转到了离婚上，没等问清楚，余长羽的下一条已经发了过来。

余长羽说："林予不准备拿股份，但他母亲当年分到了几套房和相关财产，去世后都由林予继承。爸让他请了律师，过几天见面好好分一分，你如果应付不了，我通知林予明天来公司，到时候爸应该顾不上你了。"

谭栩和余宴川一起看完这段话。

余宴川慢慢打了一个问号出去。

余长羽最后说："行了，休息吧，怎么这么晚还没睡觉？熬夜对身体不好，坐了那么久飞机，一直没有好好休息吧，还敢熬夜？"

头上无形的紧箍咒疼了起来，余宴川来不及质疑这个方案的可行性，赶紧好言好语地应付余长羽。

"就这样？"谭栩愣了愣，见这个话题被轻飘飘地掀了过去，一时间有些难以置信，"我要不要把卢律师叫上？"

"不用吧。"余宴川差点被他带偏，"我爸也不是要分遗产，全都带着律师过去，像他要驾鹤西去了一样。"

司机大概没有听过这样精彩的对话，从镜子中瞄了他们一眼，踩了踩油门。

第七章 捕梦网和豆浆机

太久没回到海景公寓，余宴川看着车窗外的景色，居然感觉有几分陌生，车子稳当地停在楼下，天空中的雪花依旧是小小的，整栋楼大部分住户都已熄灯，只有零星几家还亮着光。

　　余宴川留在出租屋的东西不多了，衣物一类全都寄去了曼城，留下的只有空荡荡的衣柜和收拾干净的屋子。

　　"今天晚上得睡沙发了。"他看着光秃秃的床板，"还得借你的衣服穿。"

　　谭栩从柜子里拿了几件衣服丢过去，又说："这暖气感觉不太热。"

　　"还可以，一会儿就暖和了。"余宴川摸了摸暖气片，被烫得缩了缩，转身向浴室走去，"我去洗个澡，下飞机到现在一身土。"

　　他把外衣脱下来，丢到脏衣篓内，转身进了浴室。回到了这个无比熟悉的房间里，他们才像终于回过神，对于这半年来发生的改变有了更清晰的认识。

　　昨晚又是坐飞机又是跑到广场边熬夜，第二天醒来时余宴川整个人都恍恍惚惚，好像睡了几天几夜，但看看表确实只睡了三个小时出头。

　　余宴川摸出手机来，此时是早上九点半，余兴海又给他打了一个电话。

　　他顶着一头凌乱的头发，掀开被子走出门，看到谭栩正站在客厅窗前打电话。

　　谭栩穿了一件宽大的衬衫，袖子挽到小臂上，没有定型的头发随意抓在脑后，几缕稍短一些的垂下来挡在眼前，俨然一副男大学生的模样。

余宴川认为这是形象诈骗。

听到身后的声音，谭栩微微侧目，对电话中的人说："不用等了，现在可以，你十点半左右到公司楼下就行。"

余宴川自顾自走到厨房接了一大杯水，喝光后刚好见到谭栩走来。

"谁的电话？"

"卢律师。"谭栩拉开了一旁嗡嗡作响的烤箱，低头看着里面的东西，"反正他有空，用得上用不上的先喊来再说。"

余宴川端着水杯，跟随他的动作一同低下头，看向烤箱内部散着热气的暖烘烘的面包和鸡腿。

谭栩看上去很专业，他拿了一根筷子，伸进去戳了几下鸡腿肉："怎么办，我觉得没熟。"

"有一个问题。"余宴川揉了揉鼻子，"你从冰箱拿出来以后解冻了没有？"

"在暖气上放了一会儿。"谭栩手一扬就把烤箱门关上，"这肉一直被一袋速冻饺子压着，我早上刚发现它的存在，都不知道已经买了多久。"

这冰箱里都有速冻饺子了，看来谭栩独自生活的这段时间过得很随性。

而且谭栩居然都知道买速冻饺子当储备粮了，太蜕变了。

余宴川抓了两把头发，向洗手间走去："先把面包拿出来，它跟鸡腿一起烤的下场就是一个焦了一个没熟。"

他说完就听到橱柜里碗筷碰撞的声音，谭栩拿着一双筷子在烤箱里一通施展拳脚。

余宴川在漱口杯里接了水，看向镜子里的自己。

黑眼圈有点严重，看上去憔悴且倍受摧残，也不知道究竟是因为波折四起的飞机旅行还是因为别的什么。

等到他洗漱完毕，谭栩已经端着一个盘子站在了客厅餐桌前。

面包没焦，鸡腿看上去也很美味。

"没事，"谭栩从餐桌下面拿了一桶泡面，"要是鸡没熟，你就吃面条，这个肉我中午再加工一下。"

余宴川在这一瞬间体会到了余长羽的心理，他只想叹气："以后少吃速食。"

谭栩说："好——吃完去公司，余长羽说余总今天心情很烂，你一会儿别太冲动。"

"你跟我一起去？"余宴川正专心切着鸡腿，闻言掀起眼皮瞥了他一眼，"我觉得我爸看见你心情会更烂。"

"我当然去，我可以不进去，但要是有什么事我也在。"谭栩说着，胳膊架在桌面上趴下来，专心地剥鸡腿肉。

骨头和肉丝相接处有血丝，确实没熟。

余宴川沉默了一下："没事，先放着，我中午切了炒菜。"

他看到谭栩充满自我怀疑的眼神，安慰了一句："但面包很好吃。"

好吃的面包没能挽回谭栩的心情，看样子他的成长路上没怎么受过挫折，无法精准操纵鸡腿肉让他极不痛快。

但这种恼火很快便被紧张取代，从走出门、坐到车上、开车到公司楼下，谭栩反复问了四遍"需不需要我跟你一起见余总"。

余宴川自己心里也没底，但被他问得连最后一丝慌张也消失了："真不用，没多大点事。"

他说完才想起来问："说起来，你'越狱'跑出来这事，家里应该知道了吧？"

"反正没有人来找我，我懒得去问他们了。"

听上去半真半假，但余宴川目前也没有精力追究，关关难过关关过，他准备先把余兴海这关过了。

公司门卫认识他的车牌，余宴川把车停到停车位内，解安全带时扬了扬下巴，指着斜前方站着的两个人："林予，那个穿黑衣服的应该是他律师。"

"来得真是时候。"谭栩在今天全然丢弃了往日里的沉稳形象，连忙下车，拽着余宴川的胳膊就往前追，"跟他们一起上去。"

余宴川勉强跟上他的步子："卢律师不是还没到？"

"我让他到了自己进来。"谭栩快走几步，与林予一行人保持两三米的间距进了公司大门。

下楼来迎接的是余长羽，他正整理着领带，看到大厅中的几个人时一愣。

林予转过头看清来人后一时间愣怔住，也没有想到他们会同时到："一起吗？"

余长羽一贯笑意盈盈的眼睛变得严肃起来，看上去和在家里见到的不一样，成熟稳重，半点没有平时念叨余宴川时的那副'唐僧'样子，对着几人招了招手："一起吧，跟我上楼。"

几人都踌躇了一下，唯有谭栩第一个跟上，步履平稳，这种场合他太熟练了。

余兴海的办公室在楼上，因公司的布局和曼城分公司大体一致，他们走起来还算熟悉。

余长羽在前面领路，走到办公室门口，推开磨砂玻璃门是一间宽敞的休息室，休息室里开着另一扇玻璃门，那里才是余兴海办公的地方。

余宴川拦了一下，低声说："我先去，你们在休息室的沙发上等一下吧。"

他们进来得太匆忙，还没来得及把场面解释清楚，林予带来的律师疑惑地问道："咱们不是同一件事吗？"

"不是。"林予摇了摇头,"不冲突,他们先进去吧。"

"你好。"余宴川对律师伸出一只手,"我叫余宴川。"

律师了然,握了握他的手:"你好,我是林先生的律师,我姓钟。"

余宴川的手差点还没撒开,点着头就要推门进去,被余长羽急急拦住:"先别跟爸吵架。"

"嗯。"余宴川敷衍地回应着,敲了两下门,没等里面应声就推开,"爸。"

剩下几个人连忙后退了些。

余兴海原本也没坐在办公桌后,正立在一旁的圆桌边磨咖啡,被忽然闯进门的人吓了一跳。

"爸,你找我啊。"余宴川说。

余兴海举着还顶着一层泡沫的咖啡,皱着眉看了他一会儿,才说:"一个人来的?不打个招呼就过来,先坐下。"

他明明说的"先坐下",但余宴川脚还没动,就听余兴海猛地倒抽了一口气,显然是发作的前兆。

果然,下一秒他便厉声说道:"你,你还知道回来,还知道我是你爸?"

余宴川叹了口气,正要开口,又被打断。

"昨天你到了安城不回家,打你电话,不接,关机,是不是除了你哥没人管得住你了?"

余兴海看来是真生气了,几个字一组往外蹦,情绪逐层递进,越说越激情昂扬,手中的咖啡晃荡着快要洒出来。

他压根不给余宴川反驳的机会,继续说道:"你昨天晚上干什么去了,嗯?还有那个谭家的小儿子,是不是被你带坏了?人家爹妈告状都告到你哥那里去了!你几岁了?还让我们这么操心?"

余宴川终于抽出空来,插了一句:"我没有。"

玻璃门估计根本挡不住余兴海的声音,他竖着眉毛,目光犀利:

"你没有？别跟我装了。"

他气得哆哆嗦嗦地原地转了半圈，喝了一口手中的咖啡，呲摸了几下后又说："你在外面胡闹，我管过你吗？我管得了你吗？"

余宴川想回答，但是没有得到机会。

"我没管过！"余兴海把杯子重重放到了桌子上，"可你跟谁混不好，你招惹谭家？你知道他是谁吗？"

他是谭家小儿子，余宴川这样想着，摸了摸头发。

"他现在跟你关系好，可以后万一有点什么差错，你想过没有？"余兴海突然语重心长了起来，压低声音，怒火快要迸发出来了，"生意人做生意，说是私事不放明面上，但可能吗？罗家什么下场看不到吗？"

余宴川正要说话，玻璃门突然一声响，硬生生被打开了一个缝，紧接着又被外面的人手忙脚乱地关了回去。

余兴海抬高音量："进办公室敲门，谁？"

门外窸窣了一会儿，余长羽走了进来："爸。"

余兴海的眉头拧得和麻花似的，目光直直盯着他身后："后面都谁？"

自己的老爸也不是傻的，余长羽与他对峙几秒，见实在瞒不过，只好让开一些，露出了等在门口的一串人。

先是当事人谭栩，后面是林予和一个律师，再后面是连外套都没来得及脱的、刚刚赶到的卢律师。

在见到林予的瞬间，余兴海的气势如山倒一般落下来，故意掩饰地轻咳一声，装作无意地瞥了眼余宴川。

谁都没有说话，在一片安静里，余兴海强撑着面子，扬声问："最后面的那位是？"

谭栩站在第一排，语气不卑不亢地回答了他："我们两个带来的律师。"

"我们两个"指的是谁不言而喻。

余兴海转身走到办公桌后的椅子上,气得手都发抖,看样子是上一波情绪还没落下,又骑虎难下地再也落不下来了:"一个两个都带着律师过来做什么!我是死了吗?"

一片安静里,只有谭栩还能镇定地回答他:"没有。"

余宴川原本没想把场面搞得如此难以收场,此时他居然替余兴海捏了把汗。

不过余兴海显然是见识过更大风浪的人,在听到谭栩的回答后还能面不改色。

锐利的目光盯住他们,余兴海慢慢坐到椅子上,拿起钢笔顶开笔帽,用笔尖指了指门口:"去门口等着,我先跟这二位聊。"

林予和他的律师留下。在几人临走前,余兴海意味深长地对着余长羽扯了个笑脸:"挺能折腾的。"

余长羽没有回答,替他关上了玻璃门。

只有老狐狸才能生出来小狐狸,余兴海猜都不用猜就知道这馊主意是余长羽出的,一周七天一个月三十一天,偏偏通知林予今天过来,说不是故意的都没有人信。

"余总看出来了?"谭栩小声问。

余长羽漫不经心地摆摆手,坐到休息室的沙发上:"没事。"

这扇玻璃门的隔音比想象中更好,屋子里的交谈声半句都漏不出来,余宴川从饮水机旁接了杯水,放在了余长羽面前。

"想问什么就问吧。"余长羽端起来抿了抿,"我半年前就做好了回答问题的准备,没想到你憋到了现在。"

卢律师闻言站起身:"我回避一下。"

谭栩也跟着装模作样地站起来:"那我也……"

"你就别了,你听得还算少吗?"余宴川揭穿了他的假客气。

谭栩顺势坐回去,捧着纸杯对余长羽点了点头:"那我跟着一起听。"

"你听吧，这事情里确实也有你的份儿。"余长羽动作随意地向后靠，胳膊架在沙发扶手上，手指搭在额角旁，眼里含着笑意。

"你这样说……所以你当初和林予发邮件，言语间模拟出来的形象就是我，对吧。"谭栩顺着他的话问道。

余长羽毫不避讳地点点头："我本意也并非如此，只是对方聊的消息都太详细，如果我把全部内容都虚构，很容易无意间穿帮，只能挑一个人当模板。"

谭栩听笑了："我跟你无冤无仇，你就这样拉我入局，有点不太厚道吧？"

"为了模糊视线，我加了其他特征进去，比如开画展的是李家的小女儿，敲架子鼓的是王家的小少爷。"余长羽说，"所以林予接近你之后的那段时间里什么也没有做，不是吗？"

谭栩对他比了个大拇指。

他算是见识余长羽的手腕了，十几岁的年纪就能干出这种缺德事来，以后必成"大器"。

余宴川沉默地听完后才问："为什么骗林予？"

"因为我不知道他来信的目的，面对未知的隐患，当然藏得越深越好。"余长羽说。

他说这话时的语气平淡，与平时说"不要熬夜"时一样理所当然。

余宴川本以为他不会希望自己得知这些事，毕竟余长羽在其中扮演了传统意义上的"坏人"一角，且看起来心思深沉，与平时的模样截然不同。

但余长羽却非常坦然。

余宴川隐约明白这是余长羽在教他识人辨事，也是在告诉他"哥哥也并不是全然的善者形象"。

"你在误以为我并不是你亲弟弟的时候，为什么还要用这种方式保护我？"余宴川问得有些艰难。

但余长羽回答得很轻松："是否是亲的，这是我们两个人之间的事情，和别的事情无关。"

余宴川莫名有种被打了一巴掌又给个枣的感觉。

"我知道你还想问什么。贝切尔那些所谓黑出来的消息确实是我提供的，不过那个硬盘真的是他自己破解的，爸的私人医生那里的病历记录也是他亲自扒出来的，我只提供了邮件扫描图而已。"

"我知道，我没想问这个。"余宴川按了按眉心，虽然这些事他早就猜出来了大概，但此时一股脑地灌输到他脑子里，他还是需要些缓冲。

贝切尔是于清介绍给他的，于清又是余长羽的好朋友，她知道些与林予相关的故事，替余长羽当个卧底情报员，也算是理所当然。

余宴川当初选择让于清介绍个新的黑客，没有找技术游刃有余的何明天，就是想找个完完全全的局外人，让所获得的信息尽可能少一些主观干扰。

没想到正中下怀。

余宴川闭上眼睛，从大量的往事里翻找出了保留已久的疑问："我想问你杰夫的事。他和林予走得很近，并且在公司里做过手脚，你当初去出差肯定都发现了，为什么没有处理？"

"我处理了啊。"余长羽笑了笑，"我找他谈过，他是怕未来林予和我们争权时手里没有筹码，又怕你排挤这个突然出现的弟弟，才会做那些事。解铃还须系铃人，我没有多管——后来你的收权工作做得也很顺利，对吧？"

余长羽倒是把自己撇得清白，好一个解铃还须系铃人，不过就是想借机锻炼锻炼他罢了。

"总要自己做出些成绩给爸看的，你不能永远置身事外。"余长羽拿起纸杯，深深看了他一眼。

眼神很复杂，但余宴川能从中解读出部分内容，比如"要不是你干了半年活，这事情老爸根本不会放过你"。

"我要是没做出这个成绩，爸说不定连管都不管我。"余宴川冷笑一声。

余长羽闻言挑着眉摇头，这时玻璃门被推开，林予和那位姓钟的律师一同走了出来，手中多了一个文件夹。

林予看向他们，对余宴川张了张嘴，正要说话，屋里传来了余兴海的声音："滚进来！"

声音洪亮，中气十足。

余宴川自觉地站起来，走到办公室内，见余兴海正在收拾桌面，看上去是有工作要做。

"我现在要去开个会。"余兴海在百忙中还指了指他，"回头再教训你。"

余宴川靠在门口"哦"了一声，一边看着他整理文件一边回答："那我去我妈那边一趟。"

"你去找她干什么？"余兴海被他急得上气不接下气，"你嫌家里事儿还不够多吗？"

"我得跟妈说一声啊，"余宴川也抬了音量，"我都出国半年了。"

余兴海的火气始终没有落下去，他冷冰冰地把文件叠好，拿起了笔记本电脑："你现在让我很难办，小川。"

"没事，余总。"谭栩也站在门口，小声说，"我爸比您更头疼。"

余兴海对着谭栩发不出脾气，半晌才叹了口气："行了，你们先回吧，等我得空了再说。"

"好的，爸。"余宴川立刻应下。

"等等，你昨晚没回家，去哪儿了？"余兴海突然开始翻旧账，喊住了他。

余宴川驻足，挠了挠头发："你要听吗？"

"滚吧，滚！"余兴海感觉自己需要点降压药了。

余宴川替他把门带上了。

余长羽把休息室桌上的纸杯收拾好，走出门去："去茶水间聊，省得爸出来看见你堵心。"

"他堵心什么，我又不是故意气他。"余宴川伸着懒腰向外走，"不多聊了，我再待会儿就得走了。"

在前面领路的余长羽转头扫了眼一旁的谭栩。

余宴川及时说道："我是要回学校，看看那个花店。"

"花店怎么样了？"余长羽问。

茶水间里很安静，沙发后是大片落地窗，能看到园区外的马路上车水马龙。

"还可以，赚了。"余宴川倒在了沙发上。

沙发面前的小桌上还摆了几本杂志，谭栩拿起来随意翻了翻，对着余长羽说："你跟林予把话说开了没有？"

"说开了。"余长羽绕到沙发背后，背手站着，"但我把部分内容隐瞒了，不过我不说他应该也能猜到。"

余宴川枕着靠垫，抬眼看着他："你知不知道人家把信里的哥哥当精神支撑，他来曼城找我的时候，我都怕他想不开。"

"知道，我当时也没想到。"余长羽终于不再那样对答如流，他思索片刻慨叹道，"其实收到那封剖白邮件后，我就没有再骗过他了。不过那时候他在读高中，也没太多时间发邮件，有时候一个月才发一次。"

"现在呢？"

"我问过他未来的打算，他说不会回余家，也不需要哥哥了。"

"唉。"谭栩无可奈何地感叹一句，"挺好的，过往种种无论是真心还是假意，过去的就都过去吧。"

余宴川撑起脑袋来，盯着他看了一会儿，慢慢笑了起来："你说得很轻巧啊。"

谭栩合上杂志，迎着余长羽好奇的眼神，不动声色地补充道："但是那个……如果做了过分的事情，过去的也不能太过去。"

余长羽从沙发背后溜达到茶几前，停在谭栩面前，随和地笑了笑："忘了问，我听说谭总把你锁家里了，跑出来一晚上没有人联系你？"

谭栩耸耸肩："没，我晚上回家看看。"

见余宴川的表情十分怀疑，他无奈地说："真没有。"

"行了，都走吧，也该吃午饭了。"余长羽拍拍他们的肩膀，"开车来的？"

余宴川勾着车钥匙在他眼前转了几圈。

电梯下降至大厅，他这才记起那位才见到了几秒钟的律师："对了，卢律师呢？"

"见客户去了。"谭栩说，"他本来也不是为了咱们才跑一趟，顺路而已。"

他们的车子停得有些远，余长羽送他们到大厅门口就被室外的冷风吹了回去。

"你现在是去找妈还是回学校？"他最后问道。

"回学校啊。"余宴川说，"什么时候你要去妈那边，你喊上我，我跟你一起去。"

余长羽皱眉迎着刺眼的阳光，答应下来："行。"

等到两人走远一些，又听到余长羽在后高声道："你把头发剪剪。"

"知道了。"余宴川随口应着，拉开车门坐进去。

车子驶出园区，看方向不像去学校，谭栩伸手打开车载地图，发现是回出租屋的路线。

"不回学校吗？"

"不回，那是骗我哥让他放心的，回去炒鸡腿吃。"余宴川说。

中午车流量小了不少,谭栩在等红灯的间隙犹豫着说:"你们平时……跟阿姨不常见面吗?"

"我妈吗?"余宴川将手腕搭在方向盘上,"不常见,一般我们只有两种情况会去见她,我或者我哥结婚了,我爸死了。"

他说完后出了一会儿神,才继续道:"她就这样,搞得我小时候还以为我是单亲。她舍得给我们花钱,以前买精挑细选的奶粉、买昂贵的衣服,长大了就给打零花钱、给寄礼物,但就是不见面,见了也……没什么感觉。"

谭栩忽然能够理解在余宴川的身份成谜、误会亲生母亲另有其人时,他为什么能那么平静地接受。

"你记不记得当时我哥从曼城出差回来,一落地就去了我妈那边?所以我说这事儿肯定不小。"

"不记得,你没跟我说过。"谭栩冷冰冰地回答。

"哦。那下次给你说。"

冬天的安城常刮风,坐在车里都仿佛能感受到后背推来的大风,行道树干枯的枝条在风里摇曳。

昨晚的雪又小又短暂,太阳升起后彻底烘干了那层浅淡的水痕,抹掉了一切与那场雪相关的痕迹。

车子驶到楼下,再住五天,他们就要搬离海景公寓了。

他们还没有做好未来的打算,不过短时间内看应该没有合租的可能性了。

余宴川顶着风从车上下来,没走几步就被吹得耳朵生疼,长腿迈开快步钻进楼道中。

哪怕他有半年多没有回到出租屋,但此时推开门看到屋内的布景时,仍然能感受到一丝温馨。

谭栩对于鸡腿的执念卷土重来,他把余宴川赶出了厨房,发誓要亲手做一盘美味的炒鸡。

余宴川乐得清闲，瘫在沙发上，手中利落地洗着一副塔罗牌。

厨房里一片鸡飞狗跳，谭栩握着一把刀使劲剁鸡腿，鸡骨碎在砧板上发出了暴力的声音。

余宴川实在没忍住："那个，把肉剔下来炒一炒就行。"

"不用。"谭栩说。

余宴川等着他剁完最后一下，才说："带着碎骨头容易卡喉咙啊。"

谭栩拎着刀转头看他。

"算了，你随便做吧，带骨头的也好吃。"余宴川生硬地给这段对话收尾。

他把注意力重新转回到手中的牌上。

这半年以来，谭栩的性格变了不少。

注意力在短短一秒内再次跑偏，但余宴川没有强行纠正回来。

谭栩太习惯装出两副模样了，在父母与外人前总是那个阳光开朗的优秀青年，其实真实脾气远没有那么好，人也没有那么善良、热心又爱笑。

余宴川一度以为他认识的谭栩已经是脱下伪装的、最真实的样子，经常和他呛火、不想说话的时候冷冰冰的、生活技能废物到没眼看，但现在看来也不尽然。

就像在切胶带球，最外层裹着一层五颜六色的鲜艳胶带，切开后发现里面是一层黑，但继续切下去时，又露出了一片粉嫩，球缠得很厚实，不知什么时候才能切到球芯。

谭栩变得比曾经任何时刻都鲜活，一切从前被遮掩的东西都渐渐显露了出来。

谭栩信任他才会在他面前如此，而这种信任也带给了他源源不断的安全感。

塔罗牌被铺开在桌面上，他深吸一口气凝神抽出两张，翻开在眼前。

战车牌正位和权杖一，不错的牌。

看上去是要遇到新的机遇，但余宴川思来想去也想不通他一个开花店的上哪里迎来事业的第二春。

厨房里传来一阵噼里啪啦的声响，谭栩正热油下锅，把切好的配料倒进了锅里。

余宴川看着他的侧脸，心念电转间忽然想起了什么，迅速跑去卧室里，打开电脑登上了谭栩的邮箱。

邮箱密码还是上一次见面时告诉他的，当时谭栩说"年尾帮我盯着点"。

界面很快刷新出来。

余宴川看到邮箱里最近的一封信的题目是纯英文的。

他顿时紧张起来，心跳在看清来信人的瞬间飙到了最高峰。

是那所坐落在曼城、谭栩瞒着家人偷偷申请的大学发来的，从标题看不出结果。

他不知道要不要代替谭栩先一步点开，只好端着电脑跑去了厨房。

谭栩正用指尖勾着锅铲，站得远远地翻炒着锅里的菜，味道是很香，但余宴川已无暇顾及。

"怎么了？"谭栩抽空扫了他一眼，又忙碌起来，"马上就好。"

余宴川有些心急，但又怕现在说出来谭栩会把那一锅菜扔下不管，只好站在不远处等着。

这锅炒鸡看上去很成功，鸡肉和土豆都沾满了诱人的深色酱汁，目所能及之处没有焦煳的地方。

谭栩关了火，把菜倒进盘子里，关掉抽油烟机后才发现旁边站着的人一直没走。

"嗯？"

余宴川指了指电脑："那个……曼城大学给你回信了。"

谭栩差点没有端稳锅，连忙架回到炉子上："回了？怎么样？"

"我还没有点开。"

"为什么？"谭栩在围裙上蹭了蹭手，神色匆匆地走了过来。

余宴川把电脑向他的方向转了转："你亲自看啊，多重要的时刻。"

"不用……我要是不想让你看，我当初就压根儿不会把这事儿告诉你。"谭栩凑过来，操纵着触屏面板点开了那封邮件。

半点缓冲都没有，一打开满屏都是英文单词，余宴川一眼就看到了开头的"恭喜"。

"过了？"他轻声问道，目光快速落到正文内，简单扫了一圈内容。

谭栩比他看得更认真，反复读了两遍后才说："过了。"

他反复咀嚼着这两个字，猛地反身看向余宴川，又赶紧退开，把围裙摘下来丢到一旁："我考上了！厉不厉害！"

"厉害。"余宴川笑了起来，他稳住身体不让手中的电脑掉落下来，另一只手拍了拍谭栩的肩膀，"要不要去和谭鸣炫耀一下？"

"要。"谭栩的话戛然而止，他忽然抬起头，确定了一下邮件发送的时间，"这邮件昨晚就发来了啊，你打开的时候是已读吗？"

"是已读，但是昨天咱们在外面……"

话停于此，他们对视一眼，立刻都意识到了什么。

余宴川没忍住笑道："谭总他俩不会就是因为知道了这事情，才没有穷追不舍出来逮你吧？"

"不是没可能，他俩有这个邮箱的登录密码，其他几所学校我压根儿没报，他们昨晚应该看到了这封。"谭栩抑制不住地想笑。

他不知道谭云锋和许泉看到时的心情如何，但无论是从哪种角度出发，他们都不可能让他拒掉曼城大学的录取。

谭栩笑着说："你说我等会儿回家要不要带点新年礼物给他们？"

"别太嚣张了，我怕谭总打你。"余宴川说。

"我本来也不想惹他俩，谁让这么多事都赶巧了凑在一起。"谭栩终于淡定下来，转身去端那盘香喷喷的炒鸡。

他行云流水地抽出两双筷子，又拿了两个碗娴熟地摆好，把菜端上了餐桌。

"这是我做的第一顿饭，但是刚才忘记把米饭焖上了，你先凑合着吃吧。"谭栩说，"不好吃就憋着，我不接受差评，除非它没熟。"

谁敢让小少爷下厨啊。余宴川拿筷子戳了戳软糯的土豆："你要是不怕挨揍，可以拍一张照片再配合你刚才这段话发给谭总，有火上浇油的效果。"

谭栩依言拍了照片，不过没有发给谭云锋。

这份炒鸡的味道比想象中更美味，原本以为经过烘烤后肉质会变柴，没想到口感出乎意料，余宴川夸他有天赋，谭栩却说怎么骨头比肉多。

余宴川说："确实骨头碎，下次直接炒肉吧，我吃鸭脖子都没这么小心翼翼。"

谭栩回道："下次炒鸭脖子。"

吃完饭时余宴川收到了何明天的微信，问这边情况如何，他这才想起来详细问问谭栩被追杀的细节。

谭栩把锅碗瓢盆丢进洗碗机，指了指桌上的旧手机："说来话长，我爸抓我比国外联邦调查局还猛，他带着员工开了四辆车来鹤响科技门口堵我，看上去像我从何明天那里偷了什么核心科技出来一样。"

余宴川笑得停不下来："你怎么去找何明天了，你那些朋友不是还有在郊外做农家乐的？跑到山里去，你爸堵都没地方堵。"

"那我去了还得给人家解释原因，你也知道我平时在他们面前是个什么形象。"谭栩头疼地说。

"就谭总那个架势，我还以为他得闹得整个安城都知道。"

"那倒没有。"谭栩转头看着他，"老谭心思深如海，这事情他得瞒着，毕竟外头一直有人在押宝我跟谭鸣谁是他的接班人，再跟你们余家扯上关系，就彻底难办了。"

余宴川懒懒地瘫在椅子上，和他对视着："这还用押？那些公开场合不都是你哥出席，这还不明显？"

谭栩走到他面前，拍了拍手："你是不是没看过晚八点的电视剧？一般情况下这种两耳不闻窗外事的人，最后都会杀回来稳坐高位。"

"你要杀回来？"余宴川吃饱了就困，他眯起眼睛，昏沉沉地胡说八道，"我可以给你提供价值一个花店的资金支持。"

"不用了。"谭栩收拾了一下桌子，走到门边将拖鞋换掉，"我先回了，不知道能不能谈拢。"

余宴川伸了个懒腰，趿拉着拖鞋往卧室里走："那我先睡一觉。你要开我的车吗？"

"不用。"谭栩穿上了外套。

谭栩拉开门，快步走了下去。

他没有带家里的钥匙，不过看样子谭云锋应该在家守株待兔，用不着他拿钥匙开门。

安城凛冽的冬风在下午才偃旗息鼓，风停后气温也回暖了些，没有早上那么冻耳朵了。

从楼外看不出家里的情况，谭栩把围巾系紧一些，抬手敲了敲门。

十几秒后，许泉出现在了门后。

"妈？"谭栩愣了愣。

许泉比前几天气色要好一些，起码看不出憔悴和疲累了。

她没有将头发挽起来，只是随意地垂在肩侧，目光上下打量一番。

谭栩等着她开口，但许泉什么也没说，错开身子让出一条路来："进来吧，你爸不在家。"

"不在家？"谭栩走进门，一眼看到了他的手机被放在鞋柜上面。

许泉从他身边走过,回到客厅坐下:"手机拿着吧。"

家里的地暖烘得空气暖暖的,谭栩看到许泉开着电视,电视里正播放着电影点播,但她没有打开音量。

谭栩坐到沙发的另一端。

电影是个动作片,男主角正在单打独斗对付十多个歹徒,失去了音效和背景音乐的打斗画面变得很违和。

两人沉默片刻,许泉严肃地说:"你哥都跟我们说了,是他把你放出去的,这事我不怪你。"

"他怎么说的?没跟我串供啊。"谭栩说。

许泉从来没有和谭栩吵过架,一向听话懂事的小儿子忽然像变了个人,她仍有些无法接受:"小栩,你不要跟爸妈赌气,很多事并不是儿戏,你年纪还小……"

"我没跟你们赌气。"谭栩笑了笑,"我看爸才像在跟我赌气,他千里迢迢把我抓回来,又跟我冷战不解决问题,我不跑等着跟他耗吗?"

许泉深吸一口气,有些动怒:"妈不跟你吵这些,妈就问你,曼城大学是你瞒着家里报的,对不对?"

"对。"谭栩点头。

许泉紧跟着问:"七月你推掉夏令营,说参加了学校的社会实践活动,其实并不是吧?"

"嗯。"谭栩认得很坦荡,"那周我飞去曼城了。你们这两天没查我护照吗?"

许泉没有如预想中被激怒,而是彻底安静下来。

谭栩侧目,看她并没有气急败坏,怒火像被兜头扑灭,她看上去有些难过。

许久,许泉才说:"妈这两天想了很多,从你小时候一直想到现在,你是不是……不喜欢这个家?"

谭栩一时有些语塞，他下意识想说的是"原来你也知道"。

但话到嘴边又说不出口，从小到大爸妈带来的压力和高强推力是真实的，可他们倾注在他身上的期望和爱意也并不假。

他很少和母亲有这样面对面敞开心扉交流的机会，曾经被严厉教育逼到极致时，他想过在这种时刻要说些什么话，说你们实在不会为人父母、说我很厌恶我的童年，但真正身临其境时，他确实没办法讲出来。

许泉脸上的痛苦和难过太真切了，谭栩不想这样说。

"我没必要为了报复你们俩就去随便报考一个大学。"谭栩叹了口气，"别把我想得那么幼稚，我只是想要做自己喜欢的事情，不是搞叛逆、非要跟你们对着干。"

许泉绷紧的肩颈微不可见地放松下来，她认真看着谭栩："爸妈以前对你很严格，是为了你以后的路好走一些、少吃点苦。"

谭栩说："嗯，我知道。"

"妈不反对你的决定。"许泉抬手揉了揉眼睛，缓声道，"从小就教过你要对自己的选择负责，对不对？"

"对。"谭栩坐近一些，认真说道，"我是想了很久才做的这个决定，久到……差点走了岔路，我不是一时兴起。"

许泉垂眸望向他的手，喃喃道："你没有学过要怎么在外面保护自己。"

"你不用担心我，有些事也并不是通过学习就能掌握的。"谭栩看出来她的松动，"我可以独自承担一些事，不是小孩子了。"

许泉抽回手别过脸去，目光飘忽地看着电视："这些话你去跟你爸讲。"

"那你呢？"

许泉恢复了最初那副不通人情的模样，但话里话外又明显妥协：

"妈就是想你少碰点儿壁，这些年确实管你管得太严。我这两天想过了，如果你决定了，我就不管你。"

哦，那就是同意了。

这个同意的表达方式很别扭，许泉尚且如此，可以推断好面子的谭云锋估计要别扭更长时间。

但这是个好的势头。

谭栩看着电影里的男主角在房檐上奔跑，不由得想叹气。

"今年你的性格变了很多。"许泉说，"我本以为是你成长了、学到了更多，其实是受到他的影响吧？"

"也许吧。"谭栩仰起头，望向天花板，"我也觉得自己变了许多。"

他们的聊天氛围比几分钟前轻松一些，大概是因为开口最难，能扛过去开头部分，剩下的也没有什么难以启齿的话了。

"他是个什么样的人我们都有耳闻，你可别学坏了。他们家都不管他的吗？"

"他们家……"谭栩一想到余兴海的脸就笑了起来，"余总最近对他很不满。"

谭栩的心情前所未有地轻快，他原本以为他不需要也不在乎父母的意见，但此时才清楚地意识到，他其实很想得到他们的认可。

许泉终于把电视机的音量调到了正常区间，屋子里令人神经紧张的安静被驱散。

谭栩心跳得很快，设想中充满对峙和未知的年初变得灿烂起来。

在这样明朗的心情里，他想起曾经被他丢掉的那束花，就在这个元旦补回来吧。

谭栩点开了某家花店的店铺链接，想都没想便在后台预订了好多花，时间选在了第二天早上。

这些花有送给爹妈的，有送给余宴川的，有送给自己的，甚至有送给谭鸣的。

谭云锋依旧是从前的态度，但没有再强硬地把他锁在屋里，他不主动提，谭栩也跟着装傻，一来二去也就把这事情高高举起轻轻放下了。

余兴海那边也是态度不明，为了调节他和余宴川之间僵持的父子关系，余长羽还特意从私宅搬回家住了一段时间。

他是带着几个小箱子一起搬来的，其中两个在当天就交给了快递员。

余宴川围观了快递员打单子，那箱子里是十来个小的包装好的纸盒。

"这些是什么？"

"给林予的生日礼物。"余长羽蹲在地上，把礼物一件件递给快递员，"我以前在邮件里答应过他的，从高一到现在每一年都送他生日礼物。"

为了防止挤压，清点过后快递员将小纸盒放回了箱子里，把箱子搬上了物流车。

"好了，走吧。"余长羽看着车子开远，拍拍手转身进了家门。

他们做这事的时候没有让余兴海看到，毕竟解释起来太复杂，也无从说起。

这个相对静止的稳定局面在元旦早上八点被打破。

余兴海的作息是全家最健康规律的，早睡早起常锻炼，大早上被人按响门铃后，他第一个走过去应了门。

门一敞开，映入眼帘的是一大片明晃晃的向日葵，快递小哥从花后面仅仅露出一双眼睛。

"请问是余宴川先生吗？"

余兴海只觉血压又有点高了,但他也无意为难跑腿小哥,只好接过花。

"哦等一下,还有一张卡片。"快递小哥从斜挎包里翻了翻,拿出一封信封,"本来是要挂在花上的。"

余兴海关门时的声音震得屋子都在摇晃,他将两只胳膊都抱不住的花束立在桌子上,背着手站在一旁。

几分钟后,刚刚从床上爬起来的余宴川拉开卧室门,探出一个脑袋来。

"起床!几点了还不起床!"余兴海高声喊道。

余宴川被桌上那一大捧花吸引了目光:"哎哟,哪来的花?"

"给你的。"余长羽端着一杯水,从厨房慢慢溜达过来,看了眼那封蓝色的信,"这里还有一封信。"

余宴川抓了抓头发:"这么多花得不少钱,明明我开了个花店还从外面买。"

"从塑料枝买的话你不就知道了?不算惊喜。"余长羽把花向他的方向推了推。

余宴川抱起花拿起信,转身跑回了卧室里,把余兴海的怒吼隔绝在门外:"你注意点!别以后和谭家人闹别扭了找我善后!"

依稀还能听到余长羽像哄小孩一样随口糊弄着:"新年嘛,别生气了爸,多大点儿事儿……"

余宴川盘腿坐在床上,拆开了那封信。

打开来是花店里自带的信纸,上面只有"新年快乐"四个字。

余宴川坐了一会儿便推门出去,迅速洗漱干净后开始换衣服。

"出门?先吃点早饭吧。"余长羽正在厨房里加热牛奶。

"不了,我回出租屋,还有东西没搬回来,房东说今天必须搬好。"余宴川蹬上鞋,拎起外套就要走。

坐在餐桌边的余兴海眼里都在蹦火星："上哪去，我管不住你了？"

"爸，你别新年第一天就生气，我晚上就回来。"余宴川打开门。

"你穿的什么，不冷啊你！"余兴海的声音回荡在屋里。

"不冷！"

余宴川推开院子门，就和迎面来的人撞了个满怀。

在相撞的前一刻余宴川看清了来人，他连忙站稳，说道："刚想给你打电话，你怎么过来了？"

"我来找你。你跑出来干什么？"谭栩问道。

"我……"

余宴川半推半就地被谭栩拽到了车旁边，他们拉开车门，在余兴海的眼皮子底下开车溜远了。

"这么早就过来了啊。"余宴川把车开出小区，"吃饭了吗？"

"没有。"谭栩系好安全带。

"哎呦喂。"余宴川瞄了他几眼，"大早上不打招呼不吃饭就跑来，你现在是刚进入叛逆期的青少年吗？"

谭栩理直气壮："我用一样的材料一样的步骤，做出来的三明治总是味儿不对。这不还得您来吗？"

"那是你用的黄油有问题。"余宴川笑着说，"再做最后一次吧，做完把出租屋的冰箱清了，明天交房。"

最近几次来海景公寓，心情总和以前不太一样，说是带着珍惜和留恋也不全面，但他们确实马上就要离开这里了。

这间出租屋里发生了太多从前想都没想过的事情，重逢、和好、彼此成长。

他们走上楼梯，余宴川在一二楼之间的平台上停住了脚步，对谭栩说："还记得吗？我们在这里见第一面时，我把一捧花摔进了你怀里。"

"记得，疼死我了。"谭栩摸了摸脑袋。

那时候还是炎热的初夏，一捧向日葵从天而降，花瓣落得满地都是，转眼间就到了冬天，他们在新年里走在同一间楼道，仿佛那件事就发生在昨日。

出租屋已经搬得差不多了，原本昨天就要交房，但房东说下一任租客还没影，他也不急着收房，他们便把收尾工作拖到了现在。

余宴川房门上的捕梦网已经收回家，屋子内的大小装饰也都搬得干干净净。

三明治做起来很简单，余宴川懒得再去洗砧板，便撕了一片保鲜膜垫着，从冰箱里拿出材料来。

谭栩就站在一旁，他看着黄油下锅，小声问道："有没有收到向日葵？"

"收到了。"余宴川将面包片放进去，"恭喜你成为新年里第一个送给我花的人。"

谭栩转过身靠在吧台上："我今天给很多人送了花，包括我自己。"

"你自己？"余宴川切好后分给他一半，推着谭栩走到客厅坐下。

"我那天演讲结束后不该丢掉你的花。"谭栩咬了一口三明治，"虽然过去很久了，可能你也并不是很在意了，但是我还是要道个歉。"

余宴川静静听着，抽出一张纸巾擦了擦手指。

"我那时候的想法有点幼稚，不过后来想明白了。"

余宴川盯着他的眼睛："那如果我们没有在这里遇到呢？就一直僵着？"

"不会。"谭栩说，"也许会在别的地方相遇。"

"哦，我还以为你会说'没有如果'呢。"余宴川笑了笑。

谭栩搬着椅子坐到他面前，神情认真地说："本来就没有如果。"

余宴川舒出一口气，揉了揉眉骨："知道了，接受你的道歉了。"

谭栩还要再说些什么，就听到楼上传来一声熟悉的动静。

"嗡——"

"我的天。"余宴川立刻退开，"怎么每次都响得这么过分？"

早上九点多，这次打豆浆的时间倒是正常了。

余宴川骂骂咧咧地拿出手机，按下语音给杰夫录了一段音频发过去，配合了一条语音控诉："一年到头就用这个破机器打豆浆，半年前让你换你怎么还没换？我回去就给你批公款买个降噪的，饶过这栋楼的邻居吧！"

谭栩笑着把三明治吃完："也算有始有终了。"

"有始有终个屁。"余宴川一边叹气一边笑，"我听力都下降了。"

他们把刚刚用过的锅刷干净，将冰箱内的物品清点了一遍，准备放到泡沫箱里搬走，刚清点完，谭栩的手机响了起来。

来消息的人是现任的宣传部长，发了几段话来问问谭栩今天有没有时间。

这个流程倒是很眼熟，前年宣传部也是以人手不够为名，把刚刚退休的前任部长余宴川喊去干活，折了一下午的塑料花。

看样子今天这一次是在筹备元旦晚会。

"去不去？"谭栩问道。

"去吧，跟他说前前任部长也去，回味一下大学生活。"余宴川把冰箱门关上，决定等从学校回来后再处理东西。

楼上的豆浆机在此时终于消停下来，衬托得屋里格外安静。

他们收拾好东西，郑重地关上房门。

"新的一年，希望一切变得更好。"谭栩在心里悄悄说。

从海景公寓到学校步行十几分钟，这条路并不长，但他们还是第一次一起走。"

谭栩指着校门旁边的位置:"他俩就是要在这里把我带走。"

"众目睽睽之下。"余宴川看向几米外的保安亭。

"是啊。"谭栩刷卡走进学校里,"其实那时候我就看出来我妈只是着急,没有反对得很强烈,主要是我爸情绪很激动。"

他们顺着湖边走到教学区,街上不时有学生骑车而过。

余宴川四处看了看:"要是换成我妈,肯定一点情绪都不会有。"

"嗯?"

"她不管我们。"余宴川把手揣在口袋里慢慢走着,"我哥小时候还怀疑过她的身份,最近因为林予的事,连我到底是不是亲生的都没敢问过她,怕惹出别的事来。"

谭栩没忍住笑了:"他心思太重。"

"是啊,他心思重。"余宴川叹了口气,冷风将呼出的白雾快速吹散,"这半年让我重新认识了一遍我身边的所有人。"

看清一个人是很难的,余宴川曾经以为自己识人有一手,如今看也不过是自以为了解。

礼堂和商业街只隔了一条街,这里学生很多,几家奶茶店门口排着长队。

小风敞着花店门,正站在门口扫地,隔着大老远便看见他们两个,举着扫帚打了个招呼。

"小风说你这半年很照顾我的店。"余宴川说。

谭栩冷哼一声:"我还以为她嫌我不懂瞎指挥。"

"她确实是这样说的。"

余宴川走入店里,花店内摆设没有怎么改变,仍然是熟悉的样子,一旁的预订柜上摆满了包好的鲜花,等待着预订客人上门来取。

"这么多预订单?"谭栩习惯性地走到柜台旁,顺手拿了备忘录来看，俨然一副老板作派。

余宴川过去检查了一圈花束的包装情况："元旦，花的需求很旺盛，还有今晚元旦晚会送演员的。"

"对，还有保研生离校晚的，都这段时间买花。"小风把垃圾倒入垃圾桶，擦了擦手，指着预订柜上的某一束，"那个是你们院里订的，要我说你们宣传部换了人就是不好办事，以前你当部长，要什么花什么时候送还能提前一点说，我紧赶慢赶能备好，现在回回都临时打电话。"

"我回去跟他说说。"谭栩说完，有些感叹，"一晃我都要毕业了，当初我刚进学生会面试，还是你们老板把我捞进宣传部的。"

余宴川在店里巡视一圈，勾住谭栩的肩膀，边走边交代小风："我们先忙去了啊，你盯着点，给你发奖金。"

他们走出花店，谭栩扭头看着店面门前挂的灯牌。

塑料枝。

"走吧。"余宴川顺着他的目光看去，在店名上停留了几秒，"前年元旦诞生的店名，到今天正好两周年，这不比豆浆机更有始有终？"

谭栩收回视线，两人夹在人流中走过商业街。

礼堂内的晚会正在彩排，往年都是跨年夜开晚会，但今年过年晚，放假也晚，考试安排好之后把晚会放在了元旦这一天。

部长微信通知他们在礼堂等就行，他一会儿会带着委员们过来。

礼堂内的音乐声模糊地传到了外面，他们从后门走进去，看到有不少人正在忙碌。

这场景他们都很熟悉，音响断断续续放着音乐，偶尔传来一两声拍打话筒的声音，灯光满场乱扫、时亮时暗，背景大屏幕上不断切换着投影，看着十分热闹。

摄影操纵着摇臂，对着观众席扫了一圈，图像实时投屏到了大屏幕上。

他们坐在观众席的最后一排，远远围观着学生们忙碌。

有的演员站在前排候场，一个魔术节目正在舞台上实操练习，演员手里的扑克牌玩得眼花缭乱。

"这人我认识。"余宴川忽然开口，"他这一手洗牌就是我教他的。"

"这么厉害。"谭栩撑着脑袋。

余宴川打了个响指："他问我变魔术有没有出路，我当时跟他说这种东西事在人为，我看你魔术变得不熟练，我可以教你洗牌，五块钱。"

谭栩笑了起来："坑蒙拐骗。"

"就是付费才像话，我要是免费教谁敢学。"余宴川随口编着歪理。

浅蓝色的光束灯从他们身上滑过，谭栩忽然想到了他当部长的那一年，带着学生来礼堂布置能力竞赛的场地，在这里见到了已经毕业的余宴川。

那时候余宴川咬着一根巧克力棒，坐在他的身后，问他"你躲着我啊"。

也是这样让人眼晕的灯光、混乱的背景音乐、嘈杂的人声，余宴川懒洋洋地看着他。

学校晚会的闭幕音乐万年不变，这首歌听得他们耳朵都起了茧子，但此时听居然有种恍如隔世的感觉。

"迎新晚会的时候，我们也是这样坐在最后一排。"余宴川说，"我们宣传部的要待在最后面安排表演人员候场，你是学生代表，开场发完言也坐到了最后面。"

"那个晚会在院办，不是在礼堂。"

"喔，忘记了。"余宴川笑了笑，"当时你坐我旁边，我跟你说什么来着？"

"你说，'同学，还记得我吧，你会来参加我们宣传部的二轮面试吗？'"

余宴川点点头，学着当时的样子，用很自然的语气复述道："同学，还记得我吧，你会来参加我们宣传部的二轮面试吗？"

谭栩轻声笑着，配合着他说出了曾经说过的话："会参加的，我已经回过短信了。"

在四年前的院系迎新晚会上，余宴川问的是"我们会在面试中见到你的，对吧"。

谭栩的回答是"当然会"。

谭栩在熟悉的闭幕音乐中，语气坚定地对他说："一定会的。"

番外

青春才刚开始

　　老教授顶着一头比第一排同学还浓密的黑发，在黑板上写了几个潇洒的大字，因为前半节课没有认真听，余宴川没认出来这是什么字。

　　这老教授是退休返聘的，带完余宴川那一届之后搞了一年研究，今年才回来继续教书，只不过改教了选修课。

　　谭栩这学期原本没有课，是余宴川听说教授回校后，一时兴起怂恿谭栩和他一起去旁听了一节，体验一下珍贵的校园时光。

　　阶梯教室坐得满满当当，余宴川走进教室时还有些心虚。

　　"这老先生是我毕业论文的导师。"余宴川小声说，"我后来一接他电话就生理性头晕。"

　　"有点可惜，我选导师的时候他还没回学校。"谭栩转了转笔，撑着脑袋看着窗外。

　　这节课讲的都是专业课内容的基础，听了一半余宴川就昏昏欲睡。

　　离开校园没多长时间，他已经不适应课堂生活了。

　　在他第四次垂下头差点倒在桌子上的时候，谭栩终于没忍住拍了拍他。

"你把我喊来听课,你自己睡得比谁都香。"

"体验大学生活。"余宴川揉着眼睛,"这就是最真实的大学生活。"

谭栩看着他,不知道小声嘀咕什么。

课间休息的铃声响起,下节是上午的最后一堂课。

谭栩把书本塞到包里,和余宴川说:"走了,去食堂。"

"还有一节呢。"余宴川睡眼惺忪地敷衍。

"等到中午人就太多了,从四教楼骑车去食堂太堵了。"谭栩压着声音说。

余宴川煞有介事地反驳他:"体验就得体验全套流程,在人流量高峰期去食堂是大学生活的精髓。"

"你是不是太闲了?"谭栩毫不动摇,"你不走我走,到时候你自己排队买饭。"

余宴川思索几秒,抓起桌上的书本,跟在他身后走出了教室。

老教授正在走廊里透气,谭栩拉了拉余宴川的衣角:"要不要去打个招呼?"

"不了,估计都忘记我是谁了。"余宴川打了个哈欠,等到两人走出教学楼后才说,"哎,说不定还真记得,当时他问过我为什么不读研来着。"

"为什么不读了?"谭栩转头看他。

"不是读书的那块料。"余宴川扫了一辆共享单车,"其实我大四的时候没规划过以后的路怎么走,得过且过,其实我前阵子也想过考个研试试,但研究生也不是说考就能考上的。"

谭栩骑车上路,慢悠悠地穿过教学楼区:"想考就考,你能力又不差。"

"谁的能力都不差,我不一定考得过别人。"余宴川捏了捏车闸,"你有没有走过湖后面的小路?"

"没有。"谭栩跟着他停下来。

余宴川拐了个弯,向着湖后景观山的方向骑去。

这山不高,四面修了几条上山的石路,听说林子里有小刺猬,但也只在同学们的照片里见过。

山底小路遮在路边高树的林荫下,路上没什么人,这条路很窄,只有非机动车能骑进来。

"去食堂很近,就是虫子有点多。"余宴川加快了速度,"我以前会经常到这里,早上的空气不错。"

谭栩按响车铃:"这虫子哪是有点多,要吃人了啊。"

"没事,骑快点就行了。"余宴川不动声色地再次提速。

谭栩不甘示弱地追了上去。

小路从山后过,能看到泉水顺着人工凿出来的石阶滚滚流下,小瀑布发出哗啦啦的流水声。

"原来这个瀑布在这里。"谭栩从水泉旁经过,目光停留了许久。

他想起宣传部曾经拍过一组宣传海报,其中就有一张延时摄影的瀑布流水照。

小路尽头就是直通食堂的大道,零星有学生骑着车从身边经过,暖洋洋的微风吹着垂柳,太阳顺着树叶间隙在脚底洒下片片光斑。

路边的长椅上总是坐着人,余宴川在途经路口处时,转眼仔细瞧了瞧路尽头那把椅子上的人。

"认识?"谭栩跟着看去,是两个看着眼生的男生。

"见过。"余宴川转回头,穿过了路口继续向前,"来过我的店,还去龙鼎酒店吃过饭,我给的卡,一出酒店碰上个抢钱包的,他俩还跟小偷打了一架,我真没见过倒霉到这个程度的。"

谭栩对这事情毫无印象:"小偷?"

"其中一个还伤着眼睛,去医院了,我没跟你说,因为那段时间刚绝交。"余宴川笑了笑。

看来是扔花事件后的那几个月——在当时看来似乎毫无转圜余地

的两人，如今想想也只是过眼云烟。

余宴川把车停在食堂门口，落下锁后向食堂里走去。

"我在你房间门口捡到过一张命运之轮，这张牌是什么意思？"谭栩问道。

"顾名思义。"余宴川从取餐口拿了餐盘，"人不能太迷信，你要知道事在人为，别瞎打听。"

"今天体验的是我的大学生活。"余宴川满嘴跑火车，顺手抢过谭栩的餐盘，一起摆在某一窗口前，"你今天必须吃这个窗口的酸辣粉，这个酸辣粉是我的大学生活里最核心的组成部分，每次叫你来你都不来。"

谭栩头疼道："我不习惯……好吧，今天吃一次。"

"阿姨，给他少放点辣。"余宴川不容分说地把餐盘推了过去。

谭栩眼看着余宴川和阿姨熟络地聊起天来，不由得有些想笑。

"拿着吧。"余宴川把满满一碗粉送到他面前，"不好吃我赔你一顿别的。"

谭栩接过托盘。

他想起漂亮的海上日出与长桥日落，想起自己在大四迎来的"叛逆期"。

他有种青春才刚刚开始的错觉。

林予的视角

　　林晓茜死了，什么也没给他留下。

　　林予以为她会像许多电视剧里演的那样，在家里的某个角落藏着一封信或者一段录像带，里面装满她的苦衷和爱意。

　　但什么也没有，林晓茜在她生命的最后一年里环游全球，看遍了绚烂的风景，最后毫无留恋地死在异国他乡。

　　林予想了很久，最后觉得这样落幕也很好，没有被误解和错过的母爱，他就不必因为母亲的离去无法释怀。

　　回国的第一年，他总觉得自己的心理状态不是很好，休学调整了一年，转年才回了那所国际高中读书。

　　他回国没让余兴海知道，余兴海不希望他回国，只希望他能永远在曼城做个局外人。

　　他像一株被吹得四处飘散的蒲公英，找不到落脚点，只能随着看不见摸不着的风上下翻飞。

　　在安城寻到了落脚处后，他给哥哥发了一封邮件，告诉他自己回国了。

　　哥哥回信问他在哪里上学，住在哪里，是自己一个人吗，还问他钱够不够。

林予问他有没有时间出来见一面。

哥哥说最近在外地，要等等。

实际上林予知道哥哥的大部分信息，知道他在安城大学读书，并且在院里的宣传部任职。

哥哥没有再提过见面的事，林予也没有再主动提了。

高三那年杰夫和他通电话，问他学习压力大不大，生活能不能照顾得过来。

杰夫从小到大都在国外读书，没有参与过国内的高考，一切与高三相关的认知都是通过朋友口述知道的，只知道很累、很重要。

林予说还好，应付得来。

毕竟他除了学习没有事做，也对其他事提不起兴趣。

自从几年前他在邮件里提了"不想活下去"这件事，哥哥就给他介绍了一位心理医生。

高三后医生会在固定的时间和他打电话，非常专业，林予也感受到了心态的变化，但他总觉得这个医生像哥哥安插来的眼线。

到后来他便不愿意和这个医生说心里话了。

他的生日在高考后一天，班里的同学聚会喊他一起去，林予本来想推脱，但前两天杰夫特意叮嘱他要多和同学玩，他便没有拒绝。

林予没有告诉同学们今天是他的生日，班里二十几号人吃完饭又浩浩荡荡地去唱歌，把同学聚会的那套流程走了一遍。

林予难得在这么热闹的环境里过生日，往年都是他一个人买一块小蛋糕，杰夫偶尔会来和他一起吃饭。

他没觉得自己可怜，以前的朋友没说过心疼他的话，杰夫也没说过，林予便觉得这也没什么惨的，多的是洒脱。

杰夫说："江湖大侠的身世都是这样。"

杰夫特意在他生日的时候送了全套的金庸小说，不过杰夫他自己可能都没有看过,因为他有一次不小心说张无忌是《射雕英雄传》的主角。

今年送的是古龙,可能杰夫误会他有个武侠梦。

林予以前逢年过节也能收到礼物,但回国后就没再收到国外朋友的了。

之前哥哥在邮件里提过生日礼物的事情,他说他每年都准备了,有机会一起给他寄过来。

林予有些期待。

偷偷接近哥哥的计划从他收到安城大学录取通知书那天开始实施。

林予没能如愿考入哥哥的那个学院,只能在大一转专业。

但很快他就发现了不对的地方。

哥哥和"邮件里的哥哥"对不上。

大二念了半年,他慢慢注意到了部里的一个同学,这人是经常与哥哥见面的朋友,他似乎契合了邮件中"哥哥"的大部分特征。

林予开始试图接近他,和他成为朋友。

但这个叫谭栩的人不好接近,他待人热情,但也和每个人都保持距离。

他开始尝试跟踪哥哥。

余宴川的生活简单得不得了,上课、出去闲逛、回宿舍睡觉。

毕业那年余宴川参与了学校的招标,开了一家花店。

在这段时间里,他们之间的邮件往来中断了。

不知为何,林予有预感,这些年与他通邮件的人不是余宴川。

余兴海准备把余宴川送去曼城管分公司,这个消息传出来时,林予有些心急。

他像往常一样开车跟着余宴川去了花鸟市场,这一次他做得很刻意,让余宴川发觉到他的存在。这次他让余宴川的车多了一道刮痕。

林予知道余宴川肯定会去查他的来历,这事儿也一定会让余兴海知道。

林予也知道，如果余宴川就是那个给他发邮件的人，肯定可以猜出是他，也会发邮件给他。

但邮箱静悄悄的。

没有悬念了。

林予能猜到幕后之人的身份，无非是余家的那个大哥，这个邮箱是他当初通过小道消息打听来的，那人弄混了也情有可原。

但他不愿相信，只能一直欺骗自己是余宴川碍于余兴海不想与他相认，所以才故意不与他接近。

也许吧……但生日礼物大概没有了。

他大三那一年，余宴川知晓了他的存在，去曼城调查了些往事。

他不请自来，飞去曼城，在分公司里找到了余宴川。

那天谭栩也在，他们把话说得很清楚，持续了十来年的荒唐误会终于被解开。

事发之后，余宴川大概一直以为他回安城找了余长羽谈话，但其实并没有。

林予没有联系余长羽，余长羽也没有联系他。

他们心照不宣地将这件事埋在心里，谁都没率先提起。

林予总有种奇怪的感觉，如果他去找了余长羽，好像许多过去的事就真的被彻底推翻了，他若是不找，还能将回忆保存在最好的状态里。

他问杰夫要怎么办，杰夫说他想怎么办就怎么办。

林予认真想了想，说："我不想再和余家人有一丁点儿瓜葛了。"

杰夫说："那也很好。"

林予点点头，还是有些迷茫，不过没有很伤心，也许是因为早做足了心理准备。

林予的生活似乎发生了很大变化，又似乎什么也没变。

他和余宴川与余长羽之间的关系变得很复杂，说近不近，说远不远。

年底时他和余宴川一起从曼城飞回安城，两人之间的距离被不经意拉近了一些，林予有时会觉得也没必要断得一干二净，做个朋友也很好。

因为余宴川没有讨厌他，还给他送了个玩偶。

林予最没办法面对的就是余长羽。

他并不想深思余长羽给他发邮件时的立场，害怕最后发现这些年从来没有得到过真心相待。

就糊糊涂涂地过，糊糊涂涂地走下去吧。

学校里办了元旦晚会，他准备去吃个晚餐，吃过后去礼堂看晚会。

林予换了一件新衣服，出门时接到了快递员的电话。

他下楼去看，快递员从三轮电车上搬了一个大箱子下来。

林予确定了收件人是自己才签字。他以为是哪个朋友寄来的新年礼物，搬上楼后用小刀拆开，看到里面是七八个大小不一的礼品盒。

他挨个儿拿出来，看到每个盒子上都用不同颜色的笔写着字，字迹深浅不太一样，看起来不是同一时间写下的。

摆在最上面的那个盒子看起来年头最长，因为包装纸是早已经过时的款式。

上面写着："小予十七岁生日快乐——哥哥。"

编后记

本书版权由北京长佩网络科技有限公司授权，由北京宏泰恒信文化传播有限公司出品，由中国言实出版社出版。

再次真挚地感谢在《203室的谭先生》出版过程中参与策划、创作的贡献者。北京宏泰恒信文化传播有限公司参加过本书选题策划、封面设计、插图等工作的人员有：连慧、罗盛、陈旭麟（OKMAKE STUDIO）、QSKAY.千夭。

2023 年 2 月